도적

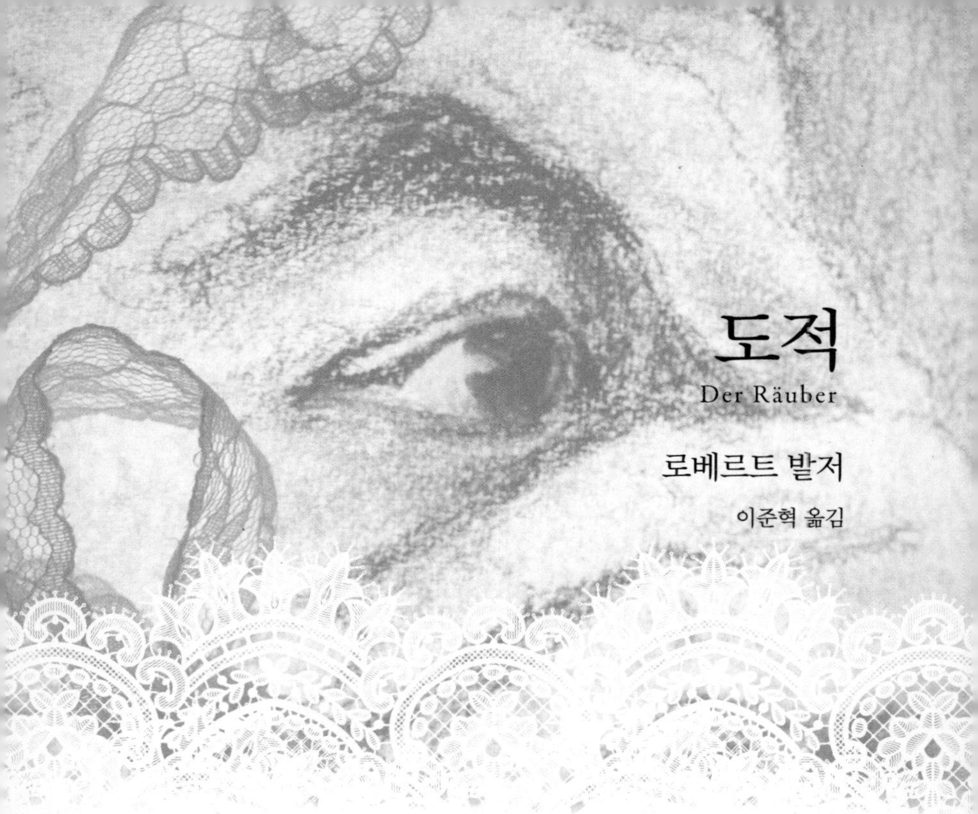

도적
Der Räuber

로베르트 발저

이준혁 옮김

일러두기

1. 이 책은 Der Räuber(Robert Walser, Suhrkamp, 2023)를 원본으로 삼았다.
2. 주석은 모두 옮긴이주이다.

| 차례 |

도적 _ 007

옮긴이의 말 | 훔치는 직업_ 267

*

　에디트는 그를 사랑하고 있습니다. 이 이야기에 관해서는 나중에 상세히 다루겠습니다. 어쩌면 그녀는 이 빈털터리에 쓸모없는 사람과 연루되지 않는 편이 나았을지도 모릅니다. 그녀는 아무래도 그에게 대리인이라고 할까, 특사라고 할까, 그런 여자들을 파견한 것 같았습니다. 그런 이유로 그는 여기저기에 여성 친구가 있는 상황이었는데, 이에 관해서는 시답잖은 이야기들밖에 없고, 네, 저 유명하다고 해도 좋을 100프랑 이야기도 유난을 떨 것은 아닙니다. 한때 그는 순전한 친절과 박애 정신에서 10만 마르크를 다른 사람의 손에 맡긴 적도 있습니다. 사람들이 비웃으면 그도 어우러져 함께 웃습니다. 이것만으로도 이미 상당한 우려를 불러일으킵니다. 남성 친구는 단 한 명도 없습니다. 우리 마을에서 보낸 "기간 전체를 통틀어" 신사들의 존경을 받는 일에 단 한 번도 성공하지 못했는데, 그 자신은 이에 만족해하는 형편입니다. 이보다 더 명백한, 재능이 없다는 증거를 상상할 수 있을까요? 저 정중하고 겸손한 태도가 오래전부터 "짜증난다"고 말하는 사람들도 있습니다. 그리고 저 불쌍한 에디트가 그를 사랑하고 있습니다. 그런데 그는 지금 이 더운 날씨에 저녁 9시 반은 되어서야 물놀이를 하러 갑니다. 뭐 내버려둡시다. 그 자신이 불평만 하지 않는다면. 그를 교화하려고 사람들이 얼마나 애써 왔는지. 이 페루 사람인지 뭔지 알 수 없는 남자가, 스스로 해나갈 수 있다고 정말 믿는 걸까요? "또 뭔데요?" 이 말이 서민 출신의 여자들로부터 들려왔고, 그러면 이 어쩔 도리가 없는 멍청이는 이런 식으로 자신에게 뭘 원하냐고 묻는 말만으로도 매혹되는 기분이었습니다. 아직까지도 그녀들은 여기저기서 그를 구제불능의 부랑자처럼 대하는데, 그런 취급도 그는 희희낙락하면서 즐거워합니다. 그들이 그를 바라보는 모습은 마치 이렇게 외치는 것 같습니다. "그래 이 무능한 인간이 또 돌아왔군. 그냥 기분전환이나 하려고? 아, 정말 지겨워!" 자신을 향한 매정한 시선이 그를 즐겁게 했습니다. 오늘은 비가 조금만 왔고, 그래서 그녀는 그가 마음에 들었습니다. 그녀는 첫 순간부터 부드럽게 그에게 빠졌지만, 그는 그 일이 가능하다고 믿지 않았습니다. 그리고 이제 이 미망인은 그를 위해 죽었습니다. 우리는 우리의 거리 중 한 곳에 가게를 운영했던, 이 비교적 모범적인 여성에 대한 이야기로 반드시 돌아오게 될 것입니다. 우리 도시는 마치 큰 농장처럼 모든 부분이 아주 깔끔하게 조화롭습니다. 이 점에 대해서도 더 이야기할 기회가 있을 것입니다. 어쨌든 짧게 말씀드리겠습니다. 그리고 예의에 걸맞는 이야기만 할 생각이니 안심하시기 바랍니다. 이건 저를 바보로 만들 이야기 같지만, 저는 제 자신을 세련된 작가로 여기니까요. 어쩌면 세련되지 않은 이야기가 조금 끼어들지도 모르겠군요. 결국에는 저 100프랑도 보잘것없는 이야기입니다. 예쁜 앞치마를 두른 아가씨들이 마주치는 순간 "뭐야. 또 저 사람이야?"라고 뱉게 만드는, 고쳐 쓸 수 없는 호인처럼 따분한 이런 사람이 어떻게 존재할 수 있을까요. 물론 저런 식의 말은 그를 내심 떨리게 만들지만, 그는 항상 모든 것을 잊어버립니다. 그처럼 쓸모없는 사람만이 그 많은 중요하고, 아름답고, 유용한 것들을 끊임없이 머릿속에서 그냥 지나가도록 내버려둘 수 있습니다. 돈이 항상 부족하다는 것도 쓸모없음의 증거가 아니면 무엇일까요.

언젠가 그는 숲속 벤치에 앉아 있었습니다. 그게 언제였더라? 상류계급 여성들은 그에 대한 평가가 더 관대했습니다. 그의 담대한 면을 알아차린 걸까요? 그리고 경영인들이 그에게 악수를 청하는 것, 정말 이상하지 않나요? 이런 도적에게?

거리에서 행인들의 제멋대로인 점과 무신경함은 운전자들을 짜증나게 합니다. 한 가지 더 빨리 말씀드리고 싶은 점은 제 말을 듣지 않는 대리인이 하나 있다는 것입니다. 저는 그의 반항적인 태도는 내버려 둘 생각입니다. 아주 관대하게 잊겠습니다. 그런데 한 평범한 남자가 에디트와 관련해서 성공을 거두었습니다. 이 남자는 어쨌든 모든 착용자에게 현대적인 모습을 빌려주는 멋진 모자를 씁니다. 저는 평범하고, 제가 그렇다는 사실에 만족스럽지만, 숲 벤치에 있는 도적에게 평범한 점은 하나도 없었습니다. 그렇지 않다면 그는 이런 말을 중얼거릴 수 없었을 것입니다. "나는 한때 수습 사무원이자 꿈꾸는 애국자로서 빛나는 도시의 거리를 뛰어다녔지. 내 기억이 맞다면, 나는 고용주의 요청에 따라 램프 글라스인지 뭔지를 가지러 간 적이 있어. 그 당시 나는 한 노인을 계속 지켜보는 일을 하고, 어린 소녀에게 그녀 곁에 오기까지 어떻게 살아왔는지 들려주기도 했지. 이제 이렇게 할 일 없이 앉아 있지만, 공정하게 말하면 이건 다른 나라에 책임이 있어. 다른 나라로부터 나는 매번 약간의 재능을 보여주는 대신 월급을 주겠다는 약속을 받았거든. 그런데 문화, 정신 같은 것에 몰두하는 대신 나는 기분전환을 추구했어. 어느 날 내 후원자로부터 형편이 나빠졌다는 통보를 받았는데, 아무래도 경제적 지원에 대한 이야기인 것 같았지. 이 통보로 놀란 나는 거의 할 말을 잃었어. 나는 우아한 나의 작은 테이블 옆에, 그러니까 소파에 앉았는데, 여주인이 훌쩍이고 있는 나를 발견했지. '걱정하지 말아요.' 그녀가 나한테 말했어. '매일 저녁 근사한 낭송으로 저를 즐겁게 해주신다면, 주방에서 가장 육즙 넘치는 커틀릿을 무료로 준비해 드릴게요. 모든 인간이 유용하게 태어나는 건 아니에요. 당신은 예외지요.' 이 말이 아무 일도 하지 않고 살아갈 수 있는 가능성을 내게 열어주었어. 이후 철도열차가 나를 이곳까지 옮겨주었고, 나는 에디트의 얼굴을 보면 떨게 되었지. 그녀가 나한테 주는 고뇌는 천장의 대들보 같은 것으로, 그 아래서 많은 기쁨이 요동치고 있거든." 도적은 우거진 나뭇잎 아래에서 자기 자신과 대화를 나누웠고 그 후 깡충깡충 뛰어올라, 겉옷 주머니에 술병을 쑤셔 넣고 있는 불행한 술주정뱅이에게 다가갔습니다. "저기, 잠깐만!" 그가 외쳤습니다. "거기에 숨기고 있는 것이 어떤 비밀인지 설명해 보시오, 친구." 그렇게 불린 사람은 미소조차 짓지 않고 기둥처럼 가만히 서 있었습니다. 두 사람은 서로를 바라보았고, 불행한 친구는 시대정신에 대한 온갖 불평을 늘어놓으면서 고개를 젓고 다시 나아갔습니다. 도적은 이 모든 발언을 신중하게 정리했습니다. 밤이 되자 퐁타를리에 주변에 대한 전문가인 우리의 주인공은 집으로 돌아갔고, 도착했을 때는 꽤 졸린 상태였습니다. 퐁타를리에 시에 대해 말하자면, 그는 유명한 책을 통해 알게 되었습니다. 그 책에서는 무엇보다 이곳에 요새가 있는데 어떤 시인이, 또 흑인 장군이 한동안 즐겁게 머문 곳이라는 점을 자랑했습니다. 프랑스어로 쓰인 글을 종종 읽던 우리의 열렬한 주인공은 그의 둥지, 아니 침대에 눕기 전에 이렇게 말했습니다. "진작 오래전에 그녀에게 팔찌를 돌려줬어야 했는데." 그는 누구를 생각한 걸까요? 이건 기묘한 독백이었고, 우리는 이 이야기로 꼭 돌아올 것입니다. 그는 아침 11시가 되면 늘 직접 신발을 닦았습니다. 11시 반쯤 그는 계단을 뛰어 내려갔습니다. 점심은 보통 스파게티였는데, 네, 그는 그 스파게티를 항상 맛있게 먹었습니다. 그는 스파게티가 늘 맛있게 느껴지는 것이 가끔 이상하게 생각되기도 했습니다. 어제 저는 어린 가지를 하나 꺾었습니다. 상상해 보세요. 한 작가가 일요일 시골을 돌아다니다 어린 가지를 손에 넣고, 이 가지로 인해 자신이 대단한 사람이 된 것처럼 여기고, 햄빵을 먹습니다. 이 햄빵을 게걸스레 먹는 동안 어린 가지처럼 화려하고 날씬한 웨이트리스를 보고, 이 질문을 던질 만하다고 판단합니다. "이 어린 가지로 내 손을 때려 주시겠어요, 아가씨?" 그녀는 흠칫 놀라며 청원자에게서 뒤로 물러납니다. 그녀는 지금까지 이런 종류의 요청을 받은 적이 없습니다. 저는 도시에 도착해서 지팡이로 한 학생을 두드렸습니다. 학생들은 늘 모이던 카페의 원형 테이블에 앉아 있었습니다. 제가 건드린 학생은 이제까지 본 적이 없는 무언가를 본 것처럼 저를 바라보았고, 다른 학생들도 저를 그렇게 바라보았습니다. 그들은 이전에 깨닫지 못했던 많은 것들의 존재를 갑자기 느낀 것 같았습니다. 그런데 제가 무슨 말을 하고 있는 걸까요? 어쨌든 그들 모두는 예의 때문에라도 큰 놀라움을 감추지 못한 듯 보였고, 지금 제 소설의 주인공, 혹은 이제부터 그렇게 될 운명의 남자는 담요를 입까지 끌어올리고 무언가를 생각하고 있습니다. 그는 늘 무언가에 대해 고민하는 습관이 있었습니다. 비록 이에 대해 조금의 대가조차 받은 적 없었지만 말이죠. 바타비아에서 평생을 보낸 삼촌으로부터 그는 총 몇 프랑을 받았을까요? 우리는 이 금액에 대해 정확히 알고 있지 못합니다. 어쨌든 불확실성에는 늘 아주 섬세한 무언가가 있습니다. 우리 페트루키오*는 가끔 평범한 점심 대신 예외적으로 치즈 파이 한 조각을 먹었는데, 그럴 때는 커피를 함께 주문했습니다. 바타비아 삼촌이 그를 도와주지 않았다면 저는 여러분에게 이런 것들을 말할 수 없었을 겁니다. 이 도움을 바탕으로 그는 자신의 독특한 존재를 지속시켜 나가고 있고, 이 비범하면서도 또 평범한 존재에 근거하여 저는 여기서 아무것도 배울 수 없는 상식적인 책을 집필하고 있습니다. 물론 책에서 삶의 지침을 찾고자 하는 사람들도 있습니다. 정말 안타깝게도, 저는 이런 존경할 만한 부류의 사람들을 위해 글을 쓰고 있는 것이 아닙니다. 아쉽지 않냐고요? 물론 그렇죠. 아, 당신은 여러 모험가들 중에서도 가장 무미건조하고, 가장 강직하고, 가장 성실하고, 가장 부르주아적이고, 가장 친절하고, 가장 과묵합니

---

* 셰익스피어가 쓴 희곡 「말괄량이 길들이기」의 주인공.

다—당분간은 푹 잠을 자 두세요. "저 호화로운 저택을 넘기시오. 당신들은 내 말을 받아들일 의무가 있으니까." 하고 외치는 대신 다락방에 만족하고 있는, 이 어리석은 사람. 뭘 몰라도 한참을 모릅니다.

제가 러시아 사람인 도스토옙스키의 작품 「상처받은 사람들」에 나오는 발콥스키 공작처럼, 돈과 인맥이 필요하다고 말할 자격이 있는지 모르겠습니다. 곧 지역 신문에 결혼 상대를 구한다는 광고를 내게 될지도 모르지요. 어느 날 밤, 닭고기와 샐러드가 대부분인 만찬이 끝나자마자 이 쓸모없는 자가 귀엽고 사랑스러운 그녀 앞에 팁을 내던진 모습이란. 친구들이여, 제가 도적과 그의 에디트에 대해 이야기하고 있다는 것을 짐작하셨겠지요. 그녀는 한때 최고급 레스토랑에서 웨이트리스로 일했습니다. 악마라 해도 자신이 숭배하는 대상을 이보다 더 매정하고 난폭하고 퉁명스럽게 대할 수 있을까요? 제가 여러분께 말씀드려야 할 것이 얼마나 많은지 짐작도 못하실 겁니다. 어쩌면 저한테 필요한 것, 그러니까 중요한 것은 성실한 친구일지도 모릅니다. 하긴 우정이란 정말 어려운 과제라서, 저는 실행 불가능하다고 생각합니다. 이 점에 대해 생각해볼 것이 많지만, 제 작은 손가락이 장황해지지 말라고 주의를 줍니다. 오늘 저는 격렬한 굉음으로 저를 사로잡은 멋진 뇌우를 넋을 잃고 바라보았습니다. 이제 그만, 그만. 벌써 독자를 끔찍이도 지루해하게 만든 것 같군요. 그 '멋진 아이디어들'은, 예를 들어 갑상선이 부은 여성의 집에 도적이 방을 빌린다는 그런 발상은 도대체 어디로 간 걸까요? 이 여성은 철도원과 결혼한 상태였고, 다락방에 살고 있었습니다. 1층에는 악보점이 있었고, 교외 고지대의 숲속에는 떠돌이 여자가 살고 있어, 그녀의 입술은 향기롭다고는 전혀 말할 수 없었지만 도적은 그 입술에 용기 있게 키스했습니다. 천재로서 입신출세할 수도 있겠다며, 그는 갑상선종의 여성을 뒤로하고 뮌헨으로 직행하는 기차를 탔습니다. 달빛을 받으며 그는 보덴호를 건넜습니다. 이 뮌헨 여행과 갑상선종 여인들은 모두 어릴 적 경험에 관한 이야기입니다. 뮌헨에서 그는 무려 고급스러운 장갑 한 쌍을 구입했습니다. 이후 그는 다시는 그런 장갑을 착용하지 않았습니다. 영국 정원은 그에게 조금 지나치게 섬세해 보였습니다. 그는 깔끔하게 깎은 잔디보다 제멋대로 자란 덤불이 더 친숙했습니다. 요즘은 갑상선종 환자가 대중 앞에 모습을 드러내는 일이 거의 없습니다. 이런 점에서 눈에 띄는 변화가 일어났습니다. 훨씬 이전에, 부모님과 산책을 나갔을 때 땅에 앉아 있는 거지를 보았습니다. 거대한 손이 튀어나와, 지나가는 사람들에게 동냥을 얻기 위해 모자를 내밀었습니다. 이 손은 아주 창백하고 붉은 고깃덩어리 같았습니다. 요즘에는 이런 눈에 띄는 손이 대중의 눈에 띄는 것은 허용되지 않지요. 그동안 의학은 장족의 발전을 이루어, 갑상선종 환자나 결절종 손 같은 이상발육은 이미 발생단계에 치료되게 마련입니다. 갑상선이 부은 이 여성은 새로운 경험을 추구하여 여행길에 오른 젊은이가 인생행로에서 성공하길 바랐습니다. 심지어 눈물을 흘리기도 했습니다. 우연한 작별의 기회에 모성적으로 행동한 것은 상냥한 마음씨였습니다. 이제 저는 유명한 이야기꾼의 작품에 나오는 러시아 후작처럼 가능한 기분 좋은 것만을 찾고 있고, 저의 작은 도적으로 말하자면 그의 연인과 여러 사람들 앞에서 그가 "공산주의 만세!"라고 외쳤기 때문에, 그녀에게 용서를 구하지 않으면 안 되는 상황에 놓였습니다. 그 자신도 인정하는 이 의무를 조금이라도 덜어주기 위해, 저는 소심함으로 괴로워하고 있는 그와 동행하려 합니다. 거만한 사람의 대다수는

도적 17

대담함이 부족하고, 자존심이 강한 사람의 대다수는 자부심이 부족하며, 약자의 대다수는 자신의 약함을 인정할 만한 강함이 부족합니다. 종종 약자는 강자처럼, 화난 사람은 즐거운 사람처럼, 모욕당한 사람은 자랑스러워하는 사람처럼, 거만한 사람은 겸손한 사람처럼 행동합니다. 이렇게 말하는 저도 순전한 허영심에서 거울을 슬쩍 보는 것 같은 행동은 절대 하지 않는데, 거울은 저에게 수치를 모르고 예의를 모른다고 여겨지기 때문입니다. 제가 귀부인의 세계를 대표하는 여성에게 편지를 보낸다는 것도 불가능한 일은 아니어서, 그 안에서 저는 무엇보다도 제가 선의로 가득한 사람이라는 점을 맹세하고자 하는데, 하지만 아마도 맹세 같은 건 아예 하지 않는 편이 더 바람직하겠죠. 사람들이 제가 저 자신을 못난 인간이라 여긴다고 생각할 테니까요. 제 테이블 위에는 잡지들이 놓여 있습니다. 명예 구독자로 인정받은 사람이 어떻게 가치가 낮은 인간일 수 있을까요? 종종 저는 편지 묶음을 통째로 받는데, 이 사실은 제가 여기저기서 사람들의 생각 속에 깊이 자리잡고 있음을 분명히 보여줍니다. 만약 제가 이 지역에서 누구라도 방문해야 하는 분을 찾아가게 된다면 저는 정말 편안하고 정중하게, 그리고 한 손을 코트 주머니에 넣고, 그러니까 조금 어색하게 행동할 것입니다. 조금 서툴게 보이는 것이 재미있으니까. 제 말은, 거기에는 미적 효과가 있다는 뜻입니다. 불쌍한 도적, 제가 당신을 완전히 무시하고 있군요. 그는 세몰리나 푸딩을 좋아하며, 맛있는 뢰스티를 튀겨주는 사람이면 누구라도 숭배한다고 합니다. 이건 그에 대한 험담이 맞지만, 도적 같은 사람에게 이런 일은 문제가 안 되겠지요. 이제 그 죽은 미망인에 대한 이야기를 하겠습니다. 제 맞은편에는 집이 한 채 있는데, 정면에서 본 모습이 한 편의 시 같다고 말할 수밖에 없겠군요. 1798년에 우리 도시로 진군한 프랑스 군대는 이 집의 정면을 보았겠지요. 주의를 기울이거나 눈치챌 시간이 있었다면 말입니다.

그런데 제가 얼마나 건망증이 심한지 참 부끄럽습니다. 네, 언젠가 도적은 희미한 빛에 싸인 11월의 숲속에서, 그가 인쇄소에 불쑥 나타나 여주인과 한 시간쯤 대화를 나눈 뒤의 일로, 상의부터 하의까지 갈색 옷을 입은 저 앙리 루소 부인과 마주쳤습니다. 놀란 그는 그녀 앞에 멈춰 섰습니다. 수년 전 한밤중에 철도 여행을 할 때 함께 타고 있던 여성에게, 급행

열차에 탄 승객인 양 "밀라노로 가는 중인데요"라고 말한 적이 있는데, 이 생각이 그의 머릿속을 스쳐 지나갔습니다. 이와 마찬가지로 그는 지금 식료품점에서 살 수 있는 초콜릿 바를 전광석화처럼 떠올렸습니다. 아이들도 초콜릿 바를 좋아하고, 우리 도적 씨 역시 초콜릿 바 같은 것에 대한 사랑이 도적 계급의 암묵적인 의무인 것처럼 여전히 가끔 즐겨 먹고 있었습니다. "거짓말 말아요!" 이제 갈색 옷의 여성이 매혹적인 입을 열었습니다. 흥미롭지 않나요, 이 매혹적인 입이? 그녀는 계속해서 이렇게 말했습니다. "당신을 유용한 존재로 만들고 싶어 하는 동료들한테 당신은 늘, 인생을 즐겁게 보내기 위해 필요한 것이 당신에게 결여되어 있다고 믿게 만들려고 합니다. 그런데 이 본질적인 것이 정말 결여되어 있나요? 아뇨, 당신은 그걸 가지고 있습니다. 당신 자신이 그걸 존중하지 않고 번거롭게 여길 뿐이지요. 당신은 평생 동안 그 자산을 무시해 왔습니다." "저는 아무런 자산도 가지고 있지 않습니다." 제가 대답했습니다. "제가 쓰고 싶지 않은 건, 그 무엇이라도요." "아뇨, 당신은 그걸 가지고 있지만 단지 절망적으로 게으를 뿐입니다. 부당하거나 아니면 합리적인 수백 가지 비난이, 길다란 뱀이나 길고 엄숙한 옷자락처럼 당신 뒤를 따라갑니다. 하지만 당신은 아무것도 느끼지 못하죠." "진심으로 경애하는 앙리 루소 부인, 당신은 착각하고 있습니다. 저는 저 자신에 지나지 않을 뿐, 제가 가진 것 이상은 가지고 있지 않고, 뭘 가지고 있고 가지고 있지 않은지 저 자신이 제일 잘 알고 있지요. 혹시 우연의 장난이 저를 카우보이로 만들어야 했는지도 모르겠군요. 물론 저는 완전히 약골입니다만." 부인은 이렇게 대답했습니다. "당신과 당신의 재능에 누군가를 정말 행복하게 만들 거라는 생각조차 못할 만큼, 당신은 너무 나태한 인간이에요." 그러나 그는 부인했습니다. "아뇨, 너무 나태해서 그런 생각을 할 수 없는 게 아닙니다. 저한테는 행복을 불어넣을 수단이 없습니다." 그렇게 말하고 그는 걸음을 옮겼습니다. 갈색 옷을 입은 부인의 보증을 인정하지 않는 그의 태도에, 숲은 분노한 것 같았습니다. "모든 것은 믿음의 문제입니다"라고 이 음침한 부인이 말했습니다. "결국 당신은 고집을 부리는 것 아닌가요?" "당신은 왜 저 자신이 없다고 분명히 느끼는 것을, 있는 게 분명하다며 잃지 말라고 하나요?" "하지만 당신은 그걸 잃지 않았을 겁니다 어느 순간에 잃어버렸다거나 할 리가 없어요." "말씀하신대로, 결코 잃어버렸거나 하지 않았어요. 가진 적도 없는 걸 잃어버릴 수는 없으니까요. 또 팔거나 나눠줄 수도 없고요. 제가 가진 것 중에 소홀히 했던 건 단 하나도 없습니다. 제 재능은 부지런히 사용되었으니, 제발 이 말을 믿어주세요." "한 마디도 믿지 않을 거예요!" 그렇게 그녀는 섬세한 남자의 뒤를 바짝 쫓았습니다. 그를 자신의 능력 일부를 부정하는 사람으로 일단 머리에 새긴 그녀는, 아무리 오해라고 분명히 말해도 그가 자기 자신을 파괴하고 있으며, 더없이 귀중한 재능을 낭비하고 있고, 자기 자신을 비참하게 다루고 있다는 생각에서 벗어날 수 없었습니다. "저는 호텔을 경영하고 있어요"라고 그녀는 길모퉁이에서 정체를 밝혔습니다. 나무들은 이 솔직한 선언에 미소를 지었습니다. 얼굴이 붉어진 도적은 장미처럼 보였고 부인은 판결을 내리는 여재판관 같았는데, 이 여재판관이 열의를 가지고 판결을 고집하다 끝내 길을 잘못 드는 건 아닐지. "세상 어딘가 아주 조그만 구석이라도 사회적으로 활용되지 않고 있다고 생각하면 불편해지는 사람이 있죠. 당신도 그런 생각이 좁은 사람 중 하나인가요? 이런 편협함이 널리 퍼져 있다는 건 부끄러운 일이에요. 보시다시피 저는 제 자신에 만족합니다. 당신은 이 점이 불만인가요?" "당신의 만족은 고된 노력 끝에 만들어낸 것에 불과합니다. 얼굴을 맞대고 분명히 말씀드릴게요. 당신은 불행해요. 행복해 보이도록 항상 신경쓰고 있을 뿐이지요." "이렇게 신경쓰는 일이 정말 즐거워서, 덕분에 제가 행복한 거지요." "당신은 사회 구성원으로서 의무를 다하지 않고 있어요"라고 말한 그녀의 두 눈은 더없이 어두웠고, 그렇게 어둡고 단호하게 말하는 것 역시 당연하게 느껴졌습니다. "박사 학위가 있나요?" 도망치는 사람이 물었습니다. 도적은 갈색 옷의 여성 앞에서 소녀처럼 도망쳤습니다. 11월의 일이었습니다. 시골 전체가 추위로 얼어붙었습니다. 따뜻한 방을 상상하기 쉽지 않았던 시기에 그렇게 이 초콜릿 바 애호가, 초코 과자 편애자, 거의 자기 생각만 하는 지역사회 복지 책임자에게서 도망쳤습니다. "저는 이전에 장엄한 베토벤 연주를 들은 적 있습니다. 티켓값의 섬세함은 기념비적이라 해도 좋을 정도였지요. 콘서트홀에서는 후작부인이 제 옆에 앉아 있었어요." "그런 건 전부 옛날 옛적 일이잖아요." "그래도 당신이 친절히 허락하신다면, 제 안에서 추억으로 살아가게 해도 괜찮을까요?" "당신은 사회 전체의 적이에요. 저한테 친절함과 애정을 빚지고 있잖아요. 문명의 이름으로, 당신은 저를 위해 태어났다고 믿는 것이 당신의 의무입니다. 당신은 남편으로서의 장점도 가졌어요. 탄탄

한 등을 가지고 있고요. 어깨도 넓어요." 그는 이 말을 부정하며 가냘픈 목소리로 말했습니다. "그런 점에서라면, 제 어깨는 세상에서 가장 연약한 편일 겁니다." "당신은 헤라클레스예요." "그렇게 보일 뿐이에요." 이런 대화를 나누며 도망자는 도적 복장을 하고 이곳저곳을 돌아다녔습니다. 벨트에는 단검을 차고 있었습니다. 바지는 통이 넓고 옅은 파란색이었습니다. 그의 가는 체구에는 장식띠가 매달려 있었습니다. 모자와 머리카락은 불굴의 정신을 담고 있었습니다. 셔츠는 레이스로 장식되어 있었습니다. 코트는 조금 낡았지만, 모피로 된 깃이 붙어있었습니다. 옷 색깔은 그리 진하지 않은 녹색이었습니다. 이 녹색은 눈 속에서 필시 멋지게 보였을 겁니다. 파란 눈이 주위를 힐끗 쳐다봤습니다. 이 두 눈에는 어딘가 금빛도 섞여 있었는데, 뺨과 형제의 의를 맺었음을 강하게 주장하고 있었습니다. 이 주장은 틀림없는 진실이었습니다. 손에 든 권총은 주인을 비웃었습니다. 권총은 장식적인 기능만 하는 것 같았습니다. 그의 모습은 수채화 화가의 작품 같았습니다. "그렇게 몰아붙이지 마세요." 그는 공격을 늦추지 않는 여성에게 간청했습니다. 이 여성은 슐라터의 『여성이 걸어야 할 좁은 길』을 이미 구입했고, 열심히 읽었습니다. 그리고 그녀는 그를 사랑했지만, 도적은 에디트에게서 벗어날 수 없었습니다. 에디트는 항상 그의 위편 높은 곳에 서 있었고, 그에게 표현할 수 없을 만큼 소중한 존재였습니다. 자, 이제 라테나우의 이야기로 넘어가지요.

오래전 선량한 시민 수백 명의 목을 자르고 부자들로부터 부를 빼앗아 가난한 사람들에게 나누어 준 리날디니와, 우리의 이 젊은이 사이에는 얼마나 큰 차이가 있을까요? 그 대도는 틀림없이 이상주의자였을 것입니다. 이 도시의, 그리고 우리의 도적으로 말할 것 같으면 빈의 카페에서 헝가리 밴드의 연주를 들으며, 순수한 눈길이 보내는 날카로운 안광과 강력한 염원으로, 창가에 앉은 사랑스러운 소녀의 마음의 평화를 깨뜨릴 뿐이었습니다. 그는 음악을 듣는 동안 이루 말할 수 없이 불행해지는 재주를 가졌고, 이는 예민한 영혼에 치명적인 위험을 초래했으므로 초등학교 교사가 매번 그의 보호자로 뒤따랐는데, 교사는 결국 현장에서 그를 멈출 때까지 미행해야 했습니다. 이 보호자, 아니 감시자가 오를란도*를 향해

---

* 루도비코 아리오스토가 쓴 서사시 「광란의 오를란도」의 주인공.

"종교 성적은 좀 별로겠네, 그렇지?"라고 말하며 포기한 듯 미소를 지은 적도 있습니다. 도적은 많은 실수를 저질렀습니다. 이에 관해서는 나중에 꼭 알려드리겠습니다. 먼저, 그와 함께 바로 근처에 있는 구르텐산으로 산책을 해보는 건 어떨까요? 그리고 저는 우리가 산 위의 탁 트인 곳에서 마음껏 정치를 논하면 안 될 이유도 없다고 생각합니다. 그의 몽상 속 황녀들도 분명 언급될 것입니다. 우리를 떠난 저 미망인도 그녀의 가사용품과 함께 잊어선 안 됩니다. 우리는 모든 면에 얼마나 주의를 기울이고 있는지. 이런 일이 매우 피곤할 거라고 생각하는 사람도 있겠지만, 사실 그 반대입니다. 주의를 기울이고 있으면 어딘가 기운이 납니다. 부주의하면 하릴없이 낮잠만 자게 됩니다. 시간은 아침 10시였고 그는 밝은 녹빛의 목초지에서 마을로 다시 돌아왔는데, 플래카드 한 장이 라테나우의 살해 소식을 알리고 있었습니다. 이때 이 대단하고 별난 건달은 대체 무슨 행동을 했을까요? 그는 이 충격적인 소식으로 공포와 슬픔에 휩싸여 무너져 내리기는커녕 박수를 쳤습니다. 누군가 우리에게 이 박수의 의미를 설명해 줬으면 좋겠습니다. 이 박수갈채는 어쩌면 스푼과 관련이 있는 것일지도 모릅니다. 그런데 부끄러운 건, 제가 더이상 2등석

식당에 발을 들일 수 없게 되었다는 사실입니다. 거기서 저는 웨이터장에게 밀짚모자를 걸어 달라고 건네는 큰 실수를 저질렀고, 그 속물 같은 태도가 홀 안 모두의 반감을 샀으니까요. 산속의 이 상쾌한 공기, 전나무숲에서의 심호흡, 여기에 더해 몇몇 위대한 인물이 보잘것없는 존재로 전락했다는 소식을 읽을 수 있다는 특별한 기쁨. 프리드리히 니체가 지적했듯, 비극을 직접 보고 경험하는 일은 가장 섬세하고 고차원적인 환희이자 삶을 풍부하게 만드는 것 아닐까요? "브라보!" 그는 소리까지 지르고 나서 카페로 향했습니다. 이 상스러운 "브라보"를 어떻게 설명할 수 있을까요? 쉽지 않지만 도전해 봅시다. 구르텐산을 오르기로 결심하기 전에 그는—정확성의 신이여, 세세한 것 하나까지 모두 표현할 힘을 제게 주시기를—미망인의 작은 스푼을, 자신이 그녀의 시동이라고 생각하며 핥았습니다. 그녀의 부엌에서 일어난 일이었습니다. 부엌은 휑하니 훌륭하다고 할 정도로 인기척이 없었고, 여름의 정적이 흐르고 있었습니다. 도적은 전날 서적 및 미술품 판매점의 쇼윈도에서 프라고나르의 「훔친 키스」의 복제품을 본 참이었습니다. 이 그림은 그를 매료시킬 수밖에 없었습니다. 정말 이 그림은 지금까지 그려진 그림 중 가장 우아한 작품이었습니다. 그리고 이제 그를 제외하고는 부엌에 아무도 없었습니다. 싱크대 옆에는 미망인이 커피를 마실 때 사용했던 스푼이, 컵 속에서 가만히 졸고 있었습니다. "이 작은 스푼은 그녀가 입에 넣었던 것이지. 그녀의 입은 그림처럼 사랑스러워. 그 입에 비하면 그녀의 다른 부분은 백분의 일도 아름답지 않은걸. 그렇다면 어찌 주저할 수 있을까, 이를테면 이 스푼에 키스를 해서 그녀의 사랑스러움에 경의를 표하는 것을?" 그의 문학적 표현이란 이런 식이었습니다. 그는 재치 넘치는 에세이를 말로 풀어냈고, 물론 그 자신도 이를 즐겼습니다. 자신이 활기 넘치고 현명한 정신을 가졌다고 여겨질 때 누군들 기쁘지 않을까요? 어느 순간 그는 막 발을 씻으려는 이 미망인과 마주쳤습니다. 이 족욕 이야기는 꼭 다시 다루기로 하지요. 이처럼 사랑스럽고 멋진 우리 마을의 명예를 위해서, 또 진실에 대한 사랑을 위해서라도. 이번에야말로 우리는 아주 제대로 따져볼 생각입니다. 아, 당장 저 족욕 이야기로 넘어갈 수만 있다면! 하지만 아쉽게도 미뤄야 합니다. 스푼을 핥은 이후, 그는 기쁜 나머지 적어도 한 번 펄쩍 뛰었음에 틀림없습니다. 그 모습을 목격했다면 그녀가 얼마나 놀랐을까요? 그런 일은 상상조차 할 수 없습니다. 아무튼 앞서 언급한 부엌에는 일종의 어스름이 깔리고 있었는데 여기에는 영겁의 시적 황혼, 끝없이 계속되는 밤, 활기를 되찾게 하는 무언가가 있었습니다. 그리고 바로 다름 아닌 이 장소에서 도적은 젊음을 되찾았고, 그래서 보통은 이런 분야에 약한, 아니 만족하지 못했던 그가 에로스의 영역에서 큰일을 훌륭히 해냈고, 이어 스푼으로 머리가 가득 차서 펄쩍펄쩍 산으로 뛰어갔는데, 정확히 같은 시간에 다른 제국에서는 지적 영웅이 지극히 고상한 생각을 가진 사람들의 저격을 받아 마지막 숨을 거두고 있었습니다. 박수는 여전히 우리에게 수수께끼로 남아 있습니다. "브라보"라는 외침은 너무나 해맑은 뻔뻔함으로 기록해 둡시다. 분명 그건 더없이 해맑은 무심함이었습니다. 아니면 라테나우의 죽음이 그에게 아름다워 보였고, 따라서 좋은 징조로 여겨졌을까요? 확실히 알기는 어려울 것 같습니다. 그래도 이렇게 미망인의 가사용품 이야기와 역사적 가치를 지닌 중대 사건을 나란히 놓는 건 사실 우스꽝스럽습니다. 한편에는 커피컵 사건과 한 시동의 달콤한 비밀이, 다른 한편에는 문명 세계에 지진과 떨림을 불러일으킨 신문보도가 있습니다. 여기에 다음과 같은 고백을 덧붙입니다. 라테나우와 도적은 개인적으로 친분이 있었습니다. 그들의 서로 알게 된 건, 미래에 대신이 된 남자가 아직 대신이 아니었던 시절의 일입니다. 브란덴부르크 변경백국에서의 이야기로, 걸핏하면 한눈에 반하고 마는 우리의 도적 씨가 이 부유한 기업가의 아들을 방문했습니다. 그들은 베를린 포츠담 광장에서, 사람들과 마차가 끊임없이 이어지는 가운데 우연히 만났습니다. 저 명한 인물은 언급될 가치도 없는 사람을 초대했고, 그 초대는 실행에 옮겨졌습니다. 만남은 거의 자연스럽게 이루어졌습니다. 두 사람은 중국식 태피스트리가 깔린 티 룸에서 함께 차를 마셨습니다. 경외심마저 들게 하는 늙은 집사가 독일식인 데다 이국적이기도 한 이 이상한 방에 나타났지만, 다시 공손하게 그림자처럼 소리 없이 모습을 감추었습니다. 마치 봉사 정신만으로 살아가고, 상황에 대한 정확한 판단만으로 이루어진 것 같은 남자였습니다. 차 한 잔을 마신 뒤에는 정원을 둘러보았습니다. 산책 중에는 섬들과 시인들 같은 것이 화제에 올랐고, 이제 저 경악할 만한 소식에 이르자, 도적은 이렇게 대답했습니다. "눈부신 경력을 끝장내는 얼마나 멋진 방법입니까!" 어쩌면 그는 이보다 더한 다른 생각도 했을지 모릅니다. 하지만 이 더없이 놀라운 소식, 어딘가 즐겁고 그리스적인, 예로부터 계승되어온 생생한 무언가를 느끼게 하는 소식 앞에 그가 서 있는 모습은, 어딘지 모르게—우리는 이렇게 부르고 싶은데—매혹적인 구석이 있었습니다. 이미 베를린에서 도적은 정말 소녀 같은 행동을 한 적이 있습니다. 신사들의 사교 모임에서 일어난 일이었지요. 당시 도적은 지독한, 아주 지독한 모욕을 받았습니다. 지금 그는 일종의 미소를 띠며 이 모욕을 떠올리는데, 이는 그의 냉정함을 보여줍니다. 그는 점점 더 자신의 본성을 받아들일 것입니다. 위에 언급한 모임에서 그는 무모한 긍정, 너무 대담한 대담함, 서두르는 서두름, 여러분의 지시에 따라 다르게 불러야 할지 모르겠지만 아무튼 그런 종류의 죄를 범했습니다. 이 너무 성급한 성급함은 그의 정체를 폭로하여, 결국 그의 성격에 대한 간접적인 정보를 주기 충분했습니다. 이에 신사 두세 명이 도적의 모습을 꽤 부주의하게, 다시 말해 다소 무례하게 비웃은 것 같습니다. 이 비웃음은 도적의 작은 코를 완전히 적시는 분수와 같았습니다. 하지만 다행히도 이렇게 뿌려진 물은 도적을 죽이지 못했습니다. 이런 사소한 구절로 죽어버린다면 말도 안 되는 이야기지요. 아무튼 여기서 허락해 주신다면 하녀, 무릎 키스, 오두막집에서 건네받은 책에 대한 이야기를 하겠습니다.

그는 부모가 와인 농가를 운영했던 산초 판사만큼이나 와인 마시는 법을 잘 아는 것 같습니다. 와인에는 우월해질 권리 같은 무언가가 있습니다. 와인을 마실 때 저는 지난 수 세기를 이해합니다. 그 세기들 역시 동시대적인 것들과, 그 속에서 자기 자리를 찾고자 하는 욕망으로 이루어져 있음을. 와인은 영혼의 다양한 상태에 정통하게 만듭니다. 모든 것에 주의를 기울이되, 무엇에도 주의를 빼앗기지 않습니다. 와인은 재치로 은은하게 반짝입니다. 당신이 와인의 친구라면 동시에 당신은 여성의 친구이자, 여성들이 좋아하는 모든 것의 보호자이기도 합니다. 남녀 사이에 얽힌 여러 관계, 그중 가장 고통스러운 것조차 와인잔 깊은 곳에서 꽃처럼 피어납니다. 와인에 바쳐진 시행은 모두 그 정당성을 인정받아야 합니다. 얼마 전 저는 어떤 집에서 "졸개한테는 어울리지 않는 태도입니다"라고 훈계를 받았습니다. 이후로 저는 그 집을 이상한 기분으로 멀리서 조심스럽게 바라보기만 했습니다. 졸개란 병사를 가리키는 단어입니다. 저는 군대에서 한 명의 병사에 지나지 않았습니다. 물론, 그 환경은 저한테 헤아릴 수 없는 해를 끼쳤습니다. 이 통찰의 시대에, 모든 것을 검증하면서 군대의 계급만 예외로 두는 것도 이상하지 않을까요. 저는 여기에 아무런 문제도 없다고 봅니다. 일반적으로 병사의 출입이 금지된 집에는 정원이 있는데, 우리의 도적도 도둑질로 쌓인 과도한 긴장을 풀기 위해 이 정원에서 시간을 보낸 적이 있습니다. 한번은 그곳에서 아기 예수처럼 곱슬곱슬한 그의 멋진 머리칼이 머리에서 흘러내렸고, 그 광경이 성전을 떠올리게 했습니다. 동정 어린 웨이트리스들의 손길이 이 헝클어진 머리칼 사이로 미끄러지듯 지나갔습니다. 그가 늘 열심히 씻은 이 머리칼에 대해 말하자면, 목덜미의 심연으로 떨어지는 폭포수라고 할 수 있겠습니다. 신성한 무기력의 협곡으로 쏟아지는 이 격류. 이 문장을 완전히 이해하지 못하더라도, 여전히 그 울림은 더없이 좋게 들릴 겁니다. 여기서 도적은 자신의 탄식을 잃었음에 탄식했고 그밖에 다양한 예의범절 연습을 했는데, 그에게는 입매를 우아하게 가다듬는 일이 중요해 보였습니다. 그는 항상 입술을 조심스럽게 다물고 식사를 했습니다. "이빨은," 그는 설명했습니다. "음식을 씹을 때 밖에 드러나선 안 돼." 많은 사람들이 그를 위해 애썼고, 대부분은 지나치게 애썼는지 모릅니다. 하지만 우리가 좋은 일을 했다면, 지나쳤다는 건 사랑의 표시가 아닐까요? 앞서 언급한 정원에 앉은 그는 우거진 덩굴식물에 휘감겼고, 나

비의 날갯짓 같은 선율에 둘러싸여, 부모의 보호 아래 있는, 천상계에서 중생계로 훨훨 내려온 아름다운 영애를 향한 사랑에 농락당했습니다. 이 아가씨는 저항할 수 없는 매력으로 도적의 심장을 단번에 찔러 그를 시체로 만들었지만, 놀랍게도 전례가 없을 만큼 생기 넘치는 시체였습니다. 저녁에 잘 시간이 되면 그는 비뚤게 지어진 다락방에 꿇어앉고, 그녀를 위해 그리고 자기 자신을 위해 신에게 기도했습니다. 이른 아침에는 행복에 가득 찬 감사의 말과 10만 번의, 아니 숫제 셀 수 없을 만큼의 숭배의 말을 그녀에게 쏟아 냈습니다. 밤에는 달님이 사랑에 빠진 자의 몸짓을 지켜보는 관객이 되었습니다. 아 기적 같은 사람, 당신을 반다라고 부르도록 허락해 주세요. 그런데 실제로 제가 오래전부터 보지 못했던 하녀가 그 이름을 가졌습니다. 그녀는 결혼한 것 같습니다. 우리 도적은 지금 우리 산책로 중 한 곳에서 외국인 남자아이를 알게 되었는데, 그 남자아이는 눈을 반복해서 깜빡이고 윙크하는 흠결을 보였습니다. 흠결에는 마음을 움직이는 무언가가 있습니다. 도적이 남자아이한테 물었습니다. "내가 당신의 하녀가 되면 어떨까요? 얼마나 달콤한 노동일지." 남자아이는 이성을 잃지 말라고 경고하며 그를 야단쳤습니다. 남자아이가 펼쩍 뛰어오르자 도적도 따라서 뛰어오르고, 아이가 다시 앉자 도적도 앉았습니다. 많은 여행을 다닌 이 남자아이는 작은 녹색 눈이 반짝이는 아주 귀여운 얼굴을 가졌고, 무릎이 드러나는 짧은 반바지를 입었는데, 이제 그 무릎에 도적이 연기하는 하녀가 입을 맞췄습니다. 우리는 이 사건에 관해 그가 고발을 당하든 당하지 않든, 증언해야 할 의무감을 느낍니다. 저로서는 그가 고발당하기를 원하지 않습니다. 오후 2시부터 저녁 7시까지 도적은 이 외국인 남자아이의 하녀로 있었습니다. 사람들이 지나쳤습니다. 숨겨야 할 일은 없었습니다. 도적의 하녀 놀이와 남자아이의 주인 놀이를 지켜보던 간호사들은 모든 것을 알아채고, 너그러이 봐주겠다는 듯 입술을 오므리며 미소지었습니다. 저 책을 건네받은 이야기는 다음과 같습니다. 머리칼은 새하얗지만 내면은 꽤 젊은 기분인 한 부인이 책 1권을 도적에게 빌려준 겁니다. 왜 방금 수많은 부인용 코트가 제 머리에 떠올랐을까요? 누구 것이길래? 여러 생각이 퍼뜩 떠올랐다가 다시 사라졌습니다. 그러고 보니 도적은 때때로 자신을 파브리스 델 동고[*] 같은 사람이라고 생각했습니다. 터무니없지 않나요? 잠깐만 기다려주세요. 다시 생각해

---

[*] 스탕달이 쓴 소설 「파르마의 수도원」의 주인공.

보겠습니다. 좋아요, 이제 괜찮네요. 건네받은 책에 대해서도 나중에 이야기할 기회가 있을 겁니다. 중요한 사실은 이 일이 우리에게 하나의 방향, 하나의 길을 제시한다는 것입니다. 이후 도적은 남자아이를 집까지 데려다주고, 아이가 저녁을 먹은 다음 일본식 가운을 입은 모습으로 발코니에 나타날 때까지 하녀다운 헌신으로 집 앞에 서 있었습니다. 아이는 특히 삼촌의 직업에 대해 이야기했습니다. 아이는 임시로 삼촌과 숙모의 집에 살고 있었습니다. 물론 이런 건 전부 시시콜콜한 이야기입니다. 하지만 적어도 저 책 이야기는 "지나갔으니" 다행입니다. 하녀 놀이도 당장은 그리 중요한 게 아니지요. 우리는 도적을 서기장의 아들이라 부르고 싶습니다. 그는 어린 나이에 집을 떠나 다양한 일을 전전하며 도망쳐왔을뿐더러 그 고귀한 태생에 대해서도 막연하게밖에 기억하지 못하고, 자신이 누구인지 알게 된 일이 지금까지 한 번도 없었습니다. 4살 때 그는 엄마의 감독 아래 처음 본 악보로 소나타를 연주했습니다. 틀림없이 아주 상냥한 어머니였을 겁니다. 지금도 그는 엄마의 사진을 소중히 간직하고 있습니다. 어릴 적 그가 놀거나 무언가를 배울 때 바로 옆에서는 영원한 녹빛과 푸른빛과 젊음, 그리고 영원한 고대의 원소를 품은 한 줄기

강이 찰랑거리며 거품을 일으켰습니다. 그럼 자, 이제 수긺은 편력의 마지막에 이르러, 어느 날 저녁 그는 손님으로서 목사관에 앉아 있었는데, 바로 직전에 언덕 가까이에 자리 잡은 마을에서는 그가 그 자신에 대해 보인 충실함에 대한 감사의 표시로 여성 독자 한 명이 악수를 청해왔습니다. 목사의 딸은 그에게 여러 장의 사진을 보여주었습니다. 딸을 지켜보던 목사의 아내는, 도적에게 다소 특이한 기질이 있어도 딸이 어느 정도 호의를 품고 있음을 인정하며 완벽한 목가적 광경을 꿈꾸고 있었습니다. 어째서 깊이 가라앉은 것들이 이곳까지 떠오른 걸까요? 이런, 다시 새로운 뭔가가 다가오고 있군요.

도적의 두 형제는 이 도시의 묘지에 묻혔습니다. 당연히 그들에 대한 기억은 종종 그의 머리를 스쳤는데, 다만 우리는 이 사실을 너무 구체적으로 말하지 않고, 때때로 그가 진지한 기분에 사로잡혔다는 점만 짚어 두겠습니다. 제 말투가 너무 건조하다고 생각하는 사람이 있을지도 모릅니다. 이 점에 대해서는 어떤 비판도 받아들이겠습니다. 우리의 사랑스러운 도적 씨는 어쨌든 부모로부터, 그러니까 날 때부터 눈물을 자아내는 성격은 물려받지 못했습니다. 그가 받은 교육은 방임주의로만 이루어졌습니다. 자녀가 많은 가정이었습니다. 앞서 이야기한, 피아노 교육을 받을 때의 상냥함도 어쩌면 변덕의 산물로서 진실성은 없는 것일지 모릅니다. 그의 출생에 관한 더 이상의 증언은 생략하고자 하며, 이 관대함에 제 스스로 만족을 느낍니다. 제네바 거리와 포르투갈, 이 간극을 어떻게 메울 수 있을까요? 저는 어떤 어려움에 직면해 있는 걸까요. 책상 앞에서 보낸 모든 세월 동안, 저는 이처럼 대담하고 이처럼 겁없이 자리에 앉아 글을 써본 일이 없습니다. 제가 페이지에 남긴 모든 문장과, 역시 써 나가게 될 모든 문장! 아, 선원들의 정신에 따라 포르투갈의 해안에, 유럽의 교양 운동이라는 미명 아래 세워진 이 깃발들. 때는 15세기, 동인도로 가는 항로가 발견된 시기였습니다. 그전까지 사람들은 많은 힘과 시간을 들여, 육로를 통해 이 여정을 완수해야 했습니다. 이제 이 항로가 한꺼번에 열리면서 우리 시장의 100배에 달하는 풍요를 제공했습니다. 우리 중산층 가정은 이제 시나몬 향기로 가득 찼습니다. 커피가 점차 우리 모두의 기호품이 되었습니다. 문명은 지구 반대편의 온갖 문명에서 유래한 직물로 가득 찼습니다. 범선이 앞바다를 달렸습니다. 근본적으로 성실한 인간인 도적은, 당연히 기회가 있을 때마다 어떻게 올바로 살아갈지, 그러니까 어떻게 해야 부르주아적인 질서에 맞춰 살아갈 수 있는지 생각해보았습니다. 이따금 그는 제네바 거리에서 받은 황홀한 기분을 콘서트가 열리는 밤의 카지노 한가운데까지 가져갔고, 다행히도 흠잡을 데 없이 우아하게 행동했습니다. 실제로 그의 거리낌 없는 태도는 일부에게 진심 어린 감탄을 불러일으켰습니다. 그러나 우리는 그의 실수에 대해 계속 냉정하게 질책할 것입니다. 그는 이를테면 우리의 보호 아래에 있는데, 그에게는 그런 보호가 필요해 보이기 때문입니다. 어쩌면 바타비아 사람인 그의 삼촌은 결코 그에게 재산을 주지 말았어야 했는지도 모릅니다. 어느 날 정오에 그는 아르카디아에서, 정확히 말해 감옥탑의 아치 아래에서 무슨 일을 한 걸까요? 우리 도시에는 이른바 파사주, 다시 말해 아케이드라고 하는 지붕으로 덮인 보도가 있습니다. 이제 그는 그녀가 하늘거리며 산책하는 모습을 봅니다. 누구를? 반다! 그녀는 파란 스커트를 입었고, 조그만 애완견이 방울 소리를 내며 종종걸음으로 그 뒤를 따르고 있습니다. 그는 그녀에게 달려가 그녀의 손을 잡으며 속삭입니다. "마님." 그녀는 그에게 무슨 용무인지 묻습니다. "늘 당신 곁에 있고 싶어요." 강하게, 하지만 동시에 죽을 만큼 연약하게, 숨이 곧 끊어질 듯이 그는 말을 짜냈습니다. 마치 열병에 걸린 사람처럼. "저리 가요." 그녀가 명령했습니다. "저를 사랑해 주신다니 기쁘지만, 대체 우리 엄마는 어디 있죠?" 그리고 불안한 표정으로 주위를 둘러보았습니다. 아, 소녀가 불안해할 때 얼마나 아리따운지. 그는 그녀를 베른의 아가씨라고 불렀습니다. 그가 오해받지 않도록 덧붙여 둡니다만, 그는 4개월 동안 거의 매일 그녀의 뒤를 따라다니면서도 말을 걸 용기가 없었습니다. 이제야 그런 일이 일어난 겁니다. 그는 자신이 포르투갈 사람이 된 것 같은 기분이었고, 이제 독자 여러분은 왜 우리가 조금 전 진홍색 깃발*에 관한 이야기를 했는지 이해하실 겁니다. 떨리는 그의 영혼은 예의에 길들어 잔잔한 바다 같았고, 양탄자 상인의 도움을 받아 그는 신대륙의 발견에 나섰습니다. 그는 그 고귀한 젊은이에게 그녀의 이름은 무엇인지, 부모는 누구인지, 그녀가 어디에 살고 있는지 말하게 했습니다. 하나의 제국이 그의 눈앞에 열렸습니다. 그 당시 그는 아직 에디트에 대해 아무것도 알지 못했습니다. 우리가 이제 조금씩 질서 있게 이야기를 시작하고 있군요. 신문에서

---

* 포르투갈 국기.

읽었는데, 원시림 한복판에는 눈이 휘둥그레진 여행자들의 앞에 거대한 건축물이 우뚝 솟아 있다고 합니다. 그렇게 도적의 마음 앞에, 그의 내면생활의 고양을 보여주는 건축물이 우뚝 서 있었습니다. 그는 기쁨에 겨워 쓰러질 것 같았습니다. 어떤 날들은 춤까지 추기 시작했습니다. 반다는 아직 학생 같은 모습을 하고 있었습니다. 매일 저녁 그는 그녀의 친척 집 앞에 어김없이 자리를 잡았습니다. 한 번씩 제네바 거리가 생각났습니다. 다리 아래에는 청록빛 강이 흘렀고, 때때로 그에게는 도시 전체가 그의 영혼의 원시림에서 비롯된 이 사랑에 호의를 가진 것처럼 보였습니다. 한두 번 그녀가 작은 손에 짧은 막대기를 쥐고 있는 모습을 본 일이 있습니다. 그 작은 손을 그가, 그러니까 경건하리만치 세심하게 살피는 모습은 여러분도 상상할 수 있을 겁니다. 그녀의 두 눈은 마치 칠흑의 진주 같았습니다. 그녀에 관해 다양한 사실을 알려준 동양인은 그녀를 단념하라고 도적에게 조언했습니다. 도적은 이 남자가 그녀를 양보할 생각이 없는 것이라 여겼습니다. 사랑에 빠진 사람들은 어리석은 동시에 교활하지만, 그렇게 달하는 건 우리에게 적절하지 않아 보입니다. 저는 이야기의 효과에 충실하기로, 다시 말해 이야기의 흐름을 따르기로 하겠습니다. 한 번 이상 그는 편지를 받았는데, 그 안에서 그를 높이 평가하는 사람들은 그처럼 유익한 천직에 부과된 의무의 이행을 멈추지 말라고 촉구했습니다. "당신이 한때 그토록 원했고 놀라운 보수를 받았던 도적질은 어떻게 되었나요?" 그들은 물었습니다. 이런 글을 읽을 때마다 그는 복화술사의 목소리를 듣는 기분이 되었습니다. 목소리는 그의 아래 아주 깊은 곳에서, 그의 위 아주 높은 곳에서, 멀리 떨어진 곳에서 들려오는 것 같았습니다. 반다를 만나기 전, 그는 풍경이 주는 인상을 수없이 훔치고 있었습니다. 정말 기묘한 직업 아닌가요. 또 그는 다양한 애정도 훔치고 있었습니다. 이에 대해서는 나중에 더 이야기할 것입니다. 지식과 학문을 둘러싼 모임의 일원인 남자가 그를 저녁 식사에 초대한 일이 있습니다. 메인 디시는 흰강낭콩이었습니다. 문화보존협회 회원의 식사란 그 이상의 수준은 아니었습니다. "우리는 오랫동안 당신을 보지 못했어요. 대체 어디에 숨어 계셨나요? 당신은 우리를 피했습니다. 그게 적대감에서 나온 행동이 아니길 바라요. 예전 당신은 우리 모두가 좋아하는 존재였는데." 회원인 사람이 말했고, 회원이 아닌 사람이 대답했습니다. "누구요? 그 '우리 모두'가 누구를 의미하나요? 어쨌든 당신들을 이해합니다. 제가 참여하지 않더라도 당신들은 아주 자연스럽게 앞으로 나아갈 거고요. 저는 아름다운 고뇌를 의미합니다." 건전정신보급협회 회원이 웃음을 터뜨릴 뻔한 이 말과 함께 도적은 겉옷의 옷깃을 열었고, 그 회원은 설마 자신이 보게 되리라 생각하지 못했던 것을 목격하고 얼굴이 완전히 창백해졌습니다. 그러나 다른 측면에서 그는 이 이야기를 흥미롭게 여겼습니다. 그러고 나서 회원은 아직도 문학에 관심을 두고 있는 도적에게 자신의 수많은 간행논문을 보여주었습니다. 논문은 300편 이상에 달했습니다. "어제와 오늘은 연결되어 있습니다." 도적이 말했습니다. "현재의 저를 팔아 이전의 저를 과대평가하지 말아 주시기 바랍니다. 그건 너무 부당한 처사예요. 사람들은 망가진 사람을 보면 비난하고 싶어 안달을 내지요. 보셨잖아요, 제가 방금 솔직하게 당신한테 내보인 것을." 회원은 이해할 수 없는 말을 중얼거렸습니다. 우리는 종종 우리 자신도 알아듣고 싶지 않은 말을 하곤 합니다. 그들 중 두 사람은 자정까지 함께 앉아 있었습니다. 완두콩을 영양원으로 삼고 있는 이 전도유망한 남자는, 사실은 인식했던 것을 인식하지 못한 것 같았습니다. 그는 성경의 몇 구절을 소리 내어 읽었습니다. 종교적인 질문에 큰 관심을 가진 것 같았습니다. 그런데 어린아이들도 아무 잘못 없이 병을 견디고 살아갑니다. 따라서 우리도 이에 따라 조금 더 관대해져야 하고 더 느긋하게, 우리의 상황을 받아들일 줄 알고, 되도록 우리 자신과 사이좋게 지내야 합니다. 이 지식인이 자신이 본 것을 봤다고 믿지 않으려 했던 것은 그의 직업에서 나온 방침일까요, 아니면 개인적인 이해관계 때문이었을까요? 도적의 운명이 지닌 아름다움을 은근히 질투하고 있는 걸까요? "당신이 어디에 가든, 사람들은 당신을 인간적으로 따뜻하게 대하는군요." 도적은 이렇게 대답했습니다. "모두가 나를 돕고 싶어 하지만, 그렇게 할 수 없다는 사실에 미안해합니다." "그건 당신이 어린아이의 얼굴을 하고 있기 때문입니다." 그건 그렇고 도적이 이 회원에게 보여준 것은 무엇이었을까요? 우리는 전혀 알지 못합니다. 이는 우리에게 수수께끼이지만, 집으로 돌아가는 그에게 밤은 얼마나 인도풍으로 아름답게 느껴졌는지. 은빛 나무들이 조용히 할렐루야를 부르기 시작했습니다. 거리는 길고 좁은 쓰레기통처럼 보였습니다. 집들은 장난감처럼 늘어서 있었습니다. 그때 그는 연인을 찾아갔다가 돌아오는 젊은 마이어 씨를 만났습니다. 연인은 그를 되돌려보냈는데, 이는 마이어 씨의 사랑이 충분히 황홀하게 느꺼지지 않았기 때문이었습니다. 연인의 바람을 만족시키기에 마이어 씨한테는 아직 부족한 점이 있었습니다. 몇 번이고 그녀의 발밑에 무릎을 꿇으려 했다고 말해 봤자 무슨 도움이 될까요? 그렇게 발밑에 무릎을 꿇는 것은, 꿇리는 사람보다 꿇는 사람에게 더 근사한 일이니까요. 안타깝게도 최근 마이어 씨의 연인은 매정한 태도로 그를 대했습니다. 그의 영혼도 한계에 도달했겠지요. 차가운 거절은 호사스러운 파티 요리와는 동떨어진 것입니다. 마이어 씨는 운명의 여군주의 신발 끝에 키스할 준비가 되어 있었습니다. 이런 일들뿐 아니라 다른 많은 것을 마이어 씨는 도적에게 고백했고, 이번엔 도적이 마이어 씨에게 저항은 그만두는 편이 좋겠다고 고백했습니다. 여주인의 변덕에 진절머리가 나기 시작한 마이어 씨는 그렇게 할 기세였습니다. "그녀는 의심의 여지가 없이, 당신의 사랑을 계속해서 받을 자격이 있습니다." 도적은 솔직히 말하고, 이렇게 덧붙였습니다. "당신이 미국 사람처럼 굴려고 한다면, 그건 너무 큰 희생을 치르게 될 겁니다. 실제로는 존경하는 사람들을 향해 무관심한 태도를 보이기란 쉽지 않은 일이거든요. 그녀가 당신 따위 지루하다고 말한다면, 계속 말하게 두면 됩니다. 너무 용감한 척은 하지 않는 게 최선입니다." 삶에 대한 열정으로 인해 마이어 씨는 볼셰비키가 되었다는 비난을 받았지만, 실제로 그는 농사꾼처럼 무해한 인간이었습니다. 이제 두 사람은 작별 인사를 나누었습니다. 스푼의 여인, 그러니까 미망인은 너무 고생스러운 결혼 생활을 맛보았습니다. 이 일에 대해 여러분에게 보고해도 될까요? 다음 날 저녁, 그는 지친 상태로 반다의 집 앞에 서 있었습니다. 그녀의 곁에는 친구들이 있었습니다. "그녀가 즐거운 시간을 보내고 있는 거야." 그는 황홀해하며 생각했습니다. 아가씨들은 멜로디에 맞춰 춤을 추고 있었습니다. 도적은 더 제대로 보기 위해 정원 울타리 앞에 발끝으로 섰습니다. 갑자기 커튼이 닫혔습니다. 그는 잠시 거기에 서 있다가 휴양소의 홀에 들어갔습니다. 다음 날 그는 한 여성 가수에게 진주를 보냈습니다. 하지만 반다에게 무언가를 보낸다는 것은 그에게는 감히 저지를 수 없는, 아니 생각조차 할 수 없는 일이었습니다. 그 예술가에게 보낸 귀중품에 그는 몇 줄의 문장을 덧붙여 써넣었는데, 그 글에 대해서는 우호적인 답장을 받았습니다.

2년 정도 전에 그는 저녁 5시에서 6시 사이 우리 도시의 뮤직홀 중 한 곳에 앉아 있었고, 그 자리에 50프랑 정도를 지불했습니다. 여러분도 상상할 수 있듯, 뮤직홀이 인색함을 자랑하기 위해 가는 곳은 아닙니다. 당신이 정말 멋진 풍채를 가졌고, 예술가의 공연에 매료된 모습을 보인다면, 그녀가 당신의 테이블에 와서 앉는 일도 일어날 수 있습니다. 물론 그녀는 지루하거나, 배고프거나, 갈증이 나서 당신 곁에 앉은 것이 아닙니다. 네, 당신이 와인 한 병을 주문하기를 기대하고 온 것이지요. 가수들은 초콜릿을 특히 좋아하며, 이 물건은 카운터에서 구입할 수 있습니다. 그다음 그녀는 듣기 좋은 말을 늘어놓으며, 당신을 큰 눈으로 지긋이 바라봐 주는 대가로 담배 한 갑을 사 달라고 말합니다. 좋아, 당신은 그 요청을 들어주고 물론 그때부터 돈이 조금씩 들기 시작합니다. 당신 주위에서는 삶이 흥얼거리며 노래를 부르고 있습니다. 바는 사무원들, 화학자들, 농부들, 군인들 등 손님으로 가득 차 있습니다. 단장은 판에 박힌 말을 하며 손님들, 그리고 예능인들이 즐기도록 권합니다. 그의 머리가 벗겨졌다면, 그것도 임무를 수행하는 데 완벽을 기한 것일지 모릅니다. 전례란 늘 전염되는 것으로, 당신이 무대의 여배우와 동석하고 있는 것을 보게 되면 다른 멤버들, 관계자들도 같이 허물없는 기분으로 당신에게 다가오게 되고, 머지않아 당신이 사람들과 알랑거리는 말에 둘러싸여 있음을 깨닫는 순간, 자신이 일종의 집결 장소, 구심점이 되었다고 느끼게 되는 것이지요. 이 영광은 높은 평가를 받고 있는 당신의 지갑을 반복해서 끄집어내는 행위와 긴밀히 이어져 있기도 합니다. 가수는 멋지게 노래를 불렀습니다. 그녀가 무대 위로 뛰어오르기만 해도 도적은 완전히 흥분에 휩싸였습니다. 고귀한 악당 같은 그의 얼굴은 웃고 있었습니다. 반짝반짝 빛나는 긍정의 정신이 시행을 구성했습니다. 가수의 작은 몸짓 하나에도 그는 환호하며 "좋다!"를 외쳤습니다. 그는 과장된 찬사의 말들 속에 몸을 파묻었습니다. 주변의 모든 것이 전기가 흐르듯 활기를 띠었습니다. 그의 만족감은 눈부시게 빛나는 등대를 방불케 했습니다. 그녀가 그렇게 안달하지 말라고 부탁해야 했다는 사실은, 그가 충동적으로 그녀를 껴안았다는 것이겠죠. 그는 즉시성 그 자체였습니다. 그녀가 머리에 꽂은 빗조차 그에게는 그 자체로 숭배할 가치가 있는 것처럼 보였습니다. 그 머리칼의 색조에 그는 감탄했습니다. 이렇게 뮤직홀에 앉아 풍요의 뿔에서 떨어지는 웃음의 과실을 즐기다 보면, 갑자기 꽃 파는 소녀가 다가와 2~5프랑에 꽃을 사 달라고 간청합니다. 그러면 또다시 호주머니에 손을 넣지 않을 수 없습니다. 호주머니는 두려움으로 뒷걸음질을 치지만, 건네지 않을 도리가 없습니다. 아, 누군가 자신을 아름답다 여기고 있는 걸 아는 순간 여성들은 얼마나 큰 기쁨을 느끼는지. 많은 사람이 이것에 관해 너무 생각이 없습니다. 만약 당신이 가진 돈이 청구서를 지불하기에 부족하다면, 언제든 금 커프스 단추나 시계 등을 두고 갈 수 있습니다. 다음날 날씨가 좋든 나쁘든 당신은 어쨌든 그것을 갚으러 와야 합니다. 당연히 시립 극장의 사람들은 뮤직홀 사람들을 부러움 섞인 경멸의 시선으로 내려다봅니다. 사랑과 관용을 베푸는 것처럼 굴면서 한 계급이 다른 계급의 존재조차 인정하지 않으려 드는 건 흔한 일이니까요. 이미 실러 시대에도 이는 사실이었으며 앞으로도 변하지 않을 것입니다. 자존심이 상한 누군가가 제가 무례하다고 성명을 냈군요. 우리는 우리 자신의 잘못을, 본래 그러기 위해 있는 게 아닌 다른 시민에게 쉽게 전가하고 있습니다. 이웃과 잘 지내는 법을 알아야 합니다. 때때로 길거리나 음식점에서 사람들이 제게 인사를 하지 않는 일이 있지만, 그럴 때 저는 바로 깨닫습니다. 그들은 마음속으로 제게 허리를 굽히고 있는 거라고. 유감스럽게도 그들은 이 사실을 인정하기 싫어합니다. 유감스럽다고요? 천만에요, 저는 크게 감사하고 있습니다. 누군가 내게 경의를 표한다느니 하는 건 삶을 복잡하게 만들 뿐이니까요. 어딘가에 앉아 있으면, 제가 활기가 넘치기를 원하는 사람이 옆에 앉을 때도 있고 조용하고 냉정한 저, 차분하고 성숙한 저를 원하는 사람이 앉을 때도 있습니다. 도적도 이는 마찬가지였던 것 같습니다. 그에 관해 우리가 이제 보고드릴 사항은, 여주인인 미망인이 접시에 남긴 빵조각을 그가 먹어 치웠다는 사실입니다. 이따금 그녀가 한 입 베어 문 사과를 남겨둘 때가 있었는데, 이것도 그는 공손하게 집어삼켰습니다. 그래도 이렇게 좋은 젊은이를 이런 식으로 망가뜨려도 되는 걸까요? 아니면 이렇게 말하는 우리가 그를 망가뜨리고 있는 걸까요? 절대로 아닙니다. 그는 지금까지 조국, 그러니까 스위스의 정신문화자료협회나 단체에 자신의 경력을 보낸 적이 없습니다. 아무래도 그는 문학, 단어, 문장을 다듬기보다 다락방에서 장작 패는 기술을 연마하기를 선호한 것 같습니다. 그가 장작을 패거나 톱질을 할 때마다 미망인은 간식으로 맥주와 레버부어스트를 대접했고, 거기에 이런 말도 곁들였습니다. "부 제트 샤흐멍(상냥하시네요)." 그녀는 그에게 자신이 젊었을 적 "바보"라 불렸다고 말했습니다. 두 사람이 대화를 나눌 때마다 그녀는 귀부인처럼 앉아 있었고, 그는 꼿꼿이 선 채 하인처럼 꼼짝 않고 그 자리에 서 있었습니다. 그녀의 로코코풍 얼굴 앞에 앉는 용기도 내본 적 있었는데 그러자 그녀는 "부적절한 행동이군요"라고 말했고, 그는 즉시 그녀의 말이 정당함을 인정해야 한다고 여겼습니다. 여러 번 그는 집필 중인 산문, 다시 말해 질서정연하고 격조 있는 말이 전시된 문장을 그녀에게 읽어주었습니다. 그녀는 부티크를 운영했고 거기서는 온종일 모자를 쓰거나 벗는 일이 반복되었는데 이는 물론 부인 모자로, 도적은 매일같이 그녀가 뭘 하는지, 그녀와 잠시 대화를 나눌 수 있는지 확인하기 위해 가게에 들렀습니다. 그녀의 발은 무척 화사하고, 조그맣고, 우아하고, 섬세하고, 사랑스럽고, 선량하고, 달콤한 발로, 그는 그 발에 대한 찬가를 작곡했으며, 그 발로 그녀는 20살 무렵 불행한 결혼 생활에 발을 내딛게 되었는데 이에 관해서는 우리가 이미 이야기한 대로입니다. 어느 날 밤 10시, 두 사람이 막 오를레앙의 소녀*에 관한 논의를 마쳤을 때, 그는 이른 아침마다 그녀가 전날 밤에 사용한 스푼으로 무엇을 하고 있는지 고백했습니다. 그녀는 이 고백에 비난하는 듯 침묵을 지켰는데

---

* 잔 다르크의 별명.

이전 시대의 왕비들이 취했을 법한 태도로, 분노를 표현하는 것처럼 보이는 등을 그에게 향하고, 잘 자라는 그의 인사에도 대답하지 않고 자기 방의 평화와 예법 속으로 들어갔습니다. 그 순간 그녀가 그에게 얼마나 매력적으로 보였는지. 한 폭의 그림 같다고 해도 좋을 정도였습니다. 복도를 걷던 그녀는 어딘가 동판화를 연상시키는 데가 있었고, 크게 언짢아하면서도 분명 조금은 기쁜 듯한 모습이었습니다. 자신을 소중하게 대하고 있다는 고백을 들었을 때 여성은 얼마나 아름다운지. 도적은 의심할 여지가 없이 이 에피소드를 정말 부끄러운 일로 회상합니다. 물론 우리는 그가 부끄러움에 실컷 빠져들도록 할 생각입니다—그는 부끄러움을 즐기는 타입입니다. 너무 큰 부끄러움 말고, 약간의 부끄러움을. 스푼으로 한 짓을 고백할 때 그는 자신의 용기에 몸을 떨었습니다. 아, 이 사자 같은 남자. 이제 그녀는 몇천 명은 되는 그런 종류의 남자 중 한 명과 결혼했고, 다른 많은 여자도 그와 같은 남자라면 더없이 행복했겠지만 그녀만은 행복할 수 없었는데, 이는 그녀가 이른바 바보였기 때문입니다. 그녀는 자신의 내면에 있는 이 바보를 남몰래 조금은 자랑스러워했습니다. 그녀에게 자신의 바보스러움은 곧 자기 자신을 의미했습니다. 결국 바보스러움이란 대개 우아함과 연결되어 있으며, 실제로 이 약간의 매력을 만들어내는 것이 약간의 바보스러움이라 볼 수 있습니다. 그녀의 경우에는 확실히 그랬습니다. 그의 남학생 같은 시시한 행위를 모른 척 행동하기로 용서한 그녀는, 언젠가 자신이 너무 불행했었다고 스푼을 핥은 남자에게 말했습니다. 불행했다고요? 애초에 바보들이 불행할 수 있나요? 사랑스럽고 온화하며 선량한 사람, 그러니까 우리의 도적은 나중에 이 질문을 상당히 길게 고민했습니다. 그는 정말 갈등과 결혼을 다룬 소설에만 둘러싸여 있었을까요? 왜 결혼 생활은 이렇게나 많은 문제로 가득 차 있을까, 하고 그는 자문했습니다. "남편과의 결혼생활은 왜 불행했어요?" 그가 물었습니다. 그러나 그녀는 이 단도직입적인 질문을 피하며 이렇게 대답했습니다. "이 얘기는 하고 싶지 않아요. 당신이 이해하지 못할 수도 있고, 결혼 생활의 경험을 반복해서 말해봤자 그저 제 자신이 혐오스러워 보일 뿐일지 모르니까요. 사람은 자기 자신에 대한 애정을 지키는 게 중요해요." "결혼 생활 동안 못되게 굴었나요?" "그렇게 호기심 갖지 마세요." "이건 호기심이라기보다 지적 탐구심입니다." "어떻게 제가 예전에 나쁜 아내였다고 생각할 수 있죠?" "물론 당신은 늘 다른 사람에게 잘해왔지요. 하지만 때때로 사람은 너무 착하기 때문에 나쁜 사람이 되기도 하는 법입니다." 그녀는 침묵했고 이 순간 뒤러가 그린 한 여성 인물의 아우라, 어둠 속 바다를 건너는 밤새의 수줍음, 부드러운 내면의 흐느낌이 느껴졌습니다. 그는 이 결혼에 대해 더 이상 아무것도 듣지 못했습니다. 바보들은 이보다 잘할 수 없을 만큼 침묵 속에 틀어박힐 수 있으며, 예의에 맞는 행동을 즐기기에 있어서 대가들입니다. 그들은 마치 반항하거나 조소하는 것처럼 예의에 맞는 행동을 하고, 자신들을 덮치는 환멸에 따른 고통을 예의 바르게 한 조각씩 씹어 삼킵니다. 이런 분야에 있어 바보들보다 뛰어난 사람은 없습니다. 그들은 자신의 고통을 사랑할 수 있는 걸까요? 이런 바보들도 굉장한 몽상가이니까 저 결혼 생활이 불행한 원인은 그저 남편이 그녀들의 꿈에 걸맞는 사람이 아니었다는 것, 그녀들이 머릿속에 그렸던 남편감에 비해 친절하지도, 정중하지도, 신사적이지도, 유쾌하지도, 경건하지도, 공손하지도, 재치가 있지도, 현명하지도, 선량하지도, 용감하지도, 믿음직스럽지도, 재미있지도, 성실하지도, 신앙심이 깊지도 불신앙하지도 않았다는 데 있었을지도 모릅니다. 때로는 사소한 일도 큰 불행을 초래할 수 있습니다. 이

제 한때의 사랑스러움이 어렴풋이 남아 있는 바보 아가씨는 접시 위 소시지 한 조각 앞에 앉아, 조금 먹었든 다 먹어버렸든 소시지 껍질만 남겨두었는데, 살짝 바보처럼 굴어보는 것도 재미있겠다고 생각한 시동이 나중에 그 껍질을 덥석 집어 먹었습니다. 태양이 빛을 비추는 안뜰에는 종종 바다 밑 같은 조용함이 있어, 그럴 때는 모든 건물과 그곳에서 일어나는 일이 영원히 티 없이 밝고 투명한, 눈에 보이지만 알 수 없고 쉽게 변하면서 변하지 않는 물 속에 가라앉아 있는 것 같았습니다. 그리고 도적은 그가 계속해서 읽고 있던 저 시시콜콜한 대중소설들의 이야기를 훔쳐, 그 내용에서 완전히 독자적인 이야기를 만들어내고 내내 웃음을 터뜨렸습니다. 혹시 바보의 안에는 남자의 반신이 잠들어 있어, 그 이유로 그녀는 자신의 영혼을 파괴하지 않고는 남편을 감당할 수 없었던 걸까요? 다행히도 이제 그녀는 좋은 하녀를 한 명 들였습니다. 파리에서 많은 여행자들이 그녀를 찾아왔습니다. 그녀가 항상 그 사람들과 잘 지냈다고는 볼 수 없습니다. 여름에 그녀는 하얀 옷을 전신에 걸치고 리하르트 바그너에 관해 잘 모른다고, 바그너를 이해하려면 전문가가 되지 않으면 안 된다고 겸손하게 말했습니다. 그리고 언젠가 그녀가 도적에게 얼간이라고 말한 적이 있습니다. 이제 우리 눈앞에는 따귀가 대기하고 있습니다. 어디서 어떻게 일어난 일인지는 곧 알려드릴 것입니다. 에디트의 모자에 대해서는 일단, 밝은 녹색이라고 해둡시다.

 도시의 한 여교사는 그녀가 제대로 된 교사가 아니며 자기 직업에 대해 아는 것이 없다는 말을 들었습니다. 그 말을 듣고 그녀는 너무 낙담하여 이렇게 혼잣말을 했습니다. "시골로 이사를 가야겠어." 고요하고 평온한 그곳에서, 그녀는 조금 색다른 자신의 기질을 다스릴 수 있도록 시간을 주는 사람들을 만났고, 그렇게 하여 아주 훌륭한 교사가 되었습니다. 사랑하는 동포 여러분, 서로의 가치를 바로 부정하는 말은 하지 맙시다. 서로의 부족함만 지적하지 말고, 실제로 배려를 보여줍시다. 그렇게 하면 더 많은 사람이 존중을 받고, 따라서 밝고 활기 넘치는 남녀가 함께하게 될 겁니다. 봉사할 때는 신속하게, 하지만 판단할 때는 명령하고 통치할 때처럼 천천히 해야 합니다. 통치란 아무리 진중해도 지나치지 않습니다. 참고로 통치하는 것과 명령하는 것은 완전히 다른 종류의 일입니다. 찬사를 보낼 때도 비난할 때와 마찬가지로 조심스러워야 합니다. 그건 그렇고 웬걸, 저는 두 번 다시 부인들의 카페에 발을 들이지 못하게 되었습니다. 왜 그렇게 되었는지는 나중에 설명하겠습니다. 아내가 남편의 기벽을 충분히 또는 전혀 배려하지 않았기 때문에 3개월 동안 쓸쓸한 결혼 생활을 보내고 이후 결국 이혼을 요구했다고 하는, 한 김나지움 교사와 함께 도적은 햇볕이 내리쬐는 들판을 산책했습니다. "당신한테 특별한 관심을 보이는 저 글로어라이히 교수에 대해 어떻게 생각하시나요?" 도적이 대답했습니다. "어쨌든 오늘날까지 즐겁고 생생하게 기억에 남아 있는 건, 제가 교섭을 위해 호수와 산이 내다보이는 그림 같은 저택에 발을 들였을 때, 그의 개가 제 종아리를 덥석 물었던 일입니다." "그가 당신에게 호의적이지 않았나요?" "친애하는 김나지움 선생." 도적이 말했습니다. "이 대학교수는 무엇보다 먼저 자기 자신한테 호의적인 게 분명합니다. 이건 우리 모두 마찬가지지요. 예를 들어, 당신이 자기 자신에 대해 호의적이지 않았다면 전 부인한테서 도망칠 수 없었을 겁니다. 당신은 나쁜 상황에서 벗어나지 못하고 있는 자기 자신이 너무 불쌍했습니다. 전적으로 근거 있는 동정심을 자기 자신한테 품었던 거지요. 글로어라이히 교수도 자기 자신을 동정하여 관용을 베풀고 있었습니다. 이렇게 당신과 수다를 떨고 있는 저 또한 믿기 힘들 만큼 확고한 태도로 항상 저 자신을 믿으면서, 가능한 한 저 자신한테 불이익을 주지 않으려 하고 있고요." 김나지움 교사는 언변을 토해내는 도적을 미심쩍게 바라보더니 이렇게 말했습니다. "그건 그렇고 횔덜린풍의 밝고 아름다운 산책이네요." 그 말에 상대는 동의했고, 이렇게 논평했습니다. "장점은 나란히 작용합니다. 우리의 좋은 기분은 조용하고 유쾌하게 우리와 동행할 수 있습니다. 당신이 말한 이 교수의 명성은 제게 기쁨을 줍니다. 제가 말하고 싶은 건 타인의 이익이 우리의 발전을 방해한다는, 실제로는 전혀 그렇지 않은 낡은 불안을 떨쳐버리는 법을 배우는 일이 살아있는 우리에게 더없이 중요하다는 겁니다. 한 동료 시민의 탁월한 업적은 우리도 무언가를 성취할 수 있도록 허가를 내주는 것이지, 금지하는 게 아닙니다. 그리고 우리가 아는 한 장점이든 단점이든 지속하는 것이 아니며 때로는 여기서, 때로는 저기서 효력을 잃습니다. 해로운 것은 보통 이로운 것이 흔들리기 시작할 때 발생합니다. 이로써 제가 말씀드리고 싶은 건, 어떤 이로움도 해로움으로 바뀔 수 있으며 어떤 해로움에서도 이로움은 싹튼다는 점입니다. 누군가의 장점은 나의 단점이 아닙니다. 그 가치가 영원히 지속될 리 없으니까요. 영속적인 가치를 지닌 뛰어남이란 없습니다. 가치가 있는 것은 다른 가치가 있는 무언가로 대체됩니다. 오늘 사람들이 하나의 사실에 대해 이야기하고 있다면, 내일 그들은 또 다른 사실에 대해 이야기할 겁니다. 우리의 유쾌한 노력을 방해하는 것은 우리의 사소한 예민함입니다. 우리의 감정이야말로 여러 면에서 적이지, 경쟁자들은 우리의 적이 아닙니다. 이른바 우리의 적은 우리가 그들의 가치를 두려워할 때만 적인데, 결국 가치가 퇴색하길 바라지 않는다면 끊임없이 새로 갱신하고 획득해야 합니다." 김나지움 교사는 다시 한번 탐구적인 시선으로 동행인을 바라보았습니다. 당시 도적은 로스바흐 전투를 앞에 둔 프리드리히 대왕풍의, 지붕창 너머로 야외를 내다볼 수 있는 방에 살고 있었습니다. 이전에 누군가가 그에게 쿠글러가 쓴 프리드리히 대왕의 역사서를 읽고 조사하라고 시킨 적이 있는데, 이제 그는 혼자서 프리드리히 대왕인 척 굴고 있습니다. 뭐, 마음껏 즐기게 놔둡시다.

이 모든 인상들이 얼마나 깊숙이 제게 밀려들어왔는지! 그 인상들은 필시 그에게도 밀려들었을 것입니다. 거기에 이 근본적인 신념들, 의견의 차이들까지도. 그다음 베글리를 살 때의 가정적인 행동도. 베글리, 슈탕겔리, 링글리, 지펠리란 구운 과자 이름입니다. 나무들이 드리우는 그림자는 우리를 얼마나 기분 좋게 만들어주는지. 술집을 배회하는 불량배들, 그 놈들은 모두 "뜨내기들"이라고, 도적은 공교롭게도 술집에서 얼큰하게 취한 사내에게서, 그러니까 이미 불량배로 변한 사내에게서 들었습니다. 그 말은 조롱처럼, 비꼬는 것처럼 들렸습니다. 이런 말을 통해, 말하는 사람은 자신이 빠진 혼란 상태에서 벗어나고자 합니다. 일할 마음이 없는 자들은 이를테면 스스로를 해방하기 위해, 또는 스스로를 자기 본위로 정당화하기 위해 다른 사람의 마음을 쉽게 부정해 버립니다. 도적은 에디트의 눈앞에서, 다시 말해 그의 연인 곁에서, 즉 그녀가 일하는 곳에서, 친구들이 오랫동안 기다려 온 장편소설을 써야겠다고 다짐한 일을 떠올렸습니다. 얼마나 낭만적인 다짐인지! 물론 그 다짐은 수포로 돌아갔습니다. 그리고 이제 자기들 기분에 따라 어느 때는 그에게 깍듯이 인사를 하고, 어느 때는 등을 돌리는 저 관리인들, 레스토랑 지배인들. 그는 그러니까 이 지배인들 밑에서 일하며 그들을 상사로 인식하는 아가씨들을 매번 찾아갔습니다. 이 아가씨들에 대해 설교하듯 권위주의적인 어조를 취했다면 그는 경영진의 지지를 받았을 것입니다. 그러나 그가 이 아가씨들의 지지를 받으려고 열을 올리면 지배인들의 얼굴은 자우어크라우트처럼 시큼해졌고, 냉담한 거부 그 자체라고 봐도 좋을 만큼 비판적인 태도를 보였습니다. 한 번은 그가 한 여성의 소형 트렁크를 그녀의 도보여행 목적지 바로 앞까지 날라 주었고, 그 사례로 장갑을 낀 그녀의 손이 건네는 1프랑을 받았습니다. 그가 보인 호의는 그 여성뿐 아니라 그 자신의 마음에도 들었습니다. 매력적인 행동은 우리의 내면뿐 아니라 의면도 매력적으로 만듭니다. 친절한 행동이 우리의 표정에 새겨지고, 그 결과 우리의 외모도 기분 좋게 인식됩니다. 그는 일주일에 한 번 샤워를 했는데, 그 물줄기 아래에서 흑인 아이가 춤을 추듯 몸을 깡충거렸습니다. 이 샤워에 대해서는 나중에 다루게 될 것 같습니다. 그럼 왜 제가 부인들의 카페에 발을 들이지 못하게 되었는지, 이제 그 이유를 덧붙여도 되겠군요. 아르가우에서 온 한 여성이 그곳에서, 유혹적인 음악이 울리는 와중에 접시 위에 젊은 괴테를 올려서 내놓았습니다. 이 시인이 그렇게 안절부절못한다는 게 믿기지 않았기 때문에 저는 그것을 거절했습니다. 젊은 괴테, 마리오네트든 인형이든, 사양합니다! 그래도 이 실수뿐이라면 넘어갔겠지만, 어느 날 그곳에 제가 이제까지 만난 중에 최고로 아름다운 젊은 여성, 브라질 여성이 모습을 드러냈고, 제 테이블에 앉았기 때문에 저는 그녀와 대화를 나누게 되었습니다. 그녀는 흑인 500명을 소유하고 있다고 말했습니다. 제가 이 흑인들과 그들이 시간 약속을 잘 지킨다는 말을 믿지 않으려 했기 때문에 그녀는 저를 촌뜨기라 불렀는데, 그것도 여성적인 매력으로 가득 찬, 화려한 꽃다발이라 해도 좋을 귀중한 동석자 모두에게 들릴만큼 큰 목소리로 그렇게 불렀습니다. 저는 파멸했습니다. 괴테를 꾸벅꾸벅 절하는 꼭두각시, 예의범절만 생각하는 사람에 불과하게 만든 이 시인에 대한 어중간한 지식, 아프리카에 대한 경박한 이해에 대한 반항심 덕분에 저는 이 세련된 모임에서 추방당한 처지가 되었습니다. 지금 저는 아랫마을 강변에서 맥주 한 잔을 마시고 꽤 편안한 기분을 느낍니다. 덧붙이자면, 그렇다고 해서 제가 도시의 상부 지역을 매일 거닐지 않는 건 아닙니다. 지나가는 사람들의 염치없는 외침에 저는 개의치 않습니다. 저 자신도 염치없었던 적이 자주 있어서, 큰소리칠 때 사람이 별다른 생각을 하지 않고 있음을 경험을 통해 알고 있습니다. 그래서 이제 재정을 좌우하는 저 대공작부인들이 마치 도적의 안부를 묻기라도 하듯 그에게 몸을 낮추어 오고, 그는 지금은 태연하지만 그때는 마치 꾸중을 들은 학생처럼 그곳에 우두커니 서 있었습니다. 여기서 홍미를 지속시키기 위해, 이 이야기는 뒤로 남겨두겠습니다. 그가 이제까지 다른 어디보다 좋아했던 우리 도시에 체류하기 시작한 첫해, 그는 행정부 사무관으로서 주로 기록보관소의 목록작성 업무를 간간이 하고 있었습니다. 가끔 그는 심부름을 했고, 일요일에는 새처럼 교외로 날아가 들판을 넘고 숲에 들어가서 쉴 언덕을 찾았습니다. "정말 기묘하군요, 도적한테 베껴 쓰는 일을 맡긴다는 것이"라고 상사는 미소지으며 말했습니다. 기회만 있으면 그는 이 상사와 인간의 본질에 대해 이야기를 나누었습니다. 도적은 음울한 견해를 제시했는데, 아마도 책상 앞에 서 있거나 앉아 있는 긴 시간을 불쾌하게 느꼈기 때문인 것 같았습니다. 사회에는 도움이 안 되는 탐욕스러운 사람만큼이나 배려심 있고 동정심 있는 사람도 존재한다는 확언으로 상사는 그를 달랬습니다. 당시 그는 슈탈더라는 가족의 집에 살고 있었습니다. 이 집에는 모친과

딸 둘이 있었고 딸들은 도적과 말싸움하기를 즐겼는데, 그녀들은 말싸움 그 자체를 가치 있는 활동이라 믿었습니다. 도적은 이 두 시민계급 아가씨들로부터 행동거지, 견해 등을 배워야 했지만, 두 사람의 말을 온전히 믿을 수는 없었습니다. 그렇게 생각할 때도 있었고, 생각하지 않을 때도 있었습니다. 두 사람은 도적을 구두쇠라 부르거나, 방탕아라 불렀습니다. 그녀들은 그의 행동이 너무 건방지거나 너무 소심하다고 판단했습니다. 특히 그녀들은 그의 정확성에 대한 과도한 추구를 비난했습니다. 그가 그녀들 사이에서 안절부절못하기 시작하면 그녀들은 즐거워했습니다. 그러니까 그녀들은 그가 편안한 나날을 보내기를 원하지 않은 게 분명했습니다. 이를 두고 그다지 친절했다고는 말할 수 없을 것 같습니다. 그녀들은 우리가 여기서 도적의 편을 드는 걸 보고 놀랐을 겁니다. 이 가족에 대해서는 나중에, 물론 충분히 예의를 갖추어 말씀드릴 생각입니다. 당시 도적은 아주 조용한 사람이었는데, 이 두 아가씨는 그가 매일 저녁 4시간 정도 그녀들과 재잘재잘 수다를 떨며 시간을 보내기를 바랐습니다. 그는 어쩔 수 없이 그녀들이 원하는 대로 행동했습니다. 그러나 그가 자신 안으로 침잠하기 위해, 독서를 조금 하려고 방 안에 틀어

박히면 그녀들은 이를 용납하지 못했습니다. 그러면 음침한 사람이라는 둥 시시한 녀석이라는 둥 결국 아가씨들을 숨 막힐 정도로 지루하게 만들고 얼빠진 소리만 하는 인간이라 불렸습니다. 물론 그는 상당한 교양을 쌓았다고 생각된다는 점에서는 그녀들을 존중하고 있었지만, 말하자면 그녀들을 정말로 신뢰하지는 않았습니다. 네, 그는 그녀들을 존중하고 있었지만 하늘이 두 쪽 나도 결코 반할 거라고는 생각하지 않았는데, 정작 그녀들은 그가 반하기를 바라고 있었습니다. 한 아가씨는 맨어깨를 그에게 보여주었고, 다른 한 명은 테이블 위에 서서 속옷이라고 하는 동화 속 왕국을, 물론 아주 조금뿐이지만 엿볼 수 있게 해주었습니다. 그가 육군 대령과 결혼한 웨이트리스를 알고 있다고 말했을 때 두 사람은 웃기 시작했는데, 그 웃음은 자신들이 가진 부르주아적 자의식이 상처를 입었다고 느낀 것 같은 억지웃음으로, 그녀들은 이 자의식을 사랑하는 동시에 경멸하고 있었습니다. 큰딸은 종종 예레미아스 고트헬프에 대해 이야기했는데 마치 그가 자신의 수호천사인 것처럼, 혹은 그녀 자신이 고트헬프의 등장인물이라 주장하는 것처럼 그에게 집착했습니다. 그녀의 이야기에 따르면, 가족이 취리히로 이사했지만 그곳에서는 주위에 고트헬프적인 인물이 한 명도 돌아다니지 않았고, 그래서 다시 베른주로 돌아왔는데 이곳에서도 아무리 주의 깊게 살펴본들 그런 사람과 마주치는 일은 결국 없었다는 겁니다. 저는 앞서 말했듯 나중에 이 가족을 다시 다룰 생각입니다. 그들은 그럴 만한 가치가 있으니까요. 특히 큰딸은 부지런한 동시에 그에 못지않은 미숙함으로 도적에게 깊은 인상을 남겼습니다. 그녀의 모든 독립적인 행동이 도적의 눈에는 여전히 의존적인 것처럼 비쳤고, 그녀가 보여준 독창적인 행동에도 그는 그녀에게 독창성이 없다고 생각했습니다. 제가 생각건대 다음과 같이 표현하는 것이 최선이 아닐까 합니다. 그는 그녀를 존중했지만, 그녀에게 끌리지는 않았다고. 그럼 도적에게는 아무런 죄도 없는 걸까요? 그녀의 얼굴은 그에게 이렇게 명령하고 있었습니다. 나를 사랑하세요. 그렇지 않으면 엄마한테 가서 일러바칠 거예요. 그러면 엄마는 당신을 쓰레기처럼 보게 될 거예요. 하지만 그와 딸들의 교류를 자주 본 이 엄마는 어느 날 그에게 부드럽게 말했습니다. "그 애들은 힘을 더 빼고, 이기심과 불안감을 버리고, 덜 계산적이어야 해요." 그녀는 딸들에 대해 이야기하고 있었는데 딸들은 섬세한 애정과 그 깊이를 마치 이성이나 간계, 술수로 손에 넣을 수 있는 것처럼 생각하여, 억지로 그를 이기려 들고 있었습니다. 슈탈더가의 두 아가씨에게는 많은 지인이 있었는데 그중에는 재봉사들, 예를 들면 베르크 엔미가 있었습니다. "당신은 치마를 두른 사람만 보면 알랑거리고, 온갖 술집마다 드나드는 그런 부류의 인간이에요." 대체 누가 이런 말을 했을까요? 두 딸 중 한 명일까요? 그렇다 해도 이렇게 비난조의 말이라니. 그녀가 그를 조금이라도 매혹시켰어야 했는데. 그랬다면 그는 그녀에게 홀딱 빠졌겠지만 그 대신, 그는 앞서 언급한 미망인의 집 다락방에 틀어박혀 저 기묘하기 짝이 없는 관계를 맺게 됩니다. 참고로 그는 언젠가 슈탈더가의 딸들 중 한 명에게 몹시 거친 태도를 보인 적이 있습니다. 특히 이 사건에 관해서는 제대로 기억해 두고 나중에 다시 돌아올 텐데, 우리는 이번에야말로 그의 모든 잘못과 함께 "있는 그대로의 그를 보여주고" 싶기 때문입니다. 젊은 숙녀의 모자를 구겨 버리다니, 이 철면피! 게다가 거리 한가운데서. 그녀는 거의 기절할 뻔했습니다. 우리도 이해가 됩니다. 분명 잔인한 일이에요. 그런가 하면 또 그는 자신에게 열렬한 관심을 가진 한 편집자와 한 번 더 진심 어린 대화를 나눴습니다. 편집자는 도적의 의상에 대해 반대할 점을 찾지 못했을 뿐 아니라, 도적의 성격적 특징과 일치한다고 여겼습니다. 그런데 반다가 다시 등장할 때가 된 것 아닌가요? 그리고 이 무렵 그는 미술관을 방문하지 않았나요? 그리고 아레강은 우리 도시를, 마치 사랑하는 사람을 지켜주듯 감싸고 있지 않나요?

그래서 두 아가씨 모두 그가 사랑하는 건 자신이라 믿고 있었습니다—라고 나이 많은 슈탈더가의 여성은 이 연애사건에 대해 언급하고, 그렇게 말하면서 거의 새된 소리로, 그러니까 비극적인 태도로 웃었습니다. 마치 "이 어리석고 가여운 딸들," 제정신을 잃은 딸들을 조소하며 동정하듯. 참고로 도적은 이전에 창구에서 일하는 사랑스러운 갈색 머리 여성에게 이미 너무나 충동적으로 청혼한 적이 있는데, 진심이 아니라고 여겨져 거절당했습니다. 그리고 이제 그는 박해받고 있습니다. 갑작스러운 프러포즈 때문에 박해받고 있는 걸까요? 그가 가진 진심의 투박함 때문에? 그의 우스꽝스러움이 지닌 비극성, 아니면 그의 촌스러운 코 때문일까요? 아니면 손수건을 쓰지 않고, 이 코를 여러 번 맨손으로 풀어버렸기 때문에? 그는 박해받을 만한 짓을 한 걸까요? 그 자신은 알고 있었을까요? 네, 그는 알았고, 예상했고, 느꼈습니다. 이 느낌은 날아가 버렸다고 생각하면 다시 돌아왔고, 가루가 되었다고 생각하면 다시 깔끔하게 붙어서 제자리로 돌아왔습니다. 그는 담배를 너무 많이 피웠다는 이유로 박해를 받은 걸까요? 언젠가 도적은 식사로 나온 수프 속에서 하녀의 머리카락을 발견했는데, 그것을 음식처럼 먹을 결심은 생기지 않았습니다. 이런 죄로 인해 그렇지 않아도 힘겨운 그의 삶이 더욱 견디기 힘들어진 걸까요? 불쌍한 친구! 많은 아가씨들이 그의 위대하지만 슬픈 운명을 너무도 안타까워했습니다. 멀리서 봐도 그는 이미 고통받는 자로 보였으니까요. 사람들과 함께 있을 때 그의 눈은 바람에 흔들리는 등불처럼 깜빡이고, 바람에 흩어지는 고요처럼 떨렸습니다. 그의 눈은 빙빙 돌고 있는 조그만 그레이하운드 같았습니다. 절묘한 표현 아닌가요? 먼저 반다를 진정시켜야 할 것 같네요. 주목받고 싶은 욕망을 자제하지 못해, 얼마나 발버둥치고 안절부절 못하는지. 우리는 그녀를 아주 철저히 공정하게 다룰 생각입니다. 도적이 마음을 두고 있는 상대가 누구인지, 이름은 무엇인지, 아무도 알지 못했습니다. 하지만 적어도 당분간은 더 이상의 설명은 생략합시다. 모두가 그녀의 정체를 알고 싶은 모양이었지만, 아무것도 알아내지 못했습니다. 이 얼마나 긴장된 상황이었는지. 너무 긴장된 나머지 거의 찢어져 버릴 정도여서 마치 한 장의 천이 세게 당겨지고 있는 것 같았는데, 이 천은 잡아당겨 찢으려는 힘을 견뎌내고 있었습니다. 천이 그것을 찢으려는 모든 힘보다 강했던 것입니다. "머릿니가 하룻밤이면 사라집니다." "영농 학습에 전념하고 싶은 청년은 배우기를 희망하는 과목과 숙소를 ○○농장에서 찾을 수 있습니다." 올리브오일, 물비누 등등. 신문을 읽으면서 도적의 눈에 들어온 광고 문구입니다. 그가 이렇게 광고를 읽고 싶어 한 것, 그 자체로 거의 무도하지 않나요? 그 뒤로, 그래요, 그 때문에 도시의 한 유명한 여성이 무(無)로 돌아갔습니다. 마치 실수인 듯, 정신이 나간 사람처럼 그녀는 가스 밸브를 열었고, 이후 쓰러져 최후를 맞이했습니다. 몇몇이 주장하기로는, 도처에 그를 아버지라고 말하는 젊은이 다섯 명이 있다고 합니다. 진지하게 생각해봅시다. 사람들이 그를 아주 마음에 들어하고, 그래서 박해받고 있는 걸까요? 완전히 불가능한 이야기는 아닙니다. 하지만 이 모든 질문에 답을 내기에는 아직 갈 길이 멉니다. "당신은 박해받고 있습니다." 한 유력 인사가, 우리 문명의 성과와 과제에 참여한 사람 중 가장 죄 없는 사람에게 말했습니다. 그는 이 기묘한 말에 곧장 귀를 기울였습니다. 이는 심연에서 올라오는 경고처럼 들렸습니다. 하지만 그는 그저 "그 얘기는 이제 그만두시죠"라고 대답했을 뿐입니다. "저도 그건 오래전부터 알고 있습니다. 하지만 중요하다고는 전혀 생각하지 않아요, 아시겠죠. 박해받는 건 본질이 아니에요. 그건 부차적인 것으로 봐야 하고, 깨닫거나 주목할 만한 가치가 없는 일입니다. 진지한 문제지만, 진지하게 받아들일 게 아닙니다. 가끔씩 이곳저곳이 조금 간질거릴 뿐이지요." 이로써 이 주제는 다한 것 같습니다. 얼마나 믿기 힘들 정도의 무심함인지. 그리고 그로 인해 마음 졸이고 있는, 더없이 섬세한 감정으로 충만한 숙녀들. 그동안 그는 전쟁에 참여하지 않은 중위로부터 명랑함을 잃지 않는 기술을 배웠습니다. 그런가 하면 한 술집 주인의 딸이 그에게 공연히 믿음을 품었다가 정신적 혼란을 겪었다는 이야기도 있습니다. 점입가경이지요. 그리고 그 밖에 또 이런 일도 있습니다. 도적은 "방에서 나가요"라든가 "이리 와 봐요" 같은 말을 듣는 것이 그를 얼마나 기쁘게 하는지 깨닫도록 한 번씩 가정부를 교육시켰습니다. 그런 비슷한 일들이 조금씩 새어 나와 소문이 되었고, 도적의 훌륭한 명성은 완전히 땅에 떨어져 버렸습니다.

네, 이 젊은이는 많은, 너무 많은 죄를 저질렀습니다. 그리고 우리는 아직 그의 잘못을 열거하는 일을 끝내지 못했습니다. 우리가 이 일을 끝내본 적이 있기는 할까요? 그의 죄악 기록에서 몇 가지 간략하게 발췌한 것만으로 이미 충분할 겁니다. 그는 한 하녀에게 그녀의 태도가 불손했을 가능성에 대해 지적했고, 이로 인해 정당한 박해를 받고 있습니다. 그럼 이 박해란 어떤 것들일까요? 사람들은 그를 그를 지치게 하고, 짜증나게 하고, 긴장하게 하고, 불안하게 만들려 하고 있습니다. 한마디로 말해 그에게 도덕성을 심으려 하고 있는 거지요. 이 일이 성공할지는 물론 의문입니다. 이전과 마찬가지로 그가 고개를 높이 들고 있으니까요. 게다가 일말의 반항심도 없이. 그가 우쭐해 하는 것 같지는 않습니다. 그저 명랑함을 유지하는 방법을 이해했을 뿐, 그게 전부입니다. 앞서 언급한 중위는 이 점에서 크게 인정받을 만합니다. 특히 이 점에서는 의심의 여지가 없지요. 이제 슬슬, 신중하게, 조금 기묘한 일에 대해 이야기하려고 합니다. 이에 관해서는 원래 언급하지 않으려 했지만, 아무래도 말해야겠습니다. 자 말이여, 이제 나와주세요. 어딘지 모르게 유쾌한 구석이 있는 이야기입니다. 이 가정부의 팔에는 주근깨가 있었습니다. 한 번은 그녀가 도적에게 식사를 가져와서는, 이 주근깨로 장식된 비단 같은 피부로 그를 껴안았습니다. 그 피부는 따뜻하고 서늘했으며, 수건으로 닦아낸 것처럼 건조했지만 동시에 촉촉했습니다. 이 피부로 그 하녀 혹은 가정부는 상상할 수 있는 가장 큰 승리를 거두었습니다. 우리는 반드시 이 일을 정확히 짚고 넘어가야 합니다. 다시 말해, 이건 빠뜨릴 수 없는 일입니다. 바로 이 포메른 출신의 인물이, 도적의 책상인지 책장 위에 세워진 에디트의 초상화를 그 비단 같은 손으로 집어 들고, 그의 눈앞에서 갈기갈기 찢음으로써 자신에게 어떤 권한이 주어져 있는지 분명히 한 일 말입니다. 그녀는 그런 식으로 도적에게 단순히 모욕을 주려 했고, 그가 더없이 온순한 사람이라는 걸 너무 잘 알고 있었기 때문에 실제로 아주 차분하게 그런 행동을 했습니다. 다시 말해 그녀는 그에 대해서 잘 알고 있었고, 그가 자신을 향한 무례함을 오히려 즐긴다는 것도 오래전부터 알고 있었습니다. 그의 이런 기질에 관한 지식은 그가 그녀에게 아주 열심히 가르쳤으니까요. 이 점에 있어서 그는 마치 교육자처럼 스스로를 자랑스럽게 내세우기도 했습니다. 그래서 이제 연필로 그려진 에디트의 그림은 잘 닦인 마루 위에 놓여 있습니다. 도적이 이 종이 조각들을 모아 소파에 놓자, 가정부의 녹색 눈이 그를 향해 반짝였습니다. 그리고 이 이야기는 대중에게 전해졌고 부정적인 인상을 남겼는데, 맨 처음에 언급한 100프랑 지폐 이야기가 아직 정리되지 않은 것도 있어, 더 좋은 이야기가 되지는 못했군요. 이전보다 이미 널리 알려진 100프랑의 일 때문에도 사람들은 그를 박해하고 있었으며 이것도 물론, 당연한 일이었습니다. 여기까지 밝혀도 괜찮겠지요. 그러니까 에디트의 아버지가 학자였다는 사실 말입니다. 지금 그는 저승에 거주하고 있는데, 그러니까 이승의 생산적인 일원이기를 포기한 상태입니다. 생전에 그는 사랑하는 딸에게 라틴어를 가르쳤습니다. 그녀가 우리의 3개 공용어인 이탈리아어, 독일어, 프랑스어를 모두 구사한다고 말한다면 정확한 서술일 겁니다. 엄밀히 말하면 공용어는 4개인데, 레토로망스어는 완전한 언어로 보이지 않는 일종의 소멸위기언어로, 이제는 몇몇 산골짜기에서나 들을 수 있습니다. 그건 그렇고 우리 조국은 얼마나 이웃나라들 사이에서 멋지게 돋보이는지. 이에 대해서는 다음 기회에 더 이야기하겠습니다. 여기서 떠오르는 것은 한 비행사의 기념비로, 그는 자신의 기체에 올라 처음으로 알프스를 횡단했습니다. 머리핀 같은 것이 덩그러니 버려져 있는 것을 보면 그는 늘 안타까운 마음이 들었습니다. 에디트와 반다는, 우리 이야기가 아직 거기까지 도달하기 한참 전인 시기에 만났는데, 그 만남도 묘사하기로 마음에 새겨두겠습니다. 묘사라고 하기보다 서술이라고 하는 쪽이 낫겠군요. 이제 저 감시 대상인 여성에 대해 이야기하겠습니다. 도적은 어느 날 저녁 그녀가 기둥 옆에 서 있을 때 말을 건넸고, 다음 날 아침 여자와 도적은 온 세상을 파랗게 물들이는, 미소짓는 봄 날씨 속에서 만났습니다. 두 사람은 숲 가장자리를 왔다 갔다 하며 산책했습니다. 일요일이었지요. 우리의 피후견인은 이 격리되고 배제당한, 아웃사이더인 여성과 결코 친해져서는 안 되었습니다. 이는 끔찍한 실수였고, 그가 그런 사람과 함께하는 모습을 보는 일이 우리를 비통하게 합니다. 그렇지만 우리는 완전하다고 할 만한 방식으로 그에 대한 책임을 떠맡을 것입니다. 부드러운 아침 바람이 잎사귀들을 흔들었습니다. 그들이 산책하는 곳에서 다른 사람들도 산책하고 있었습니다. 이 몰락한 여자는 그와 나란히 벤치에 앉으면서 자기 신발을 보여주었는데, 언뜻 보아도 값이 나가지 않는 물건이었습니다. "저는 이전에 미인이었어요." 그녀가 설명했습니다. "그럼 이제 더 이상 자신이 아름답다고 생각하지 않는다는 거군요." 그가 받아쳤습니다. 그녀는 그의 지적을 무시했습니다. "저는 부잣집 딸이었어요. 아버지는 공장주였고요. 기억해 두세요." "저는 당신을 제 철저한 무관심 속에 내버려두지 않으려 애쓰고 있습니다." 그가 대답했습니다. 그는 퉁명스럽게, 동시에 친절하게 이 말을 했습니다. 하지만 그녀는 그의 말에 전혀 귀를 기울이지 않았습니다. "지금 나는 빈털터리예요." 그녀는 이어서 이렇게 덧붙였습니다. "어린 여자애였을 때 저는 한 사수랑, 정말 잘생긴 남자와 결혼했어요." "그러면 보기 좋은 한 쌍이었겠군요." 그녀는 다시 도적의 말을 무시했습니다. "하지만 알고 보니 그는 별로 도움이 안 되는 인간이었어요. 그는 기가 약한 사람이었고, 저는 열정이 넘쳤지요." "그래서 당신이 그를 조롱했군요." 그녀는 이야기를 계속했습니다. "그는 금빛 잎이 달린 나무 같았어요." "당신한테는 충분히 푸르고 무성하지 않았군요. 이해해요." 말을 마친 그녀는 혀로 입술을 적시고 이어갔습니다. "그는 저를 만족시키지 못하는 자기 자신한테 화가 났고, 자기 자신이 즐겁지 않기 때문에 저한테 화를 냈죠. 저는 그한테 만족한 것처럼 보이려고 많은 노력을 했고요. 하지만 그 노력이 그를 더 화나게 만들었습니다." "당신을 꿰뚫어 보았군요." 그녀는 눈을 내리깔더니 파우치에서 파우더 브러시와 손거울을 꺼내어 이미 조금 볼품없어진 뺨에 화장을 하고, 거울에 비친 얼굴을 바라보았습니다. 이어 그 잘생긴 사수와의 결혼 생활이 불가능해졌음을 고백하고, 정말 슬프다고 말할 수밖에 없는 인생 역정을 묘사한 후 도적에게 말했습니다. "솔직히 말해 봐요, 당신 경찰이지요." "절대로 아니에요." 도적은 대답하고 자리를 떴습니다. 숲에서는 마치 천사가 수풀 속에서 경건한 음악을 연주하고 있는 것처럼 하프 소리가 들려왔고, 산책하는 사람들이 마을로부터 점점 더 많이 걸어왔습니다. "내일 아침에 다시 여기 오세요, 괜찮지요?" 그녀가 거의 명령하듯 말했습니다. 그녀의 마음에 자리를 잡기 시작한 것처럼 보였던 도적은 물러나면서 우아하게 허리를 굽혀 그녀에게 경의를 표했는데, 물론 속으로는 조금 웃었습니다. 배제당한 여자한테 우아하게 행동했다는 사실이 그를 기분 좋게 만들었습니다. 바로 그날, 그러니까 오후 4시에 그는 반다를 처음 보았습니다. 그녀를 보는 것과 그녀를 숭배하는 것은 같은 일이었습니다. 그 무렵 에디트는 이미 그녀의 레스토랑에서 일하고 있었는데, 도적은 아직 그녀의 존재를 몰랐습니다. 우리는 공평하게 다음과 같이 덧붙입니다. 도적은 초대를 받아 그때까지 자신의 인생에 대해 사람들 앞에서 이야기한 적이 있는데, 청중들은 이 특출하게 매력적인 그의 논평을 더없이 큰 관심을 기울이면서 듣는 것 같았습니다. 이 저녁 강연이 그에게 충격을 주어, 말하자면 그의 내면에서 졸고 있던 무언가를 깨어나게 만들었을 가능성도 매우 높습니다. 누군가는 그가 오랫동안 죽어 있었다고 말할지도 모르겠습니다. 그의 친구들은 그를 불쌍하게 여겼고, 그를 불쌍하게 여기는 자기 자신을 불쌍해했습니다. 어쨌든 이제 그의 내면에 있던 무언가가 마치 아침이 밝아오는 것처럼 눈을 떴습니다. 또 그즈음 그는 작은 정원에서 후프 게임에 참여했습니다. 하지만 이 후프 게임의 중요성을 과대평가할 필요는 없습니다. 또 그는 이 시기에, 네, 한 아가씨를 극장까지 에스코트해 주었습니다. 상연되고 있던 작품은 다름 아닌 베토벤의 피델리오로, 널리 알려진 대로 첫 음표부터 마지막 음표까지 말로 표현할 수 없을 만큼 아름다운, 오페라의 기적입니다. 이런 건 굳이 말씀드릴 필요 없었겠지요, 여러분도 이미 알고 계실 테니까. 그럼 이제 한 폭의 그림 같은 이야기를 들려드리겠습니다. 도적이 반다를 본 순간, 그녀는 폭신한 흰 구름이 작고 앳된 발을 받쳐주고 있는 것처럼 사뿐사뿐 걸어왔는데, 상당한 문제가 있는 권한인 것 같지만 그는 자신의 생각으로부터 권한을 위임받아 즉시 그녀를 러시아 황녀로 만들어 버렸고, 이어 카페의 음악이 이마를 스치는 동안 그녀가 6마리 혹은 12마리의 말이 끄는 웅장한 마차에 올라, 환희에 찬 군중의 놀라움 속에서 상트페테르부르크 거리를 달리는 모습을 눈앞에 그려보았습니다. 나중에 도적이 이런 말을 들은 것도 일리가 없지는 않습니다. "이 사람아, 당신 머리가 어떻게 된 거 아냐." 바이올린 소리에 그는 수없이 많은 혁명의 기운을 느꼈습니다. 뭐 너그럽게 넘어갑시다. 활발한 정신은 가끔 엉뚱한 생각을 하는 법이니까. 전반적으로 이렇게 보면 좋을 것 같습니다. 그가 박해를 탄은 건 그것이 거의 당연한 결과였고, 쉬운 일이었기 때문이라고. 그는 항상 일행 한 명도 없이, 길 잃은 어린 양처럼 혼자였습니다. 사람들은 그가 살아가는 법을 배울 수 있도록 그를 박해했습니다. 그는 그렇게나 무방비하게 자신을 내보였습니다. 그는 혼자 매달려 있어 아이의 눈에 들어온, 그래서 어린 소년이 막대기로 가지를 쳐 떨어뜨린 나뭇잎 같았습니다. 다시 말해, 그는 박해를 불러들였습니다. 그리고 이 모든 것을 사랑하게 되었습니다. 이에 관해서는 다음 장에서 다시 이야기할 것입니다. "아이들은 놓치지 않아요"라고 길거리에서 누군가 하는 말을 저는 우연히 들은 적 있습니다. 그는 관찰 당하는 것이 그를 흥미롭게 만든다고 생각했습니다. 그는 관찰 대상이 된 자기 자신을 흥미롭게 여겼습니다. 자신이 이른바 관리, 감시할 가치가 있는 사람으로 여겨지는 영예에 우쭐해졌습니다. 그게 아니었으면 진작부터 자기 자신을 지루하게 느꼈을 것입니다. 이른바 박해받는 것은 그에게 가라앉은 세계의 부활을 의미했습니다. 이는 그 자신의 세계로, 그의 생각에 따르면 활기를 필요로 하는 세계였습니다. 그와 관계를 맺고 신경을 쓰기만 해도 사람들은 그를 이해하게 되었습니다. 물론 그는 이를 기분 좋게 여겼습니다. 동시에 그는 어떤 영혼도 진심으로 그에게 관심을 기울이지 않는다는 걸 깨달았습니다. 사람들은 그의 길을 조금 막았을 뿐이지만 어쩌면 그것만으로도 충분했으며, 어쩌면 아주 큰 의미가 있었을지도 모릅니다. 결국 장애물은 우리를 감동시키고, 고양시키고, 활기를 불어넣기 때문입니다. 그는 조심해야 한다고 혼잣말을 했습니다. 가장 침착하지 않은 사람이 가장 침착한 사람이 된 것입니다. 하지만 이로 인해 그는 시간을 소비했습니다. "당신은 전혀 긴장하지 않네요"라고 한 아가씨가 그에게 말했는데, 그를 조금 비난하려는 의도였던 것 같습니다. 그는 사교성이 너무 부족했고, 그녀는 이에 대해 불평했습니다. 그것이 그에 대한 주된 비난이었습니다. 게다가 빗이나 여행 가방 같은 물건을 구입할 때 얼마나 느려 터졌는지. 여전히 그는 이전에 한 부인에게서 받은 우스꽝스러운 부인용 트렁크를 들고 걸어갑니다. 당시 그는 바지를 직접 수선하지 말았어야 했습니다. 돌이킬 수 없는 범죄였어요. 그리고 저 배제당한 여성과의 일. 그 일을 사람들은 잊지 않았습니다. 네, 그런 일은 없었던 일이 되지 않지요. 그 밖에 무엇이든 용서받는다 해도, 이것만큼은 아닙니다.

"멍청이!" 그녀가 그에게 내뱉었습니다. 이런 거친 말을 입에 올리다니, 이 때문에 속으로 얼마나 많은 고통을 받았을까요. 그는 꽃다발처럼 알록달록한 인파 속, 신문 가판대 바로 옆에서 이 화가 난 여자를 스치고 지나갔습니다. 나중에 우리는 이에 대해 해설하고 해명할 것입니다. 이 글의 많은 부분이 독자한테는 아직 수수께끼처럼 느껴질 수 있는데, 이를테면 그게 바로 우리가 바라는 바입니다. 그도 그럴 것이 이해하기 쉽게 모든 것을 훤히 드러내면, 여러분은 이 문장들을 읽으며 하품을 하기 시작할 테니까요. 그녀가 저런 말을 그에게 한 이유는 그가 늘 추구하는 것이 없고, 지나치게 자기만족적인 태도를 보이고, 부인들이나 그 밖의 욕망을 불러일으키는 대상한테 어떤 도전도 시도하지 않았기 때문일까요? 모든 종류의 이목을 피하며 "무언가 해내려는" 욕구가 없어 보였기 때문일까요? 아, 그 입으로 앞서 언급한 모욕을 그에게 준 여자의 두 눈은 얼마나 멋지게 불타고 있었는지. 이 분노, 부드럽고 달콤한 분노 그 자체가 그에게는 실로 사랑스럽게 느껴졌습니다. 이 "동양의 꽃"은, 마치 김나지움 학생처럼 우리 도시의 아케이드를 행복하게 배회하는 그의 습관에 화났던 걸까요? 그저 사람들의 무리 속을 걷는 일만으로도 그는 마음이 들떴고, 그 자체로 더할 나위 없이 즐거웠습니다. 걷는 동안 그는 가끔 순간적으로 비어즐리의 드로잉이나, 예술과 문화라는 광대한 제국에서 유래한 다른 주제를 제외하고는 무엇 하나 생각하지 않는 것처럼 보였습니다. 그는 항상 무언가를 생각하고 있었으니까요. 그의 머리는 어딘가 먼 곳에 있는 무언가에 늘 매달려 있었습니다. 그를 둘러싼 사람들, 그의 그런 모습을 알아본 사람들은 그에게서 이를 앗아갔습니다. 가까운 것, 먼 것, 그리고 또 『신곡』이라는 이름이 붙은 단테의 시 속의 "굶주림의 탑," 그리고 저 유력 인사가 도적을 향해 던진 "친애하는 양반, 박해받고 있군요"라는 말에 대해서도, 아직 이야기는 끝나지 않았습니다. 도적은 저 발언을 금방 잊어버린 것 같지만 우리는 여전히 마음에 걸립니다. 어린애 같은 사람! 그는 이 어린애 같은 점 때문에 박해받은 걸까요? 사람들이 이 점을 인정해주려 하지 않았던 걸까요? 그럴 가능성도 충분히 있습니다. 그리고 다음 일도 잊어선 안 됩니다. 그러니까 그는 "당시" 분명 아파서 기묘할 정도로 균형을 잃었고, 불안에 찬 상태로 우리 도시에 도착했습니다. 말하자면 어떤 내면의 목소리가 그를 괴롭혔습니다. 그는 이곳에 건강을 회복하기 위해, 활기 넘치고 만족스러운 사회 구성원으로 변모하기 위해 온 걸까요? 어쨌든 그는 당시 발작에 시달렸고, 그 발작이 일어나면 "모든 것"이 그에게 혐오감을 주었습니다. 상당한 시간이 지난 후, 그는 극도로 인간을 불신하게 되었습니다. 자신이 박해를 받고 있다고 생각했습니다. 실제로 그랬습니다―그래도 그는 조금씩 다시 웃는 법을 배웠습니다. 상당히 오랜 시간 동안 그는 전혀 웃을 수 없는 상태였습니다. 그 대가로 요즘 너무 많이 웃고 있는 걸까요? 아니요, 그런 건 아닐 겁니다. 슈탈더가의 아가씨들도 그를—이런 표현을 써도 괜찮다면—고문했습니다. 하지만 그녀들이 그를 고문했다고 한다면, 이는 틀림없이 그녀들도 삶에 의해 고문당하고 있었기 때문입니다. 우리는 모두 무언가로 인해 고통받고 있기 때문에, 다시 서로에게 고통을 줍니다. 불행한 상태만큼 복수를 불러일으키는 것도 없습니다. 그러니까 사람은 악의보다도 불행 때문에 복수하고, 우리는 모두 불행에서 벗어날 수 없는 것이 현실입니다. 제 말이 여러분에게 제대로 전달되었기를. 슈탈더가 아가씨들도 도적을 눈앞에 두고 자주 하품을 했습니다. 도적은 이 하품을 의도적이라고 생각해서—실제로도 그랬던 것 같지만—처음에는 그들을 미워했는데 나중에는 전혀 문제가 되지 않았습니다. 어느 날 길거리에서 세련된 외모의 신사가 무심코 그를 향해 하품을 했고, 도적은 담배꽁초를 그 벌려진 입에 던져 넣었습니다. 이 재떨이 장난에 남자가 얼마나 놀랐을지는 상상에 맡기겠습니다. 이 행위에는 "도적의 복수"라는 제목을 붙일 수도 있겠지요. 다행히도 이는 귀여운 방식으로 행해졌습니다. 사람들은 하품으로 그를 당혹스럽게 만들고 괴롭혔습니다. 그들은 끊임없이 그로 하여금 자기 안의 불안감, 분열감, 자기 자신과 일치하지 않는 감정을 느끼게 만들려고 했습니다. 그는 흥분하고, 펄쩍 뛰고, 그러니까 분노에 휩싸여 격해져야만 했습니다. 그러나 이 음모는 곧 도적에게 발각되었습니다. 손을 연신 움직이는 사람들, 제스처를 많이 쓰는 사람들도 처음에는 일상적으로 그를 상당히 자극했습니다. 지금은 더 이상 그렇지 않습니다. 그들은 마치 무언가를 얕잡아 판단하듯, 그의 눈앞에서 손을 빠르게 휘젓는 사람들이었습니다. 이 동작이 그를 여러 번 화나게 했습니다. 처음에는 마치 도적 본인을 향한 동작처럼 보였습니다. 물론 이는 시각적인 과민함이었습니다. 하품, 부정적인 동작, 그리고 또 뭐가 있을까요? 다음으로 누군가를 잃은 사람들의 소매에 늘 보이는, 자신들의 슬픔을 세상에 알리는 애도 밴드가 있습니다. 이 검은 밴드가 도적을 얼마나 짜증나게 했는지. 요즘도 그는 여전히 그것에 짜증을 낼까요? 아니요! 어쩌면 아주 조금은 그럴지도요. 그래도 이제 이 슬픔의 징표는 그를 조금도 짜증나게 하지 않습니다. 그리고 그녀가 저 "멍청이"라고 말한 일은, 말하자면 예상치 못한 공격이었습니다. 아무래도 그녀는 그 말을 내뱉기 위해 가판대 옆에서 매복해 있었던 것 같습니다. 그녀는 조금 통통했습니다. 조금 지나치게 통통했지요. 물론 안타까운 일입니다. 그리고 그녀는 자세를 제대로 곧게 유지하지 않습니다. 그래도 얼마나 단아한 얼굴인가요? 그녀는 늘 반다와 함께였고, 도적의 반다에 대한 사랑은 그 끈기에 있어 타의 추종을 불허했습니다. 어느 날 그는 아무런 양해도 없이 다른 여자로 갈아탔습니다. 이로 인해 도적과 한 아가씨 사이에 상당히 긴 대화가 오고 갔고, 우리는 그 내용을 전해두려 합니다. 절대로 빼놓아서는 안 되는 내용으로 보이니까요. 이후 한동안 그는 뼈와 살, 몸과 마음까지 반다의 "아래에," 즉 반다의 지배하에 있었는데, 어느 날 저녁 자신의 방에서 외쳤습니다. "굶주림의 탑이여, 나를 네 안에 영원히 유폐시켜 다오. 해먹이여, 네 안에서 그녀를 끝없이 흔들어 다오, 내 삶이 비참한 만큼 그녀의 삶은 영원히 반짝이기를. 그래, 그녀는 남극에서 북극까지, 이 지상에서 가장 사랑스러운 키치이니, 그리고 나는 무교양에 불충분한 교육에서 탄생한 황홀한 산물을, 광기라는 독수리 굴에 내려갈 정도로 사랑하고 있으니까." 이렇게 그는 열광하는 동시에 자기 자신을 비웃으며 말했는데, 그녀가 손편지조차 제대로 쓰지 못하는 반면 그는 공증인 같은 사람이었기 때문입니다. "당신은 귀여운 게 다고, 저한테 바보처럼 구는 게 다네요." 두 사람이 만난 파티 홀에서 그녀가 그에게 말했습니다. 그는 하늘, 즉 천장에 시선을 던지며 말없이 웃었습니다. 어느 겨울 아침, 그녀는 얼마나 얼어붙은 얼굴을 하고 있었는지. 그녀는 눈을 내리깔고 그의 곁을 스쳐 지나갔습니다. 한 번은 그가 인사했을 때 그녀가 친구를 향해 "아는 사람이야?"라고 물었습니다. 상대는 "아니"라고 답했습니다. 하지만 이 "아니"는 어설프게 들렸고 거짓되게 들렸습니다. 거기에는 망설임이 있었습니다. 두 아가씨 모두 그를 잘 알았지만, 그 순간 그를 모르는 척하는 게 그들에게 적절했을 뿐입니다. 그리고 어느 날 그녀가 부탁해 왔습니다. "와서 앉아요. 그리고 우리를 재밌게 해줄래요?" 이번에는 도적 쪽에서 그녀를 모르는 것처럼 행동했습니다. "따귀라도 한 대 날려줘"라며 다른 여자가 그녀를 부추겼지만, 이 부추김은 거짓되게 들렸습니다. 거기에는 두려움이 있었습니다. 한 번은 건물이, 그러니까 홀이 사람으로 가득 찼을 때 한 가수가 노래하는 것을 들으려고 각계각층의 사람이 모였습니다. 빈자리는 하나도 없었습니다. 도적은 여유롭게 자리에 앉아 있었습니다. 그때 반다가 부모와 함께 나타났습니다. 그들은 빈자리가 있는지 주위를 둘러보았지만, 찾을 수 없었습니다. 반다는 도적 씨를 쳐다보았지만 그는 한 치도 움직이지 않았습니다. 예의 바르게 일어나 자신의 자리를 양보

해도 될지 묻는 일 따위는 전혀 하지 않은 거지요. 그 방자한 태도란. 반다는 분노와 모욕감에 몸을 떨었습니다. 그녀는 떠났고, 그녀가 밀친 문만 남아 흔들리고 있었습니다. "나는 이미 그녀를 사랑하고 있어, 내가 아직 알지도 못하는 여자를." 도적의 영혼 안에서 이렇게 말하는 소리가 들렸습니다. "넌 그녀를 알게 될 것이다." 세계영혼이 우레 같은 소리로 응답했습니다. 한 여배우가 그에게 편지를 썼습니다. 아, 전장에서 쓰러진 남자들의 영혼이여, 이 백화점 저 백화점을 바쁘게 뛰어다니며 작은 반다의 앞에서 빛나 보일 넥타이를 찾는 이 남자를 용서하시길. 그 반다는 이 남자를 아이처럼 여기지만, 그 아이가 어떤 특성을 가졌는지 알지 못합니다. 어느 날 그녀가 녹색과 분홍색의 옷을 입고 매혹적인 모습을 하고 있었습니다. 하지만 아무리 매혹적으로 보여도, 그런 매혹에 대해 이런 도적 같은 사람은 그저 어느 정도까지만 행복할 수 있을 뿐입니다. 매혹적인 것은 보는 사람을 매혹시킵니다. 그것이 그 존재 이유로 우리를 행복하게 만듭니다. 하지만 사랑은 그런 매혹과는 하늘과 땅만큼의 차이가 있는, 완전히 다른 것입니다. 그런데 도적은 사회적 책임에서 완전히 자유로운 걸까요? 아무래도 지금 당장은 그런 것 같습니다. 이 점에 관해서는 서두를 것 없지요. 반다는 사악한 여자인 걸까요? 한 남자아이가 열린 창문으로 이 질문을 던졌습니다. 도적은 기교한 말로 대답했습니다. "그녀는 충분히 사악하지 않아. 그래서 내가 불친절하게 대한 거야. 아, 보잘것없는 여자가 나의 전부였다면. 보잘것없는 사람을 진심으로 바라보는 날들이 오기는 할까?" 반다가 다정하게 "와서 앉아요"라고 했을 때, 도적은 연극 잡지를 넘기며 서 있었습니다. 이 사랑스러운 요청이 들어왔을 때 그녀는 갈색 벨벳 옷을 입고 있었습니다. 그런데 그 요청과는 사뭇 다른 "오세요"가 그의 안에 자리 잡기 시작해, 그는 그 말을 스스로 간청하듯 입 밖에 내야 했습니다. 이미 그는 너무 많은 귀중한 시간을 헛되게 보냈으니까요. 그는 가정교사가 되어야 할까요? 반다의 입술은 조금 통통했습니다. 어쩌면 이 조금 통통한 입술로 인해 그는 그녀에 대한 경외심을 잃어버렸는지도 모릅니다. 늘 그녀의 뒤를 쫓고 그녀를 향해 뛰어오르던 그가, 그녀가 어떻게 반응하는지 알기 위해 움직임을 잠시 멈출 뿐인 그가, 나중에는 이렇게 중얼거렸습니다. "그녀가 내 뒤를 쫓는 거야." 그녀가 긴 치마를 입을 나이가 되자, 그녀는 더 이상 그를 기쁘게 하지 못했습니다. 철없고, 낭랑하고, 사랑스럽고, 단아하던 그녀는 이

제 사라졌습니다. 머리 모양도 바뀌었습니다. 땋은 머리를 늘어뜨린 모습은 마치 코카서스나 페르시아에서 온 듯, 동화에 나오는 변장한 왕자님 같았습니다. 하지만 그 무렵 그는 이미 또 한 명의 아가씨를 알게 되었습니다. 두 아가씨를 똑같이 숭배하는 건 불가능합니다. 그는 이렇게 썼습니다. "이곳저곳 눈을 돌린 끝에 나는 다른 여자와 어울리기 시작했다. 왜냐하면 반다에게 너무 휘둘린 나머지, 그녀가 내게 얼마나 큰 의미를 갖는지 이제는 알 수 없게 되어 버렸으니까. 그래, 반다? 그녀는 지금 어디에 있으려나. 나는 그녀에 대해 후회할까? 아니, 전혀." 에디트 외에도 그는 저 줄리를 매력적으로 여겼습니다. 하지만 이제 주저 말고 에디트에 대한 이야기로 넘어갑시다.

만일 이 보잘것없는 책이 잘 나간다고 해도, 무대작품으로 많은 성공과 저택들을 손에 넣은 저 시인들의 왕자, 뒤벤도르프의 디비에게 무슨 해가 될까요? 우리는 같은 포도밭에서 함께 열심히 일하는 동료에 불과하고, 다행히도 무언가를 추구하고 있으니까요. 그런데 어머니는 아이들을 위해 얼마나 마음을 졸이는지! 그리고 아이들이 이런 사실을 꿈에도 모른다는 게 얼마나 사랑스러운지. 오페라 보러 가는 길은 시간과 장소가 따라준다면 붉은색으로 물들 것입니다. 제 생각에 이 붉은색은 부드럽고 편안한 느낌을 줍니다. 우리 도적같이 착하고 무해한 사람을 더없이 각박한 침대에서 밤을 보내게 만들다니, 저 무자비한 슈탈더가 아가씨들이 과연 옳았던 걸까요, 인간적이었던 걸까요? 이 침대는 널빤지처럼 단단했지만, 도적의 신념이 버터를 입힌 면처럼 말랑하다는 건 누구나 아는 사실입니다. 이 슬픈 몽상가, 여성의 시선과 모습에 사로잡힌 포로가 너무 불쌍하지 않나요? 이 말에 지나치게 감상적인 면이 없다고는 말 못 하겠군요. 아무리 칭찬을 받아도 부족한 슈탈더가 아가씨들이지만 이성적인 사람은 항상 의기양양하게 머리를 들어라, 그러니까 결코 용기를 잃지 말라는 자수가 놓인 천을 그의 서랍장 위에 놓는 일은 없었어야 했습니다. 아, 그럼에도 그는 얼마나 자주 용기를 잃었는지. 낙담한 나머지 거의 쓰러질 뻔한 적도 얼마나 많았는지. "새벽이 밝아오면 자, 머리를 들자!" 이 훌륭한 도덕적 메시지는 창턱이나 테이블 천에 새겨져 있었습니다. 이것만으로도 그가 말 그대로 슈탈더가의 품 안에 얼마나 갇혀 있는지 알 수 있지 않나요? 이 갇혀 있다는 개념에 관해서는 때를 봐서 다시 논하도록 하겠습니다. 어찌 됐든 도적이 그런 상황에 놓였다는 데는 의심의 여지가 없습니다. 그에게서 유머 감각이라는 이 신의 선물을 빼앗겠다는 단지 그 목적으로, 자신 안에 그런 것을 가지고 있지 못한 사람들이 종종 이렇게 물어왔습니다. "당신의 유머 감각은 어떻게 된 건가요? 어딘가로 날아가 버린 건가요?" 이런 순간마다 그는 밸런스를 유지하기 위해 자기 자신에 대한 믿음을 쥐어짜 내야 했습니다. 수많은 훈계에도 불구하고 그는 다행히 속물도, 피도 눈물도 없는 변호사도 되지 않았고, 매일 아침 명랑하게 새벽하늘을 올려다보게 되었습니다. 어차피 이는 그가 이미 본능적으로 하고 있던 일이기도 했지요. 정육점 주인은 도살을 하고, 제빵사는 빵을 굽고, 대장장이는 자물쇠를 만들고, 삶을 즐기는 이는 삶에 대한 의욕을 가지고, 독실한 신자는 헌신하고, 아이들은 아이같아야 한다고 상기시킬 필요가 있을까요? 이것이 바로 일하는 사람들에게서 일의 즐거움을, 유쾌한 사람들에게서 유쾌한 기분을 빼앗아 버리는 길입니다. 젊은이들에게 굳이 젊음을 일깨워줘야 할까요? 그런 일이 꼭 필요할까요? 익살꾼은 온종일 즐거운 기분으로 있어야 할까요? 그러다가는 진짜 바보가 되어 버리고 말 겁니다. 그 후 도적은 이 슈탈더가 아가씨의 유머가 없는 얼굴을 자주 보게 되었습니다. 하지만 그는 그녀에게 성큼성큼 다가가 뽀로통하고 뚱한 모습을 비난하거나 하지 않고, 있는 그대로 내버려 두었습니다. 그리고 턱을 조금 더 높이 들라는 등의 요구도 하지 않았습니다. 아, 우리 중 너무 많은 이가 교사처럼 행동합니다. 그것 말고는 존경할 만한 우리 민족에게, 쓸데없이 설교를 하고 싶어하는 강박적인 욕구가 있는 걸까요? 만약 이것이 사실이라면, 우리는 이 별난 성향 때문에 고개를 떨구고 부끄러워해야 합니다. 적절하지 않고 근거도 없는 설교는 해악을 끼칠 수 있고, 실제로 그런 병폐가 광범위하게 유발되고 부추겨져 왔으니까요. 하지만 어떤 민족이든 고유한 특성을 지니기 마련입니다. 사람들은 이를 순순히 받아들여야 하고, 실제로도 그렇게 합니다. 제가 누군가에게 "넌 바보야"라고 말하면, 그는 마치 2×2가 4인 것만큼 확실하게 바보 같은 짓을 저지르고 맙니다. 예를 들어 제가 동물이 어리석은 짐승에 지나지 않는다는 확신에서 벗어나지 않는다면, 그것을 진정 훈련이라 할 수 있을까요? 훈련이란 이 어리석은 짐승에게 진심으로 힘을 쏟는 것, 이를 통해 나 자신에게도 영향을 끼치는 것입니다. 교육받지 않은 사람을 교육하려고 하는 학자는 동시에 자기 존재의 완성을 열망하는 것입니다. 슈탈더가의 아가씨들은 도적을 놀렸는데, 왜냐하면 그가 계속해서 배우려 했기 때문입니다. 이 놀림은 보여주기, 눈속임에 지나지 않았습니다. 그녀들이 보기에 그는 그녀들 중 한 명, 더 좋게는 두 명과 당장 결혼해야 했습니다. 되도록이면 아무것도 생각하지 않고 더없이 명랑한 낙천주의로, 슈토크호른에 올라서. 참고로 슈토크호른은 베르너 오버란트에 있는 산으로, 봉우리 모양이 호른과 비슷합니다. 그러면 도적은 매일 새벽 자기 패배의 선언처럼 온 힘을 다해 호른을 불 수 있었을 것이고, 딸들 중 한 명 또는 두 명과 함께 그림을 그리고, 시를 쓰고, 노래를 부르고, 악기를 연주하고, 춤을 추고, 환희에 취할 것이고, 그곳은 정말 스위스다운 농장이 되어, 슈탈더가의 딸들은 여성 해방의 기개를 가진 게르트루트 슈타우파허 같은 여성이 되었을지도 모릅니다. 하지만 그녀는 다름 아닌 고트헬프가 『하인 울리』에서 묘사한 교양 있는 수다쟁이 처녀 엘리지, 그러니까 울리를 교화하여 교양을 높이고 교정한 끝에 그 몰이해에 대해 벌로서 몰이해한 남편을 두게 된 바로 그 엘리지 같았습니다. 가끔 도적도 정직하고 부지런한 호인인 울리 같았습니다.

이 울리처럼 그 또한 어떤 멍청한 개든 영리하다, 어떤 나쁜 개든 착하다고 생각하는 경향이 있어, 이렇게 말해도 괜찮다면 그로 인해 어떤 건달이든 허풍선이든 마음대로 그를 웃음거리로 삼게 되었습니다. 하지만 프리츠는 그렇지 않습니다. 산 위에 살면서 구두 닦는 일은 빠뜨리지 않는, 자신감 없는 저 젊은이 말이죠. 그의 형은 교사이며 다소 고독감을 느끼고 있습니다. 그래요. 아직 성장 중인 사람들이 있고, 이 사람들은 마치 인간이란 5분 만에 구워져 판매, 소비되는 롤빵에 불과하다는 듯 섬뜩할 만큼 빠른 속도로 내적, 외적 생활을 단번에 정리해 버리는 사람들과는 다릅니다. 다행히도 아직 의심하는 사람들, 망설이는 사람들이 있습니다. 마치 억척스럽게 일하고, 주머니에 챙겨 넣고, 권리를 주장하는 자들이야말로 우리 모두의 모범이고, 그가 속한 나라의 선한 시민이라는 듯한 풍조가 있지만 이는 전혀 사실과 다릅니다. 미성숙한 사람이 성숙한 사람보다 더 성숙하고, 쓸모없는 사람이 대개 쓸모 있는 사람보다 훨씬 쓸모 있고, 그 밖에도 모든 것이 즉각적이거나 순간적인 소비를 위해 존재할 필요는 없습니다. 우리 시대에도 일종의 인간적인 사치가 밝게 지속되기를. 모든 편안함과 느긋함을 근절하려 드는 사회는 결국 악마의 손에 떨어질 수밖에 없으니까. 그리고 지금 예상치 못하게도 저 몰락하고 소외당한 여성이 도적 앞에 다시 서 있습니다. 이런 사람은 조심스럽게 다루어야 합니다. 그렇지 않으면 독자가 헛기침을 하거나, 분노한 나머지 침을 뱉고 떠날 수도 있으니까요. 도적의 근처에는 코를 푸는 사람이 충분히 많았습니다. 왜 그가 곁을 지나가면 그처럼 많은 사람이 거창하게 코를 푸는 걸까요, 그 트럼펫 소리는 마치 그에게 이렇게 말하는 것 같았습니다. "불쌍한 사람." 이 코 풀기, 침 뱉기 또는 코웃음에 대해서는 다시 천천히 말씀드리겠습니다. 우리에게 주어진 시간은 충분합니다. 저는 이미 감동적이라 해도 좋을 만큼 슈탈더가의 아가씨들을 배려했습니다. 그런데 지금 제가 생각하고 있는 건 저 예쁜 여성입니다. 그녀는 섬세한 새끼손가락을 입술에 대었는데 마치 도적에게 이런 말을 전하는 것 같았습니다. "거친 파도 속 바위처럼 과묵하고 좋은 사람이 되세요." 나중에 이 아주 예쁜 여성은 그런 것에 "이제 아무런 의미도 없다"는 듯, 더 이상 손가락을 입술에 대지 않았습니다. 도적은 그녀를 만날 때마다 마치 그에게 있어 기쁨, 희망 같은 것을 그 안에서 읽어내려는 듯, 이 예쁜 여성의 눈동자를 수없이 깊게 들여다보았습니다. 우리에게 이 여성은 딱히 중요하지 않습니다. 게다가 어차피 우리가 정확히 알 수 있는 부분도 아니지요. 어쨌든 저는 그녀를 사랑스럽고 선한 사람이라고 생각합니다. 하지만 선한 사람들이 때에 따라서는 선의가 지나친 경우가 있지요. 선의만으로 모든 것이 해결될 리가 없습니다. 그나저나 저 코와 지팡이들이 우리를 방해하지 않는다면 좋겠군요. 여기서 저는 마치 사무원처럼 글을 쓰고 있는데, 여행에서 돌아오는 길에 도적과 한 신사가 거리에서 벌인 저 결투 이야기를 아직 끝내지 못하고 있습니다. 해닉은 하늘 높이 걸려 있었습니다. 코 친구들, 너희들과는 작별이다. 우리는 이제 권총 이야기에 도달했습니다. 그런데 그것이 존재한 적 없는 권총인 것 같다는 말을 덧붙이고 싶군요. 아마도 말뿐인 협박이었을 것입니다. 그는 이 신사의 옆에서 걷고 있던 부인에게 길을 비켜주지 않았는데, 그녀는 그 남자의 아내였던 것 같습니다. 저런, 배우자를 위해 떨치고 일어난 남자의 모습이란. 세상 남편들이 모두 이렇다면 좋을 텐데요. 남자가 이렇게 외치면서 도적에게 달려드는 모습이 백미였습니다. "예의를 가르쳐주겠어!" 그런데 도적은 사자와 같은 용맹을 보여주었습니다. 이미 두 사람은 얼굴을 맞대고 있습니다. 도적의 손에 지팡이가 명중합니다. 이 타격을 받은 도적이 공격한 사람에게 사나운 기세로 달려들었고, 불행한 부인은 비명을 질렀습니다. "제발, 빌리!" 이 절규는 거짓 없는 절망의 외침처럼 공기를 갈랐습니다. 지팡이가 길 한가운데서 예의를 외치는 투사의 손에서 떨어져 나갔습니다. "물러나, 그렇지 않으면 쏘겠다"라고 남편감 씨 또는 물러감 씨가 외쳤다고 할지, 그냥 소리를 질렀습니다. 실제로 남자는 어쨌든 아내에게 헌신적인, 성실한 사람 같았습니다. 우리 도적은 공교롭게도 권총을 아주 무서워했습니다. 이 약점으로 인해, 또 잘못을 저질렀음을 인정하지 않을 수 없었기 때문에, 도적은 투기장을 떠났습니다. 겁먹은 아내는 이 퇴장을 보고 승리의 미소를 지었습니다. 그녀의 빌리가 이겼습니다. 하지만 도적은 머리를 높이 치켜들고 후퇴했습니다. 마치 이 전장의 이름이 마리냐노*이고, 위대한 교전에서 명예를 지키면서 퇴각하고 있는 것처럼. 강한 회복력이 도적의 온몸에 퍼졌습니다. 얼마나 즐거운 날이었는지. 그리고 집에 돌아와서는, 말하자면 그의 죄 때문에 희생되어야 했던 손, 격분한 남자가 어쨌든 성급하게 내지른 일격을 막아낸 손에 키스를 했습니다. 그렇게 해서 자기 자신의 손에다 키스를 하는 일이 일어났습니

---

* 1515년 스위스 연방군과 프랑스 연합군이 맞붙은 전투.

다. 도적은 고난을 견딘 손에 진심으로 경의를 표했습니다. 부당하게 꾸지람을 들은 아이를 대하듯 그 손을 쓰다듬는 것도 마땅한 일이었습니다. 그야 도적이 격식에 맞지 않은 행동을 한 점에 있어, 불쌍한 손에게는 어떤 책임도 없었으니까요. 원래는 오만함이 자리 잡고 앉은 머리를 향했어야 할 타격을 받아내는 손을 가졌다는 것, 이 얼마나 멋진 일인가요. 제가 이 지팡이 이야기를 너무 오래 끌었다면 용서하시기를. 저는 주목할 만한 사건이라고 생각했으니까요. 그는 손을 내려다보며 말했습니다. "그래, 굴욕을 겪어야 하는 건 늘 선한 쪽이지." 그리고 그는 벌을 받게 된 손을 비웃었습니다. 손은 왜 그를 보호했을까요? 왜 손은 그렇게도 빠르게 그의 머리 위로 날아가 방패가 되었을까요? 날 때부터 그의 하인이었기 때문에? 그리고 하인들은 번개나 칼, 그 밖에 여러 가지를 막아내는 데나 쓰이는 것이 적절한 걸까요? 친절한 사람은 늘 나쁜 사람, 분별없는 사람이 저지른 일의 뒤치다꺼리나 해야 하는 걸까요? 자신의 웃음이 그에게 얼마나 인정머리 없게 보였을까요. "그래봤자 어차피 너는 내 것이잖아." 그는 손과 자기 자신을 향해 말했습니다. 즉 손은 그의 것이기 때문에 고통을 겪고 있었습니다. 그런데 어쩌면 손은 그 상황을 기뻐했는지도 모릅니다. 무언가 불행을 막는 일에 도움이 되었을 때, 고통을 견뎌냈을 때, 더 높은 무언가를 위해 불쾌한 일을 감수하거나 경멸과 모욕을 받아들이고 껴안을 수 있을 때, 깊은 곳에 묻혀있던 기쁨이 떠오르고 결국 의식에 닿는 영혼들이 있습니다. 이런 영혼은 자신에게 쏟아지는 부당함의 비속에서야 비로소 자신의 아름다움, 활기, 그리고 갈증의 해소를 발견합니다. 그리고 그 손은 행복해 보였고, 주인의 가차 없는 처우 아래서 미소 짓는 것 같았습니다. 이 말 없는 손 같은 영혼이 더 많이 존재했다면, 그리고 그런 영혼이 눈을 떠서 한 전체의 목적을 위해 동원된다면! 얼마나 많은 등한시된 힘들이 쓰임을 받고, 모욕을 당하고, 살아가고, 온 힘을 다하다 소멸하기를 갈망하고 있는지. 그런데 왜 도적은 지금 이 선한 것에게 만족을 주는 일격의 영광을 베푼 걸까요? 왜 우리는 하나같이 강자처럼 굴며 남을 깔보기를 좋아하는지. 다시 말해 왜 무감각하게 행동하고 싶어하는지. 어느 정도 정신과 감정이 결여되었다고 느낄 때만큼 우리가 스스로를 유능하다고 믿게 만드는 순간도 없습니다. 어쩌면 이 점에 대해서는 우리가 전적으로 옳은지도 모릅니다. 자신을 지배하기 위해서는 먼저 모든 감정에서 벗어나야 합니다. 하지만 자신을 지배하여 감정을 넘어선 상태가 되었다고 해도, 결국 우리 모두는 되돌아오게 되고, 또 되돌아오기를 바랍니다. 그래서 모든 주인은 흔들릴 수밖에 없습니다. 어쩌면 타격을 받은 하인들이야말로 가장 강하고, 충족감을 느끼는 자들일지 모릅니다. 그리고 주인들은 불안에 시달리는, 도움이 필요한 자들일지 모릅니다. 고통에는 행복한 고통과 비참한 고통의 두 종류가 있을 것입니다. 지배란 자신의 힘을 넘어서는, 그래서 병들게 하는 일인지도 모릅니다. 그리고 어쩌면 제 발밑에 무릎을 꿇는 것이 위대한 인물에게는 만족이 될지 모릅니다. 아, 이런 생각에 그가 얼마나 명랑하게 웃었는지. 그가 품고 있는 생각이란. 조금 정신이 나간 모양입니다. 하지만 한 통치자가, 그렇게 위대한 인물이 한 번이라도 마음껏 웃을 수 있다면? 옛날에 결코 웃지 않는 공주가 있었습니다. 그녀의 얼굴은 돌덩이 같았습니다. 흐트러지는 일이 없었지요. 아주 어릴 적부터 늘 표정을 변함없이 유지하도록 교육받아 왔습니다. 다른 사람들이 한숨을 쉬거나, 웃거나, 장난스럽게 세상을 둘러보거나 하는 모습을 보면, 그녀의 내면에는 말로 표현할 수 없는 불안감이 솟아났습니다. 그녀는 자기 자신에 대해 불안을 느끼기 시작했습니다. 그래서 그녀는 자신을 진심으로 웃게 해주는 남자를 남편으로 맞이하겠다는 공고를 냈고, 여기에 그가 나섰습니다. 그는 재단사였고, 조금 우스꽝스러운 얼굴을 하고 있었습니다. 그녀는 그를 본 순간 큰소리로 웃지 않을 수 없었습니다. 하지만 그렇다고 해서 그의 아내가 될 마음은 생기지 않았습니다. 그녀의 높은 자존심이 일개 재단사와 결혼한다는 생각에 저항했습니다. 그래도 그녀는 그를 받아들였습니다. 자, 이제 우리는 수공업자의 이야기에 도달했습니다. 이것이 다음 장의 소재가 될 것입니다. 오늘 아침 다음과 같은 생각이 머리를 스친 것만으로, 얼마나 제 손과 다리가 떨렸는지─저는 이 예의를 모르는 사람을 그녀의 앞에 데려가야 합니다. 대체 누구의 앞에 데려가는 걸까요?

비평가들처럼 편안하게 글을 이어가면서 당신한테 단도직입적으로 말할게요. 사랑하는 에디트, 당신은 아직 명성을 얻지 못했지만 머지않아 그렇게 될 것입니다. 왜냐하면 다른 여러 나라의 수도에 있는 살롱에서 당신에 대해 아주 우아한 이야기가 돌고 있으니까요. 그러니까 기뻐하세요. 몇 주 동안 계속 비가 쏟아지고 있는 듯한 그런 표정은 짓지 마시기를. 그런데 저는 정중히 당신에게 몇 가지를 물어 밝히고 싶습니다. 우선, 당신이 어디에 있는지 우리로서는 알 길이 없습니다. 당신은 공공장소에 거의 얼굴을 내비치지 않았잖아요? 마지막으로 봤을 때 당신이 쓴 검은 모자는, 긴 리본이 매달려 그 멋진 등까지 내려와 있었지요. 몸치장을 소홀히 하지 마세요. 여기서 당신한테 전하고 싶었던 바는, 우리가 당신을 전적으로 편애하고 있다는 사실입니다. 당신의 연인인 도적에 대해서는 사정이 다릅니다. 그는 현재 우리의 보호하에 있고, 우리의 요청에 응하여 당신과의 로맨스 등등 빠짐없이 전부 이야기해 줍니다. 처음에 그는 당신한테 다이아몬드를 주었다고 주장했고, 당신은 표정 하나 안 변하고 이를 인정했습니다. 하지만 나중에 그는 거짓말을 했다고 자백했습니다. 그를 꾸짖는 것은 분명 우리의 의무였습니다. 그런데 언뜻 보니 당신은 발트해의 뤼겐섬을 알지 못하는 것 같군요. 이전에 도적은 이 섬을 구석구석 걸어 다닌 적이 있습니다. 그는 아직 파리를 보지 못한 당신보다 더 넓은 세계를 여행했습니다. 당신이 내세울 수 있는 장점은 저 작은 레스토랑에서 미인으로 불린다는 것뿐입니다. 어떤 레스토랑이든 "미인"은 있는 법입니다. 하지만 매너는 어떤가요? 당신한테는 가감 없이 말씀드리지요. 우리 곁에는 명망 있는 친구들이 있습니다. 주도권은 우리 손에 있고, 당신은 맞설 수 없습니다. 도적은 당신한테 온갖 호의를 베풀었다고 우리한테 장담했습니다. 우리는 그럴 자격이 있다고 생각되는 만큼만 그를 보호할 것입니다. 참고로 당신은 우리의 말에 겁먹을 필요가 전혀 없습니다. 세계의 절반이, 특히 문학계가 당신의 매력에 완전히 마음을 빼앗겼으니까요. 이미 많은 부인들이 당신한테 관심을 보이고 있습니다. 그녀들은 모두 도적이 당신을 대하는 태도가 지나쳤다고 생각합니다. 하지만 저는 그의 보호자로서 상황을 다르게 봅니다. 그는 당신을 사랑했고, 이후 누구도 할 수 없고 이전에 누구도 할 수 없었던 정도로, 지금도 역시 당신을 사랑하고 있습니다. 게다가 그는 제삼자를 통해 12프랑이나 하는 장미를 선물했는데, 당신은 이를 그대로 받아들였습니다. 선물을 받고서, 주는 사람에게 눈길조차 주지 않다니 정말 이상한 태도 아닌가요. 그런 재주를 어디서 배웠는지, 소중한 분이여, 말씀해 주시겠어요? 당신 앞에 서 있는 남자인 도적에 대해 알아야 할 사실이 있습니다. 그는 한 여성 교사를 여러 번 찾아간 적이 있는데 그녀가 그와 대화할 때나 그가 그녀와 대화할 때 그녀는 장전한 권총을 책상 위에 놓고, 부적절한 행동이라도 보였다간 그 무기로 대응하려고 했던, 그런 경험도 있습니다. 이 사실에 대해서는 당신도 전혀 몰랐던 것 같군요. 그는 당신한테 구애하던 동안, 마찬가지로 한 레스토랑에서 미인으로 알려진 다른 여성한테도 구애를 했습니다. 이 사실은 알고 계셨나요? 이 글을 쓰는 사람 앞에서 그렇게 눈을 부릅뜨지 마세요. 부탁드립니다. 그런 짓은 무의미할뿐더러 촌스럽게 여겨질 수 있습니다. 당신도 여행 경험이 풍부한 우리의 눈에 시골 사람으로 비치고 싶지는 않겠지요. 명심하세요. 도적이 구애한 또 한 명의 여성은 그에게 말했습니다. "당신은 매너가 너무 좋군요." 정말 상냥하고 감사하는 마음을 가진 여성이었습니다. 한 번은 그 다른 레스토랑에서 그가 치킨을 먹고 돌의 레드와인을 마셨습니다. 이런 이야기를 하는 건 지금 더 중요한 일이 떠오르지 않기 때문입니다. 펜이라는 건, 한순간이라도 가만히 있는 것보다 부적절한 이야기라도 하는 편이 낫습니다. 아마도 이것이 더 나은 글쓰기의 비결 중 하나로, 글 속에는 충동적인 무언가가 들어가 있어야 합니다. 당신이 이 말을 이해하지 못하더라도 문제가 될 건 없습니다. 이 또 한 명의 연인이 어느 날 모습을 감추었습니다. 그러니까, 다른 마을로 이사를 간 거지요. 충실하다느니 불충실하다느니 하는 건 속물적인 개념일 뿐, 사랑은 이런 것들에 웃음을 터뜨립니다. 당신도 곧 아시게 되겠지요. 그 무렵 당신의 코는 도시 전체에서 가장 사랑스러운 코였습니다. 이 매력 포인트는 당신이 잃지 않기를 바랍니다. 반면에 이마에 주름이 잡힌 모습은 당신의 특별한 장점이 아니었습니다. 도적은 당신이 이 점에 대해 너무 부주의하다고 우리에게 말했습니다. 아무래도 당신이 제대로 노력을 기울이지 않은 것 같습니다. 당신도 충분히 알고 있지 않나요? 그가 어린아이인 것을. 그리고 동시에, 이전에 한 영국인 선장에게 다리를 꼬집히게 놔둔 탓에 박해받고 있다는 것을. 그건 저녁 5시에 어느 성 복도에서 일어난 일로, 12월이라 날이 일찍 어두워지기 시작한 때였습니다. 도적은 램프에 불을 붙이느라 바빴는데 의자 위에, 그것도 연미복을 입고 서 있었습니다. 그는 집사였으니까요. 네, 사실은 집사의 조수에 불과했습니다. 그곳에 잰걸음으로 영국인이 몰래 다가와 앞서 말한 우정어린 행위를 저질렀고, 같은 날 그 둘은 1층에 위치한 도적의 방에서 마주 앉았습니다. 어수선한 저녁 식사 전에, 정확히 말하면 디너 전에. 그야 저녁 8시에 하는 식사는 디너라고 부르니까요. 이어 그 영국인은 도적에게 무언가 상냥한 질문을 던졌습니다. 여기서 우리는 에디트, 당신한테 조심스럽게 묻고 싶은데, 자신이 도적에게 조금 비겁하게 행동했다고 생각하지 않나요? 물론 그도 당신에게 똑같이 대하기는 했지요. 그런데 그때 당신은 어떤 이유로 천 신발을 냅킨으로 닦는 행동을 했나요? 그 행동에는 무슨 의미가 있었나요? 시간이 난다면 알려주세요. 도적은 며칠 동안, 아니 몇 주 동안 이에 대해 계속 고민했지만 답을 찾지 못했습니다. 한 번은 그가 당신의 받침잔이라고 할까 작은 접시를 바닥에서 집어 들었고, 당신은 피곤한 목소리로 "메흐시(고마워요)"라고 말했지요. 당신은 레스토랑 천장을 지탱하는 기둥에 백합꽃처럼 기대어 피곤한 기색을 내비치고 싶었지만, 결국 100프랑을 손에 넣지는 못했습니다. 만약 도적에게서 그 돈을 받았다면, 당신은 그를 그저 가볍게 여기고 말았겠지요. 그 100프랑은 온전히 문학과, 작가협회와 관련된 돈이었으니까요. 그러니까 그는 이전에 어떤 레스토랑 아가씨의 손에 100프랑을 쥐여주었다는 이야기를 원고에 쓴 적이 있고, 그래서 지금 이 마을의 레스토랑 아가씨들은 전부 이 시적인 돈을 기대하고 있습니다. 하지만 도적은 그런 순순한 호구가 아닙니다. 그런데 당신은 장미 꽃다발을 받고 어째서 그에게 한마디도 하지 않았나요? 그는 대단히 괴로워했고, 그 후 한동안 제대로 잠들지 못했습니다. 아이들에게 잠이 얼마나 중요한지 당신도 잘 아시겠지요. 눈치채지 못했나요? 당신 곁에서 그를 매혹하는 당신의 모습을 보고, 그의 내면이 아이 같은 흥분으로 차오르기 시작한 것을? 그래도 가끔은 그에게 손을 내밀거나, 그의 손을 잡고 "쉬쉬, 이제 진정해요"라고 말을 건넬 수 없었나요? 이런 간단한 배려에 얼마나 노력이 필요한가요? 그것만으로 그는 당신한테도, 자기 자신한테도 완전히 만족했을 텐데. 그래도 어찌 됐든 그는 당신한테 만족하고 있었습니다. 하지만 자기 자신한테는 만족하지 않았습니다. 따라서 당신이 그를 조금도 이해하지 못했다는 비난은 받아들여야 합니다. 당신이 녹색 모자를 쓰고 그의 앞에 나타난 적도 있었지만, 무언가 그에게 의미 있는 노력을 기울인 건 그게 전부였습니다. 결국 녹색 모자만으로는 그를 만족시킬 수 없었지요. 결국 당신은 너무나 게으른 사람이었습니다. 당신을 본받은 도적도 똑같이 되어 버렸습니다. 이전에 그의 내면에서 타오른 어떤 불꽃보다도 당신을 향한 것이 백만 배 더 높이 타오른다고 그는 우리에게 말했습니다. 그가 당신에게 그 말을 했어야 했는지 모르겠지만, 당신의 머릿속에 있던 것은 늘 저 바보 같고 하찮은 문학적인 100프랑으로, 따라서 도적을 보면서도 한 인간이 눈앞에 있다고 생각하지 않고 그저 의무를 다하지 않는 사람, 게으른 사람이라고밖에 생각하지 않았지요. 당신은 주변 신사들에게 이렇게 말한 적 있지 않나요? "저 사람, 조금 둔감할 뿐이야." 그 밖의 부분에 있어 당신은 그를 좋은 사람이라고 생각했습니다. 그를 앞에 두고 그 정도의 장점밖에 발견하지 못하다니, 부끄러운 줄 아세요. 그는 흔히 말하는 제대로 된 사람이나 좋은 사람을 넘어 훨씬 더 가치 있고, 훨씬 더 개성 있고, 훨씬 더 깊이 있는 존재입니다. 어느 날 저녁 그는 한 유력 인사를 찾아갔고, 이 유력 인사는 대화 중에 무엇보다도 다음과 같이 말했습니다. "자신의 성적 욕구를 무시하는 사람은 정신적으로 위축됩니다." 그러니까 일종의 치매화가 진행된다는 설명이었습니다. 말투는 조금 바뀌었을지도 모르겠습니다만 그 뜻은 그랬습니다. 저녁 식사 직전 도적과 잠깐 이야기한 성 안의 영국인에 대해 말하자면, 그는 이런 질문을 던졌습니다. "여자들을 만나러 다니나요?" 질문을 받은 상대는 이렇게 대답했습니다. "아니요." "그럼 어떻게 인생을 즐기지요?" 도적은 자신이 어떻게 즐기고 있는지, 아니면 어떻게 즐거움 없이 사는 기술을 터득

했는지 말하는 대신, 고개를 숙여 그의 손에 입을 맞추었습니다. 이런 사람에 대해 편의상 "좋다" 같은 수식어로 간단히 넘기는 짓은, 그 자신은 의식하지 않았어도 상대를 쉽게 보고 있다는 것인데, 그게 아니라 적당한 호의를 드러내는 것이라 해도 깊은 관심을 뜻하지는 않습니다. 실제로 이 말은 평균적인 지성보다 섬세한 무언가를 가진 도적에게도 거의 모욕적으로 느껴졌으며, 이 점에서는 우리도 그의 편에 서지 않을 수 없습니다. 그저 좋기만 한 사람이었다면, 어째서 박해받거나 하는 걸까요? 이에 대해 설명을 해줄 수 있나요? 아니, 다행히도 그는 항상 좋기만 한 사람은 아니었지요. 그가 그 이상의 사람인 적이 없었다면 그는 스스로 부끄러워했을 겁니다. 당신은 마치 빵 배달원, 나무통 제조인 같은 식으로 자신이 고른 라벨을 그에게 붙였습니다. 이 소시민적 발언에 대해 우리는 당신한테 적절한 답변을 요구합니다. 그는 당신 앞에서 극도로 수줍어했고, 이로 인해 당신은 그를 끔찍하리만치 피상적으로 판단해 버린 것 같습니다. 하지만 당신의 행동이 전적으로 옳았을 수도 있습니다. 그는 당신에게 큰 빚을 졌다고 우리에게 더없이 감동적으로 고백했습니다. 당신을 알기 전까지 눈물이라는 것을 알지 못했지만, 이제 운다는 것의 의미를 알게 되었으며, 영혼을 가득 채운 슬픔이 자신에게는 천국 같다고. 이 점에 대해 우리는 오랫동안 그를 이해할 수 없었지만, 그 자신은 우리에게 한 이야기를 너무나 잘 알고 있겠지요. 그의 표정은 오해의 여지 없이 진솔했습니다. 바로 이런 이유로 당신은 그러니까, 당신 자신도 모르는 사이에 그의 천사가 되었습니다. 한 번은 당신이 그를, 그러니까 그의 요청을 거절했고, 그 결과로 그가 달아났습니다. 하지만 다시 돌아왔습니다. 크게 신경 쓸 이야기는 아닙니다. 그래요. 당신은 뭐라 말할 수 없이 사랑스러운 사람으로, 그저 당신 자신은 이를 알지 못했을 뿐입니다. 왜냐하면 다른 사람에 의해 부여된 가치는 우리를 혼란스럽게 만드니까요. 우리 모두가 적당히 사랑받기를 원합니다. 다들 편안함을 소중히 여깁니다. 다른 사람에게 신성불가침의 대상이 되기를 바라는 사람은 없습니다. 그야 그렇게 되어 버리면 하나의 고정된 이미지로 살아야 하니까요. 숭배의 대상이 된다는 건 생각만 해도 대단히 지루한 일입니다. 이런 이유로 사랑하는 에디트, 당신은 대단하고 위대한 죄인입니다. 이 점을 이해해 준다면 꽤 고마운 일이겠지만, 물론 당신은 그럴 시간이 없어서라도 결코 이해할 일이 없겠지요. 하지만 도적은 필요로 하는 것을 전부 가지고 있습니다. 그는 그전까지 잘 몰랐던 걷는 방법을 당신한테 배운 것 같은 기분이라고 저에게 말했습니다. 우리는 여기서 다시 어린아이 같은 면을 보게 됩니다. 당신이 그의 요청을 거절한 바로 그날 그는 한 시인을 방문했습니다. 그 시인에게는 피아니스트인 아주 영리한 아내가 있었는데, 그녀는 두 사람과, 즉 시인과 도적과 함께 앉아 다양한 이야기를 하다가 자리에서 일어나 옆방으로 건너갔고, 이내 책 꾸러미 하나를 손에 든 채 대화를 나누던 자리로 돌아와서 기쁜 듯 이렇게 외쳤습니다. "제 훌륭한 제 남편이 지금까지 쓴 작품 전부입니다." 시인은 감회에 젖은 듯 시선을 바닥으로 향했는데, 다양한 기억이 연달아 눈앞에 되살아나는 듯한 모습이었습니다. 도적은 이 시인의 전 작품을 무릎 위에 놓고 페이지를 넘기며 이렇게 말했습니다. "정말 기쁘군요." 저도 기쁩니다. 다음 장으로 넘어간다는 사실이.

발트해 연안의 이 작고 오래된 도시들에 깃든 옛 시절 분위기, 그러니까 가냘픈 교회와 귀족 아가씨들의 저택이 늘어선, 겸손함과 고고한 헌신으로 가득한 리프니츠의 거리, 그리고 산들로 둘러싸인 슈타이어마르크의 호수, 도적은 패션 잡지에 게재된 이 사진들을 보고 완전히 매료되었습니다. 에디트는 그에게 재치 있게 이렇게 말한 적 있습니다. "아, 언덕 위 마글링겐이야 물론 근사하겠지. 빌 호수 근처도 그럴 테고." 아가씨들, 특히 예쁜 아가씨들은 넘치는 재치를 발휘해야 할 의무라도 있는 걸까요? 이 역할에 있어, 문화를 위해 늘 눈물겨운 노력을 거듭하는 훌륭한 신사분들이 설 자리는 없는 것 같습니다. 해발 1,000m에 위치한 휴양지 마글링겐에 대한 이 언급을 듣고, 도적은 발터 라테나우가 생각났습니다. 라테나우 또한 도적에게 마글링겐을 알고 있지만 조금 따분한 곳이었다고 말한 적이 있습니다. 제 경우 마글링겐에서 사복을 입은 프랑스 장교들을 만난 적 있습니다. 그건 아직 잊히지 않은 저 세계대전이 발발하기 직전의 일로, 언덕 위 꽃이 핀 들판에서 휴식을 찾았고 또 휴식을 취할 수 있었던 저 젊은 신사들은 국가의 부름에 따라야 했습니다. 덧붙이자면 빌 호수의 푸른 물결 위로, 역시 휴양지로 이름을 날린 저 유명한 생피에르섬이 꿈처럼 떠올라 있습니다. 그건 그렇고 제가 너무 산문적으로 이야기하고 있군요. 하지만 이런 꾸밈없는 자연 묘사야말로 한 조각의 시정을 품고 있을지도 모릅니다. 저는 건강한 사람들에게 다음과 같이 호소합니다. "그런 건강한 책만 읽지 말고 소위 병적인 문학과도 친해져 보십시오. 그런 책에서야말로 큰 고양감을 얻을 수 있습니다." 건강한 사람들은 말하자면 늘 무언가 위험을 감수해야 합니다. 제기랄, 건강하다는 게 대체 무슨 소용인가요? 단지 건강한 상태로 언젠가는 죽기 위해서? 빌어먹게도 절망적인 운명 아닌건지……. 저는 오늘날 지식인들의 모임이 그 어느 때보다 속물들로 가득 차 있음을 잘 알고 있습니다. 그들은 윤리적 관점에서도 미적 관점에서도 소심하기 짝이 없는 겁쟁이들입니다. 그런데 겁이 많다는 건 건강하지 않다는 뜻입니다. 어느 날 도적은 수영을 하던 중 익사로 최후를 맞을 뻔했습니다. 용맹하게 파도 등과 씨름한 결과, 물의 강제력에서 스스로 탈출한 이 용자는 살아남았습니다. 그러니까 안전한, 마른 대지에 도달한 것입니다. 그래도 숨이 거의 끊어질 듯한 모습이었습니다. 아, 그가 마음속으로 얼마나 신에게 감사를 드렸는지. 그로부터 1년 후 바로 그 강에서 낙농학교의 학생이 익사했습니다. 물의 요정이 누군가의 발을 어떻게 잡아당기는지 도적은 경험을 통해 알고 있습니다. 그는 몸을 휘감는 물의 힘을 알고 있었으며, 죽음이 얼마나 난폭한 모습으로 우리

앞에 나타나는지 깨달았습니다. 얼마나 그가 애썼고, 손발을 바둥대고, 질식 직전의 목구멍으로 소리 없이 외치고, 얼음처럼 차갑고 끓는 듯 뜨거웠는지, 볼만한 광경이었습니다. 청년 셋이 이 장면을 목격했고, 겁에 질린 채 서 있었습니다. 그리고 싸움을 끝낸 이 바보는 자신의 모습을 보고 폭소를 터드렸습니다. 그는 감사의 기도를 올리면서 웃고, 환호성을 지르면서 비웃었습니다. 어느 날 밤, 그는 댄서가 되려고 우리 다을에 있는 다리 중 한 곳의 난간 위를 뛰어다니며 기술을 시험했습니다. 춤은 가볍게 성공했지만, 구경꾼들은 그 대담함에 화를 냈습니다. 그 대담한 남자가 에디트의 얼굴을 보고 몸을 떨었습니다. 정말 눈물 나게 우스꽝스럽고, 포복절도할 일이라고 말할 수밖에 없습니다. 에디트의 앞에서 그는 예를 들면 푀이통, 다시 말해 칼럼을 읽었습니다. 그녀를 눈앞에 두자 거의 모든 칼럼이 신성하게 여겨졌습니다. 학생들이 노래를 불렀고, 그는 푸른 바지를 입은 남자아이에게 잠시 도취되었습니다. 그가 거리를 좁힐 수 없었던, 아니 어쩌면 좁히기를 원한 적 없었던 에디트 주위에서 무언가 몽상에 빠지는 일, 가볍게 미소 지을 만한 다른 아름다운 것들, 사소한 것들을 이것저것 생각하는 일은 감상적인 기분에 젖거나 하지 않기 위해서—그는 그런 상태를 혐오스럽게 여겨야 했고, 실제로도 그랬습니다—용서받을 수 있고, 심지어 필요하다고까지 여겨졌습니다. 충실하지 않은 편이, 감상적으로 매달리거나 충실한 것보다 윤리적으로 훨씬 가치가 있습니다. 더없이 어리석은 사람이라도 이 사실이 조금은 분명하게 다가오겠지요. 아, 어제 저는 말을 듣지 않는 아이가 너무도 슬프게 울부짖는 소리를 들었습니다. 마음에 들지 않는 일을 강요당한 분풀이로, 아이는 그저 울부짖고 비명을 지를 수밖에 없습니다. 사랑스러운 이 조그만 아이는 듣기에도 측은하게 비명을 질러댔습니다. 엄마는 그 아이가 귀엽지 않고, 오히려 얄미웠습니다. 자신이 하는 말을 들으려 하지 않고, 엄마와 함께인데도 행복해하지 않았으니까요. 어떤 엄마든 아이가 자신과 함께 있어서 행복하기를 바랍니다. 작은 힘을 다해 강한 엄마와 맞붙었지만 어떻게 되었나요. 전투가 벌어졌고, 아이는 물론 손쉽게 제압당했습니다. 아이에게 그럴 마음이 있든 없든 간에 엄마는 아이를 질질 끌고 갔습니다. 아이의 두 눈에서 절망의 눈물이 흘러넘쳤지만, 엄마는 신경도 쓰지 않습니다. 이런 엄마는 자신이 당연히 주도권을 쥐고 있어야 합니다. "으앙, 아빠한테 갈래." 어리석은 아이는 울부짖습니다. 왜 어리석냐면 너무도 어리석게 애원하고 울부짖기 때문입니다. 이 호소는 엄마를 화나게 했을 뿐입니다. 그야 아빠와 엄마 사이에는 잘 알려져 있듯 아이의 양육법에 관해 늘 일종의 질투, 시기가 있으니까요. 엄마란 아빠한테 가고 싶다는 아이의 말을 들으면, 그러니까 아빠랑 같이 있는 편이 훨씬 낫다는 아이의 말을 들으면 당연히 기쁘지 않습니다. 아이가 훌륭한 엄마랑 같이 있고 싶어 하지 않다니, 정말 염치없지요. 아, 아이가 얼마나 크게 소리를 질렀는지. 그리고 엄마는 이 노골적인 울음소리에, 즉 아빠한테 갈 수 없다는 슬픔에서 나오는 울음소리에 얼마나 화가 났는지. 그리고 저는 그 엄마의 화난 모습에 얼마나 큰 소리로 웃음을 터뜨렸는지. 제 웃음에도 염치없는 구석이 있어서 아이의 울음소리, 그러니까 그 울음이나 반항과 거의 같은 정도로 부적절했습니다. 엄마는 화를 내며 주위를 둘러보았습니다. 저는 엄마의 화난 눈초리를 보고 다시 웃음을 터뜨리지 않을 수 없었고, 아이란 엄마에게 얼가나 무거운 짐일까를 생각했습니다. 그러면 이제 수공업 이야기를 해보지요. 저는 다음과 같이 선언하겠습니다. 작가에게는 말하는 것이 일인 반면, 수공업자에게 말하는 것은 일종의 수다, 그러니까 일에서 벗어나려는 시도로, 마치 하녀들이나 주부들이 뒷계단에서 여는 회의와 같습니다. 저는 이 나라에서 악의를 품을 수 없는 유일한 사람인 걸까요? 그렇다면 저는 나라 전체를 대표하는 호인이 되겠지만, 그 영예는 거절하겠습니다. 약간의 악의 없이는 지성도 있을 수 없습니다. 결국 그저 선할 뿐인 사람은 우스워 보입니다. 저를 용서하시되, 이 발언은 평생 기분 나쁘게 여기셔도 좋습니다. 그리고 다음 제 말을 믿어주십시오. 자신은 더 고귀한 일을 위해 선택받았다고 여기는, 더이상 학교 교사로 남고 싶어 하지 않는 교사처럼 오만한 존재도 없습니다. 저는 그런 남자를 하나 알고 있습니다. 그 남자는 아이들 가르치기를 중단한 이래 제게 눈길도 주지 않는데, 대신 부인을 동반한 신사와 산책할 때마다 이성을 잃는 남작이 되었습니다. 교양 있는 사람은 교양 없는 사람보다 10배는 더 빨리 교양 있는 사람을 알아봅니다. 왜냐하면 교양 없는 사람은 자기만 똑똑하다고 생각하니까요. 그렇지 않습니까, 신사 여러분. 그들이 귀찮게 굴지 않나요? 그리고 현지 새들 사이에서는 현지 새가 늘 타지 새보다 덜 존중받습니다. 반면, 타지 새들 사이에서는 현지 새가 특권을 누립니다. 타지 새들에게는 현지 새가 타지 새이니까요. 그러니 동질감말고 이질감이, 늘 같은 친숙함이 아닌 낯섦이 영원하기를. 저는 이런 현명한 문장들이 부끄럽습니다. 이 현명함에 양심의 가책을 느낍니다. 이렇게까지 자기 자신을 방어하는 저는 얼마나 형편없는 사람인 걸까요. 하지만 자기 자신을 방어하는 것이야말로 세상에서 가장 자연스러운 일 아닌가요? 결국 모두가 그렇게 합니다. 그렇게 하지 않는 사람은 무시당할 뿐입니다. 네, 맞습니다. 사랑입니다! 사람들은 악의를 가진 사람은 사랑하고, 사랑에 빠진 사람은 무시합니다. 그건 그렇고 얼마나 근사했던지. 사랑스럽고 달콤한 겨울날, 부모가 지켜보는 와중에 저 사랑스러운 남자아이와 아이처럼 눈싸움을 벌인 일은. 이런 사소한 일들은 절대로 잊혀지지 않습니다. 그리고 그날 밤 그는 그녀의 일을 들었습니다. 저는 제 자신과 그를 헷갈리지 않도록 계속 신경써야 합니다. 저는 도적과 무엇 하나 공유하고 싶지 않거든요. 저 친구한테는 아직 할 말이 남아 있습니다. 우리의 훈훈한 풍경을 그가 가장 품에 넣고 싶었던 순간이 언제였을까요? 저 배제당한 여자와 산책하던 때였습니다. 그것 보십시오. 그런데 저 자신을 그런 사람과 헷갈릴 수 있을까요? 정말 말도 안 되는 일입니다. 심지어 그는 고상한 산책자들 한가운데서 이 "연인"과 함께 걷기도 했습니다. 반 파운드의 살라미를 그녀에게 선물한 적도 있는데, 그녀는 겁에 질린 표정이었습니다. 또 그녀는 그를 발견할 때마다 아무렇지도 않게 "너!"라며 큰 소리로 말을 걸어왔습니다. 그는 스무 번은 넘게 그녀에게 자제해 달라고 부탁했습니다. 하지만 그녀는 이해하지 못했습니다. 이 요주의 여자는 자연스럽게 외설적인 이야기, 그러니까 가십거리만 들려주었습니다. 그녀는 사람들이 말하지 않을 것 같은 여러 가지를 알았고, 그런 것들을 모두 그에게 말했고, 그리고 아무도 모르는 편이 나은, 그가 오직 가슴속에 담아두려고 애써야 하는 이 모든 것들을 그에게 이야기하는 사이, 그는 우리를 둘러싼 세상의 아름다움 전부를 전에 없던 정도로 느꼈습니다. 그리고 밤은 이상주의와 자기희생의 행복이 별처럼 반짝이는 넓고 밝은 홀 같았고, 전 인류로부터 울려 퍼지는 노래처럼 사람들은 모두 말없이 오가고 있었고, 선한 것과 우아한 것이 모두 무해하게 걸어 나왔고, 도적을 즐겁게 한, 세상에서 도망친 이 여자가 말하는 이야기에 그는 웃을 수밖에 없었습니다. 그리고 웃을 때 우리는 선량하고, 아름다움을 사랑하고, 해야 할 일에 열중하고, 승자처럼 굴복하고, 승리를 자랑하면서도 사람들에게 손을 내밉니다. 밤은 이제 어둡지 않고, 삶에서 멀어졌지만 다시 돌아올 잠든 여자의 머리칼을 닮았습니다. 자신이 어떻게 숨을 쉬고 있는지도 모르는 그 여자는, 그 안에 큰 힘이 졸고 있으며 아직 자기 자신에 대해 모두 알지 못하는 어느 민족을 닮았습니다. 그 민족은 아직 환상을 품고 있는 덕에 일할 수 있으며, 너무 많은 것을 꾀하지 않고 진실된 삶이라는 사치를 스스로에게 허락하기 때문에 행복합니다. 이제 저는 저 검은 머리의 후작부인을 더 이상 방문할 수 없게 되었는데, 어째서 안 되는 걸까요? 이 이야기를 해도 괜찮을까요? 물론, 그녀는 진짜 후작부인이 아니라 제 지인 중 한 명일 뿐입니다. 저는 그러니까 그녀 앞에서 작은, 정말 작은, 거의 눈치채지 못할 정도의, 도취될 정도로 아름답고 섬세한 눈물을 다른 여자를 위해 흘린 적이 있습니다. 그녀는 본능적으로 이 겉과 속이 다른 뻔뻔함을 알아차렸습니다. "사기꾼." 그녀는 이 한마디만 내뱉고 설명할 수 없는 눈빛으로 저를 바라보았습니다. 지금 저는 악습에 대해 이야기하고 있는 것 같기도 합니다. 악습은 대중의 사랑을 받는 법이지요. 그리고 나중에 저는 도적을 의사에게 반드시 데려가야 합니다. 그가 이런저런 검사를 피하는 모습을 더 이상 좌시할 수 없습니다. 그에게 맞는 짝을 찾지 못하면, 그는 다시 제 사무실로 돌아와야 합니다. 거기까지는 확실합니다. 불쌍한 친구. 하지만 자업자득입니다. 아니면 누군가 그를 농가에 집어넣을 수도 있겠지요. 어쨌든 이 모든 건 일단 우리에게 그저 빈말처럼 들립니다.

저는 지금까지 1,200번은 넘게 이 아케이드에서 유세를 다녔습니다. 아니, 더 정확히 말하면 산책을 다녔습니다. 평소에 조금 톤을 낮추어서 말할 필요가 있습니다. 우리 현대인은 거친 표현 방식을 더 이상 견디지 못합니다. 이 아케이드를 8,000번이나 다닌 사람들도 있습니다. 생각만 해도 놀라울 따름입니다. 햇살이 내리쬐는 즐거운 일요일에 도적은 배나무들 아래, 물결치는 곡식밭 옆으로 자신을 떠난 에디트를 생각하면서 걸었습니다. 물론 그는 그 일에 대해 무엇 하나 책임이 없었습니다만, 그래도! 아니, 우리는 입을 닫는 편이 낫겠군요. 아니면 이 이야기는 나중에 하는 편이 낫겠습니다. 어쨌든 이 금빛 눈의 아가씨를 향한 사랑의 탄환이 가슴에 단단히 박힌 채, 마음씨 좋은 도적은 마음을 둔 상대가 살고 있는 거리에서 점점 멀어져 갔습니다. 지나간 시대의 방식대로 그녀를 "무정한 여인"이라 불러도 부당하다고 할 수는 없을 것 같습니다. 아니, 역시 지금 시대의 방식대로 말합시다. 개들은 주인 곁에서 산책했고, 나무들은 말없이 가만히 서 있었고, 작은 새들은 소중한 친구인 저녁을 기다리며 선선함 속에서 환희의 노래를 부르고 있었습니다. 그때까지도 거리를 물들이는 태양은 계속 불타올랐고, 도적의 허락을 받아 말하자면 그는 이제 땅에 널브러진 감자 덩굴을 바라보고 있습니다. 잠시 후 한숨을 쉬어야만 하는 자신에 대해 한탄스러운 기분이 들었습니다. 이전에는 결코 일어난 적 없던 일이었습니다. 이건 그가 전보다 훌륭한 인간이 되었다는 뜻일까요? 그를 위해서라도 그렇게 믿어 봅시다. 그리고 이 순간, 저 사랑스럽지만 무정하고 아름다운 에디트는 그를 생각하고 있었던 것 같습니다. 어쩌면 그녀는 비웃듯 미소를 지었을지도 모릅니다. 이 잔혹한 상상이 그를 땅바닥에 쓰러뜨릴 뻔했지만, 그녀를 미소 짓게 두는 것 말고 달리 어쩔 도리가 없었습니다. 이렇게 말할 수 있을 것 같군요. 그의 영혼은 향기로운 꽃다발처럼 사랑의 향기로 가득했다고. 그리고 감정의 향기가 그를 취하게 만들었다고. 지금 농장 앞에서 부드럽게 흔들리는, 꿈꾸는 나무들은 얼마나 무성하고 생기가 넘치는지. 그리고 세계의 모든 교회에서 울려대는 듯 에디트의 종소리가 대기를 흔들어 하늘 높이 올려 퍼집니다. 아, 이 종소리가 그렇지 않아도 어지러운 그의 마음을 얼마나 흐트러뜨렸는지. 길은 이제 돌투성이가 되었습니다. 밝고 푸른 하늘에서 이 사랑에 빠진 남자의 머리 위로 갑자기 소나기가 쏟아졌고, 5분도 지나기 전에 도적은 온몸이 흠뻑 젖었습니다. 빗물이 몸을 타고 그의 주위로 떨어져 내렸습니다. 하지만 오래지 않아 날씨는 더없이 근사해졌습니다. 이전보다 훨씬 멋지다고 해도 좋을 만큼. 반짝이는 회전목마가 마차에 타지 않겠냐며 그에게 손짓했고 그가 벨벳이 깔린 좌석에 올라타자, 아니 드러눕자 그는 마치 지상의 슬픔과 고통, 모든 아름다운 것과 고달픈 것, 감미로운 것에 영감을 받아 노래하는 수녀 같았습니다. 선남선녀들이 아방궁을 연상시키는, 사과꽃처럼 명랑한 황금빛 건물을 둘러쌌고, 빙글빙글 돌고 있는 건물 주위를 녹빛 풍경이 춤추며 미소지었습니다. 도적은 자신의 심장을 꺼내어 찬찬히 바라보고, 다시 넣어 두었습니다. 계속 걸어가던 그는 골짜기 쪽으로 내려갔는데, 그곳에는 정원 한가운데에 성이 하나 세워져 있었습니다. 그리고 정원 연못의 한가운데에는 분수가 있었고, 연못 속에는 마치 들뜬 소녀처럼 미소짓는 붉은 반점의 송어가 헤엄치고 있었습니다. 이어 성안에 들어

서자 기억에 남을 만한 큰 홀이 눈앞에 나타났는데, 그 대끄러운 바닥에는 수 세기 전의 혈흔이 아직 남아있었습니다. 그는 그 혈흔의 의미를 물었고, 이를 이해하는 데 필요한 모든 설명을 들었습니다. 성은 이 지방에서 가장 크고 아름다웠고, 이제 평화를 사랑하는 우리 도적은 다시 걸어갔습니다. 풀밭 속의 꽃들이 갑자기 전설에 나오는 태곳적 숲의 나무들처럼 거대해지더니, 다시 원래의 친숙한 크기로 돌아왔습니다. 그늘진 곳에서 소녀 셋이 노래를 부르며 걸어 나왔는데 그 소녀들은 자부심과 겸손, 아이러니와 운명의 반전을 노래했고, 풀들은 이 격조 높고 사랑스러운 노래에 수런수런 목소리를 더했고, 이 소리는 하늘까지 울려 퍼지고 부풀어 올라, 우아한 선율과 의미로 도적의 귀를 사로잡았습니다. 그는 소녀들에게 다가가, 모자를 벗어 감사의 인사를 전한 다음 앞으로 걸어갔습니다. 산책하던 사람들이 사방에서 모든 길을 통해 다가왔고, 녹빛으로 유유히 흐르는 강을 따라 눈부신 육체를 자랑하는 사람들이 헤엄치고 있었습니다. 제비들은 지붕이 달린 오래된 다리 주위를 날아다녔습니다. 한 레스토랑의 정원에서는 연극이 상연되고 있었습니다. 도적은 그 연극을 한동안 구경하다가 햄을 한 접시 먹고, 어린 소녀와 몇 마디 대화를 나눈 후 도시로 돌아와, 한 시간 동안 어떤 건물 앞에 서 있었습니다. 에디트가 떠나기 전에 그 건물에서 함께 대화를 나눈 적이 있습니다. 그는 감히 안으로 들어가지 못했습니다. 그녀를 발견할까 봐 두려웠고, 그녀가 없을까 봐 두려웠습니다. 노면전차에서 사람들이 내려왔고, 다른 사람들은 올라탔습니다. 몇몇은 벤치에 앉아 있었고, 다른 사람들은 여기저기서 걷고 있었습니다. "아, 당신 어디 있나요?" 그가 물었습니다. 그는 이 질문이 상당히 좋아졌는데, 갑자기 우스운 일이 떠올랐습니다. 어느 날 저녁 파티에 간 그는 아직 해답을 구하지 못한 교수, 그러니까 바람직한 결혼에 도달하는 해답과 결단을 내리지 못한 교수 같았습니다. 그의 이 결혼 문제는 언제나 아주 바람직하게 해결되어야 하는 것이었습니다. 그리고 이곳, 파티의 소파에 안성맞춤인 여성이 앉아 있었습니다. 섬세한 감각을 가진 사람으로서 그는 이 사실을 단번에 알아차렸습니다. 그 안성맞춤인 여성은 완전히 수줍게, 하지만 동시에 생기발랄하게 앉아 있었습니다. 그녀는 생각했습니다. '뭔가 좋은 일이 생길까?' 물론 이 질문에 그녀는 조금 주눅도 들었습니다. 그녀가 도적에게 맞춤인 사람으로 나타난 것처럼, 이제 도적도 그녀에게 있어 맞춤인 사람으로 등장하고 그렇게 행동한 탓에, 처음부터 아무래도 어색함이 흘렀습니다. 이렇게 서로에게 맞춤이었던 두 사람은 서로 멋쩍어하고, 주눅이 들었습니다. 그곳에 있는 누구든 자신들을 잘 어울리는 한 쌍으로 본다는 것을 의식하게 되었으니까요. 이제 그들은 아주 친한 사이가 되어야 했는데, 아쉽게도 당장은 그러고 싶은 기분이 들지 않았습니다. 그래서 이 만남을 부추긴, 두 사람의 결합을 설계한 사람들은 그들을 안타깝게 바라보았습니다. 특히 안타까운 건 도적이었습니다. 그는 아무것도 눈치채지 못한 듯 행동했습니다. 이건 건방진 태도 아닌가요? 사람들은 기분 좋은 일이 빨리 성사되도록, 두 사람을 이 모임에 선뜻 받아들였습니다. 하지만 사람들이 맞춤이라고 생각한 그녀는 예쁘지 않았습니다. 이런 이유로 그녀가 맞춤으로 인정받은 셈이었습니다. 그리고 얼빠진 도적은 이 사실을 알지 못했습니다. 아니, 너무 잘 알고 있었던 걸까요? 이 고맙게도 맞춤으로 인정받은 여성은 그에게 아무래도 지나치게 각진 인상으로 보였습니다. 어쩌면 그녀 자신도 이렇게 맞춤인 모든 것들이 어딘가 맞지 않는다고 느꼈을지 모릅니다. 그녀는 망설이듯 눈을 내리깔았습니다. "그 친구는 미끼를 물려고 하지 않았어. 이건 우리한테 심한 결례 아닌가." 그가 떠난 뒤, 파티에 모인 사람들이 말했습니다. 그가 그곳에 있는 동안 그들은 그의 태도에 매료된 것처럼 굴었습니다. 하지만 이제 그들은 마음껏 그를 비난했습니다. 그는 맞춤인 여성을 예의 바르게 집까지 데려다주었는데, 집으로 가는 길에서도 그녀는 그에게 맞지 않았던 것 같습니다. 그렇게 걸어가면서 고맙게도, 그녀는 그런대로 릴케의 이야기를 했는데 그 릴케에 관한 지식에도 불구하고 그녀는 영원히 그에게 맞지 않는 사람으로 남았습니다. 잘도 맞네요, 정말!

저 성 연못의 백조들, 르네상스풍의 파사드. 저는 이것들을 어디서 본 걸까요? 더 정확히 말해, 도적은 어디서 본 걸까요? 계단은 오래된 나무의 줄기를 따라 위로 나 있었습니다. 다과회 손님 전원은 그곳을 올라가 녹색 지붕 아래에서 모임을 열 수 있었습니다. 그리고 저 쓸쓸한 오르막 위의 식당, 저 자작나무인지 아니면 다른 어떤 종류든 간에 나무들의 작은 숲. 그리고 언덕 위의 정자, 저 집과 낮은 담장, 그리고 창유리 뒤에 서서, 다가오는 손님들을 엄숙한 얼굴로 바라보고 있는 자부심 강한 부인. 자부심은 우리의 마지막 도피처일 때가 많지만, 우리는 절대 이 도피처로 도망쳐서는 안 됩니다. 아시다시피 자부심이란 다름 아닌 감옥이며, 우리는 그곳에서 나와 보잘것없는 사람들과 대화하고, 그렇게 스스로를 구원하지 않으면 안 됩니다. 구원이란 늘 놀랄 만큼 가까운 곳에 있습니다. 다만 우리가 항시 그걸 보고 싶어 하는 게 아닐 뿐입니다. 아, 우리를 강하게 만드는 것에 언제나, 언제나 시선을 두는 일이 가능하다면. "멍청이." 그녀가 도적을 향해 내뱉었습니다. 그리고 이렇게 내뱉은 여자는 자부심으로 병들어 있었고, 이 말을 할 때 목숨도 바칠 수 있을 만큼 아름다웠습니다. 그리고 경이로운 조각작품들로 화려하게 장식된, 우리 도시 중심에 있는 저 자선가 부인의 분수. 그런데 그 신사가 종종 저를 찾아와 격려의 말을 해주던 때가 언제였지요? 그 무렵의 도적이 얼마나 젊었는지 그 신사는 아마도 알고 있었을 것입니다. 갑자기 저 멍청한 도적이 다시 모습을 드러내는군요. 그럼 저는 그의 옆으로 몸을 숨기겠습니다. 네, 네, 계속하지요. 그래서 상황만 받쳐준다면 친구들과 저녁 내내 기꺼이 창작을 해나갈 이 병약한 남자. 전해 들은 바로는, 그는 지금 달가운 의뢰가 산더미처럼 밀려 있는데 거기에 대응할 능력이 안 되는 것 같습니다. 죽거나 아니면 정상적인 생활이 불가능한 상태가 되고 나서야, 그러니까 이미 늦고 난 뒤에야 동시대 사람들은 의뢰라느니 후원이라느니 명예라느니 하는 선물로 들고 찾아옵니다. 건강한 사람은 건강하다는 이유로 비난을 받습니다. 쾌활한 사람은 쾌활함으로 인해 미움받습니다. 이런 일이 의도적으로가 아니라 본능적으로 일어난다는 사실이야말로 정말 지독하게, 지독하게 경악스러운 점이며, 절망적인 점인지 모릅니다. 이런, 철학적인 이야기에 너무 몰입한 것 같군요. 그러던 어느 날 지식인 모임에 속한 신사 한 명이 도적을 방문했습니다. "당신의 하인 율리우스에 따르면." 그 신사는 도적의 청소도구 보관실, 아니 장물 보관실에 들어가면서 말했습니다. "당신한테 일 년에 몇 번 교양 있는 분들과 만날 기회가 있다고 들었습니다. 분명 고귀한 인격을 갖춘 분일 거라 생각했고, 그래서 어떻게든 당신께 다가가 보려고 했습니다. 아무튼 성공한 것 같군요. 당신의 귀한 모습을 뵐 드문 기회를 얻게 되어 저로서는 기쁠 따름입니다. 분명 당신은 모든 면에서 떠오르는 샛별입니다." "아직 제대로 정리가 안 된 침대지만, 일단 앉으시지요"라고 정중하게 말한 그 남자는, 사실 하인이 한 명도 없었지만 있는 것처럼 행동하고 있었습니다. "제 율리우스가 잠깐 자리를 비웠습니다." "흠." 신사가 아주 무거운 얼굴로 말했고, 이후 두 사람은 도덕성과 상업 기능의 회복 가능성에 대해 이야기를 나누었습니다. 대화는 바람직한 방향으로 진행되었습니다. "당신의 하인에 대해서는 조금 의구심이 들지만, 이런 말씀을 드려도 너그럽게 넘어가 주시겠지요. 당신 내면에는 어떤 경우라도 흔들리지 않는 무언가가 자리하고 있다는, 더없이 만족스러운 확신을 얻고서 방을 나서도록 하겠습니다." 신사는 떠나는 순간에 이렇게 말했고 도적은 아우구스투스인지 율리우스인지를 등 뒤에 두고서, 이 방문에 대해 감사 인사를 늘어놓았습니다. "저는 형편이 다시 나아질 필요가 없습니다. 항상 잘 풀리고 있으니까요." 그의 옷차림을 힐끗 본 신사의 얼굴에 살짝 미소가 스쳤지만, 어쨌든 예의를 잃은 표정은 아니었습니다. 그럼 이제 도적의 지인 중에서도 특출나게 으아한 한 여성의 이야기로 넘어가겠습니다. 소녀 시절 이 여성은 낭만적 사고와 부르주아적 변덕을 모두 갖춘 존재로, 아름다운 민족양식의 은은한 빛을 발산하며 좀체 마주치기 힘든 순수성을 지니고 있었습니다. 남녀를 막론하고 그녀를 본 사람은 모두 그녀를 사랑했습니다. 그녀의 손가락 하나하나가 많은 사람이 보여준 일시적인 호의로 장식되어 있었습니다. 그녀가 자리를 뜨면 모두가 뒤를 돌아 그녀를 물끄러미 바라보았습니다. 그녀는 작은 방에 살면서 공주 같은 기분을 느꼈습니다. 매일 사람들과 함께 식사하고 심지어 그곳에 머물거나 할 수 있었지만, 그녀는 자신을 자주 드러내지 않는 편을 선호했고, 이 점에서 섬세한 사교 감각과 정갈한 기질을 보여주었습니다. 그 후 그녀는 아주 세련된, 그러니까 교양이 흘러넘치는 신사를 알게 되었고, 그는 여전히 강렬한 인상을 남기는 저 순수성으로 인해 그녀를 사랑했고, 그녀는 그와 결혼했습니다. 하지만 그의 인간관계, 직장생활, 일상생활은 그녀가 그렸던 것과 완전히 달랐습니다. 그는 자신이 사는 세계를 그녀에게 제대로 알려주지 않았고, 이제 그녀는 남편의 삶의 방식, 관점, 교제하는 사람들에 대해 수많은 혐오를 느끼게 되었습니다. 환멸에 빠진 그녀는 남편이 그녀를 위해 최고급으로 주문 제작한 호화로운 침대마저 기피하게 되었습니다. 숲속 오두막의 낭만주의 속에서 자란 그녀에게 있어 이제 자신을 둘러싼 모든 것이 너무나 이성적이고, 밋밋하고, 계산된 것으로 여겨졌습니다. 그녀는 저항했지만 물론 소용없었습니다. 그런데 이 헛된 저항으로 인해 그녀는 힘이 빠졌고 쇠약해지고 말았습니다. 교양과 지식에 저항하다니 어떤 싸움일지 상상해 보세요. 실제로 그는 지독하게 많은 것을 알고 있었지만, 그녀는 모든 것을 알고 싶은 욕구가 지독하게 없었습니다. 무지 속에서 그녀는 자신을 얼마나 풍요롭게 느꼈을까요? 그랬던 그녀가 이제 남편의 높은 교양, 분석적 지식 전부로 인해 완전히 병들었습니다. 하지만 그녀는 조금씩 익숙해졌고, 이제 자신이 행복을 얻지 못했다고 주장할 생각은 전혀 들지 않을 것입니다. 실제로 그녀는 행복해졌지만, 여기에는 많은 내면적인 노력이 필요했습니다. 바로 우리의 결핍과 자발적인 희생에서, 우리 자신과의 싸움에서 만족은 찾아오는 법입니다. 이 여성은 마치 열차를 갈아타는 여행자처럼, 하나의 상황과 하나의 집에서 완전히 다른 상황과 집으로 옮겨 살아야 하는 어려운 과제에 직면해 있었습니다. 그녀는 자신의 기질, 사고방식에 있어 일종의 환승을 경험했습니다. 하지만 쉬운 결혼 생활은 어려운 결혼 생활만큼 결코 아름답지 않습니다. 어느 시인이 말했듯, 가벼운 영혼을 가장 잘 아는 것은 무거운 마음입니다. 이 여성이 그녀를 둘러싼 세계 속에서 단단히 서 있을 수 있었던 건 늘 조금은 이방인으로 남았기 때문이고, 그 속에서 늘 조금은 그러니까 흔들렸기 때문이고, 마음이 완전히 편했던 적이 없었기 때문입니다. 우리의 확신은 너무 단단해져서는 안 됩니다. 그러면 부러져 버리니까요. 진정한 확신을 가지고 세계를 이해하려면 늘 조금은 흔들리는 것, 유연하게 있는 것이 필요합니다. 우리 발밑의 땅은 솟아오르거나 가라앉을 것이며, 또 그렇게 되어야만 합니다. 그리고 우리가 완전함을 향해 나아가려면 우리는 아직 완성되지 않았다고, 그리고 이후에도 절대로 완성되지 않으리라고 끊임없이 느껴야 합니다. 이는 그러니까 다음과 같습니다. 우리 고향의 땅과 잔디밭 위에서, 태어나 자란 우리 집에서, 우리는 발전해 나아가기가 훨씬 어렵습니다. 통상적인 의미에서 우리가 속하지 않은 곳, 때로는 그런 곳이야말로 우리가 태어나 자라지 않았다는 바로 그 이유로 우리가 가장 잘 속해 있을 장소입니다. 이 젊은 여성은 이동, 정착, 계발, 자기 향상의 뜻을 깨우쳤습니다. 그녀는 자신에게 어떤 가치가 있는지 내보일 필요성을 깨닫지 않으면 안 되었습니다. 오, 그래요. 민중에게는 아직도 헤아릴 수 없는 가치가 있습니다.

다른 이들이 투박하다고 불평하는 사람들이 있습니다. 하지만 그 사람들은 우리가 투박한 기질을 버리기를 정말로 원하지는 않습니다. 그들이 원하는 건 투덜거리고, 불평하고, 불만을 토로할 기회입니다. 저로 말하자면 불평꾼이 되느니 순 무뢰한이 되고 싶다고 생각합니다. 투박하기 짝이 없는 사람이야말로 섬세하기 짝이 없는 경우가 종종 있습니다. 불평불만을 늘어놓는 사람들은 이를 느끼고, 투박한 사람들이 자신들의 섬세함이라는 보석을 감싸 둔 그 근사한 포장을 질투합니다. 섬세한 사람들은 자신들의 투박함을 섬세함이라는 표피로 가립니다. 투박한 사람들이 걸친 의상이 더 튼튼하고, 단단히 꿰매어 오래 가지만, 결국 본질은 같습니다. 그럼 이런 의견을 내세워도 좋을 것 같습니다. 그러니까 교육과 환경이라는 요소를 무시하면, 우리는 투박함과 섬세함에 있어서 무서울 정도로 서로 똑같다고. 하지만 어느 시점엔가 우리가 갈등을 겪었을 테고, 분명 이것이 투박함과 섬세함을 둘러싼 이 모든 이야기의 숨은 원인이겠지요. 도적은 투박한 사람들을 좋아했습니다. 섬세함이 그를 투박한 행동으로 이끌었지만 투박한 사람들 사이에서 그는 적절하고, 관습적이고, 경쾌하게, 다시 말해 아주 섬세하게 행동했습니다. 그는 균형을 맞추려는 타고난 욕구와 뛰어난 적응력을 지니고 있었습니다. 섬세한 사람을 보면, 그는 모든 종류의 섬세함에서 벗어나고픈 충동에 사로잡혔습니다. 그러지 않으면 서로가 비슷해 보일 테니까요. 섬세한 사람들이 그를 전사로 만들었고, 투박한 사람들이 그를 목동으로 만들었다거나, 또는 투박한 사람들이 그를 소년이나 말괄량이 같은 존재로 만들었다고 한다면, 아마도 저는 지금 아주 미묘한 진실을 이야기하고 있는 셈입니다. 이 이야기는 낭만적인 태도, 코트나 커프스단추가 연상되는 것, 거기에 이렇게 말해도 좋다면, 대담함을 보여줍니다. 그건 그렇고, 눈 내리는 겨울날 한 여성이 도적에게 했던 그 말은 무엇이었을까요? "당신 안에 깃든 호의를 어쩌면 꽤나 염치없이 갖고 노는 사람 모두에게, 당신은 너무 친절하고 다정하게 구는 것 같아요. 예의의 호수 속에 가라앉는 것보다 더 가치 있는 일이 있을 거라고 생각해본 적 없나요? 아무래도 당신은 예의의 욕조에 몸을 담그기를 즐기는 것 같지만, 그 즐거움이 당신의 내면을 분열시키지 않을까요? 저에 대해서도 당신은 처음부터 거리낌 없이 친절했지만, 그러면 사람들은 이런 생각을 하게 됩니다. 아마도 당신은 저를 포함한 이 모든 사람에 대해, 마치 털가죽을 감미롭게 어루만지는 그런 상냥한 애무를 기다리는 새끼고양처럼 여기고, 그래서 다른 사람을 어루만지고 싶은 충동을 자제하지 못하는 게 아닌가 하고요. 당신은 완전히 낯선 사람인 제게 다가와서 손을 내밀었지요. 그 태도는 동료를 대한다기보다 오히려 자상한 아들이 어머니한테 손을 내미는 것어 가까웠습니다. 다른 사람을 대할 때도 당신은 그런 식입니다. 그리고 예쁘고 우아하게 차려입은, 프랑스 여자이지만 푸른 눈을 한 어머니들의 아이들도 당신은 하인처럼 섬기고요. 그런 식으로 자신을 낭비하면, 자신이 누구인지조차 모르게 되지 않나요? 당신은 이제 어떤 주장도 할 수 없게 된 것 같아요. 사회적으로 존재하지 않는 거나 다름없는 이 아이들 중 한 명이 무언가 떨어뜨리면, 당신은 그게 누가 됐든 다른 사람과 나누고 있던 대화도 멈추고 떨어진 물건을 줍기 위해 즉시 뛰어오르겠지요. 그 능숙한 솜씨를 본 우리는 아연실색하게 될 거고요. 이런 행동의 관점에서 봤을 때 당신에 대해 제대로 된 판단을 내리는 건 불가능해 보입니다. 당신이 대체 어떤 인간인지 아는 사람은 한 명도 없습니다. 당신 자신도 자신이 인생에서 무엇을 바라는지, 자신의 존재 이유를 아직 모르고 있지 않나요? 그리고 당신이 절대 화를 내지 않고, 내더라도 정말 극히 한순간에 불과하다는 게 많은 사람을 화나게 합니다. 당신은 그런 자신을 어떻게 견딜 수 있는 건가요? 도대체 당신은 인간이기는 한 건가요? 당신한테는 부르주아적인 감수성이 조금도 느껴지지 않아요. 겉보기에는 모험가 기질을 가진 사람 같기도 하지만, 심지어 이 점에서도 우리는 당신이 실망스럽습니다. 더없이 영리한 여성들도 당신을 생각하면 자신들의 지적 자질과 평정심이 침해당한 느낌을 받습니다. 당신이 그들을 불안하게 만드니까요. 이제 당신이 어떤 사람인지 보여줄 때도 되지 않았나요? 당신의 겉모습에선 라벨을 찾을 수 없고, 당신의 삶의 방식에도 특징이 없어요. 당신이 그렇게 조그만, 분명 아무런 관계도 없는 아이한테 뛰어드는 모습을 보았을 때, 저는 정말 당혹스러웠습니다. 그러니까 당신이 무의미한 굴종에서 얻는 아주 온순한 기쁨, 그 무분별한 행복이 저는 그저 너무나 부끄러웠습니다. 당신의 굴종은 지적인 어리석음, 어리석은 지적 행위에 불과합니다. 방금 당신이 제게 손을 내민 그 태도 역시 이 문제에 포함됩니다. 예의 없이 굴기가 힘드신가요? 그렇다면 좀 부끄러운 줄 아셔야지요. 당신처럼 교양 있어 보이는 사람이 말이에요. 저는 고민할 것 없이 당신을 창조력을 가진 사람이라 생각하는데, 그런 생산적인 힘을 아이용 트럼펫이나 초콜릿 조각 같은, 아이들 장난과 연관된 무언가에 불과한, 우연한 사고로 바닥에 떨어진, 자주성도 없는 온갖 것들을 줍는 데에 쓰다니요. 세상으로 나가세요. 아마도 거기서 일을 찾을 수 있을 거예요. 왜냐하면 결국 당신은 일을 하고 싶을 뿐이니까요. 그것이야말로 당신의 관심사라는 건, 저처럼 표정을 읽을 줄 아는 사람이라면 바로 알 수 있지요. 그리고 제가 당신을 이해한다는 점도 믿어주시겠지요. 그래서 저한테 그렇게 솔직하게 손을 내민 거고요." 도적은 그저 다음과 같이 말했습니다. "당신이 한 말 모두 제 안의 익숙한 무언가에 와 닿습니다. 그런데, 보세요. 저는 인간을 존중—" "대체 무슨 말이 하고 싶은 거죠?" 그녀가 그의 말을 끊어, 주저리주저리 이야기를 늘어놓는 수고를 덜어 주었습니다. 그리고 그때 바깥에서는 사람들 위로, 짐수레 위로, 말 위로, 채소 위로, 길을 서두르는 사람들 위로, 누군가를 기다리는 사람들 위로, 조그만 반다와 그 밖의 것들 위로 눈이 내리고 있었습니다. 그는 이렇게 말했습니다. '어쩌면 사람은 쓸모없음으로 인해 더 큰 쓸모를 발휘할지도 모릅니다, 친애하는 부인. 이미 그토록 다양한 방식으로 쓸모 있던 것들이 세상에 해를 끼쳐 왔잖아요. 그렇지 않나요? 그리고 우리는 모두 우리 존재가 환영받도록, 심지어 오랜 열망의 대상으로 남도록 애쓰지요." "하지만 그런 일은 당신한테 분명 단조로울 거예요." "제가 감당할 수 없을 만큼은 아닙니다. 감당해야 할 무언가가 생길 때마다, 제 운이 트이는 기분이거든요. 그리고 지루함을 벗어날 방법을 찾아낸 저 자신이 정말 재능있다고 생각하고 있고요. 당신은 제 말에 동의하시지 않는군요." "무슨 말씀이세요. 전혀 그렇지 않아요." "그렇다면 당신은 틀림없이 훌륭한 성품을 지니신 겁니다. 당신 곁에 있는 사람들은 행복한가요?" 이 질문에 그녀는 아무런 대답도 하지 않았습니다. 도적은 그녀를 무대에 서는 여성이라 여겼지만, 그 생각이 틀릴 수도 있음을 인정했습니다. 그녀는 속이 깊은 사람 같았습니다.

그때가 하루 중 언제였는지, 또 분위기는 어땠는지 저는 알지 못하지만, 도적은 지붕이 달린 계단 위를 뛰어 내려가고 있었습니다. 발걸음은 날개 달린 듯 가벼웠고 나무 계단 위로 텅 빈 소리를 냈습니다. 이 표현이 적절한지 의구심이 들지만 그렇다고 해서 이야기를 멈출 수는 없지요. 그는 바로 조금 전 검은 옷을 입은 한 여성에게 카네이션을 건넸는데, 그녀가 그의 눈앞에서 꽃집에 들어간 것이 그 이유였습니다. 그

선물에 큰돈이 들지는 않았습니다. 그의 두 다리가 그만큼 더 가뿐하게 그를 데려갔습니다. 그는 멋진 두 다리를 가졌고 이 뛰어난 다리로 이제 한 학교 건물로 들어가, 선거관리위원회 위원으로서 자신을 소개하고 두 시간 동안 주어진 임무를 수행했습니다. 투표하는 사람들이 한 명씩, 이를테면 조심스레 방으로 들어와, 자신의 용지를 상자에 넣고 선거관리위원장에게 몇 마디 말을 건넨 다음 떠났습니다. 모든 과정이 절차대로 신중히 진행되었고, 일을 마친 도적은 다리를 건너갔습니다. 우리 도시에는 다리가 몇 개 있지요. 그리고 그는 한 공무원에게, 시민을 위한 공원처럼 형성된 잡목림에서 자유롭게 뛰어다닐 수 있도록 허가를 요청했습니다. "너무 요탄스럽지 않게, 그러니까 적당히 하실 생각이라면, 당신의 바람에 이의를 제기할 수는 없습니다." 이 대답을 들은 도적은 벤치의 등받이를 뛰어넘거나 하며 즐겁게 팔다리를 단련했습니다. 우거진 녹음 아래에는 오래된 석조 문장이 세워져 있었습니다. 그 위로, 고지대를 따라 난 직선 도로와 함께 고급주택가가 펼쳐졌습니다. 이곳에는 한 부유한 여성이 살았는데, 도적은 그녀가 하인 모두에게 늘 쌀쌀맞게 군다는 이야기를 들었습니다. 그러나 이는 오로지 그녀의 남편이 자신의 에너지를 모두 해외에서 쏟았고, 아내가 이를 어떻게 생각할지 전혀 고려하지 않았기 때문이었습니다. 이 아름답고 선량한 영혼을 가진 여자는, 뛰어난 남편의 나쁜 건강으로 인해 못마땅한 듯 입술을 비죽거렸는데, 이 표정이 그녀의 얼굴과 너무도 잘 어울렸습니다. 그녀는 스스로를 너무 비극적으로 느꼈는지도 모릅니다. 많은 사람이 이런 식으로 불만이 생기면, 마치 마차에 실려 가듯 그 작은 불만이 점점 커지도록 내버려 둡니다. 그저 가끔 기분이 좋지 않다고 해서 자기 자신을 참을 수 없는 존재로 여길 필요는 없습니다. 단지 조금 심술이 났다고 해서 곧바로 자기 자신을 미워할 이유도 없습니다. 하지만 안타깝게도 그런 일은 일어나니까 어리석기 짝이 없습니다. 그러니까 사람은 자기 안의 악을 있는 그대로, 악으로 인식하려고 노력해야 합니다. 거기에는 또한 무언가 아름다운 것이 있고, 이는 사진에 찍히기 위해 짓는, 그 자체로는 아무런 가치도 없고 삶의 경험 부족을 증명할 뿐인 선하지만 밋밋한 표정보다 훨씬, 훨씬 더 아름다우니까요. 이 고급주택가의 끝자락에는 숲의 흔적처럼 보이는 장소가 있었는데, 사실 전혀 흔적처럼 보이지 않았을 뿐 아니라 제법 많은 나무와 나름의 깊이감이 있었습니다. 도적은 이제 더 이상 존재하지 않는 오래

된 집에, 즉 쉽게 말해서 오래되고 철거되어 이제 그곳에 있지 않은, 그래서 사람의 눈에 띄지 않게 된 집에 다다랐습니다. 그러니까 간단히 말해서, 그는 한때 집이 서 있던 장소에 다다른 것입니다. 이렇게 이야기를 돌아서 가는 이유는 시간을 메우기 위해서입니다. 왜냐하면 저는 어느 정도 분량을 가진 책을 완성해야 하고, 그렇게 하지 않으면 지금보다도 더 심한 경멸을 받을 테니까요. 이렇게 계속 써 나갈 수야 없는 노릇입니다. 이곳의 신사들은 제 주머니에서 소설이 쏟아져 나오지 않는다고 해서 저를 바보라고 부릅니다. 거리를 걸어가자 다른 길로 이어졌고 이후 그는 보건소 옆을 지나쳤는데, 그곳에는 수많은 공무원이 국민의 건강을 위해 부지런히 펜을 움직이고 있었습니다. 한때 용기병의 병영이었던 곳은 이제 학교 박물관으로 쓰이고 있었습니다. 그 건물 위로 대학교가 있었는데, 오랜 기간 미시시피에 머물며 조경사가 된 도적의 삼촌이 설계한 공원이 그 주위를 둘러싸고 있었습니다. 이곳에는 나무들 꼭대기 위 높은 곳에 정자가 있어 모든 방향으로 훌륭한 전망을 제공했고, 밑을 내려다보면 사랑스러운 풍경이 눈에 들어왔는데, 기차역 옆에 바로크 양식의 교회가 크고, 고요하고, 고귀하고, 균형 있고, 아름답고, 우아하고, 묵직하고, 매혹적이고, 접근을 허락하지 않는 듯 우뚝 솟아 있었습니다. 기차역 안의 중앙 홀에는 점점 더 가지각색의 사람들이 모여들었습니다. 기차가 차례로 들어왔고, 다른 기차들은 떠났고, 구두닦이들은 사람들이 대수롭지 않게 내미는 신발을 닦았고, 신문팔이들은 돌아다니며 신문을 팔았고, 도어맨들은 어슬렁거렸습니다. 서류가방을 든 여행객들이 짐꾼 모자를 쓴 짐꾼들 사이에서 눈에 띄었고, 문은 밀치듯 열리며 내던지듯 닫혔고, 창구에서는 표가 요청, 발급되었습니다. 행상인들과 지나가던 여자들이 뷔페에서 수프를 먹고 있었는데, 도적은 이곳에서 실직자에게 소시지를 하나 대접한 적이 있습니다. 이 이야기는 기회가 되면 다시 하지요. 호텔 옆에는 백화점이 있었고 또 그 옆에 출판사와 연결된 서점이 있었는데, 그 출판사는 세심한 관심과 절제된 태도로 작가들을 대하는 출판사로, 사장은 끈덕진 요구를 부드럽게 거절하며 이렇게 말했습니다. "나중에는 형편이 나아질지도 모르죠." 작가들은 출판사를 존중하면서도 동시에 경멸하는 태도를 보입니다. 그들은 전적인 지지를 받기 때문에 여기에는 다양한 감정이 뒤섞여 있습니다. 더 나아가면 그러니까 욕실 기구를 파는 상점, 스타킹이 산처럼 쌓인 쇼윈도가 있었고, 물론 교회

앞 광장도 있었는데, 그 교회는 정면이 살짝 볼록하게 튀어나와 건축적으로 아주 큰 효과를 거두고 있었습니다. 위쪽 창문은 거리에서 조금 안쪽으로 들어가 있었고, 아래쪽 창문은 앞으로 나와 있었습니다. 어딘가 차분하고, 안정적이고, 차가운 느낌을 주는 그 건물은 조금 배가 나온 저명한 신사를 닮았습니다. 이후 그는 밤나무가 늘어선 넓은 산책로에 이르렀는데, 여기서 사람들은 "황태자처럼 걷기"를 할 수 있었습니다. 도적은 이를 한 디딤돌에서 다음 디딤돌로 폴짝폴짝 건너뛰며 걷는 것이라고 이해했습니다. 이 디딤돌들은 벤치를 받치고 있었는데, 그 벤치에는 지친 사람들이 앉아 쉬기도 하고, 뜨개질하는 여자들이나 모래 더미를 만드는 아이들이 앉아 있기도 했습니다. 그리고 비둘기와 그 밖의 작은 새들은 스스로 찾아낸 것, 누군가가 손을 내밀어 준 것을 쪼아먹고 있었습니다. 교회의 높은 창문에서는 다채로운 빛줄기가 쏟아져 나와 무언가 노랫소리가 들리는 듯했고, 엄숙한 내부에서는 종종 오르간 소리가 바깥 세계까지 울려 퍼졌습니다. 그리고 도적은 다시금 갤러리 앞에 멈춰 서서, 앞으로 절대 무언가 읽거나 하지 않겠다고 다짐했지만, 결국 다시 기회가 있을 때마다 이것저것 읽고 말았습니다. 이후 그는 이곳에서는 나름 잘 알려진 인물인, 한쪽 팔이 없는 사람과 또다시 마주쳤습니다. 한때 그는 이곳에서 엉덩이를 가볍게 흔들며 걷는 사무원 여자에게 적극적으로 인사했습니다. 어떤 어머니는 아들이 자신을 소홀히 한다고 불평했으며, 어떤 아들은 자신에게 할애할 시간이 없는 어머니의 보살핌을 바란다는 뜻을 그에게 알렸습니다. 세련된 옷차림의 아들들이 그의 앞에서 활보했고, 품격 있는 삶을 누리는 딸들은 생의 절정기를 맞아 희비를 거듭했고, 이제 그곳에 저 남편이 나타났는데, 도적은 그가 이전에 자신의 아내한테 "외양간의 암퇘지 년"이라고 아주 공들인 욕설을 내뱉는 것을 들은 적이 있습니다. 그리고 한 나이 든 여성은 코가 절반밖에 붙어있지 않았는데, 얼굴 절반이 조금씩 무너져내리던 미술관장들도 있지 않았나요? 그리고 통치자들과 닮은 점이 무수히 많은 조간신문 발행인들도 있지 않나요? 이전에 그는 교회 종탑에 올라가 팁 정도의 돈을 내고, 일요일마다 그의 방까지 울림 소리가 들리는 거대한 종을 구경한 적이 있습니다. 한 신부가 그에게 설교단에 오르기를 권했고, 도적은 그 권유를 받아들였습니다.

씨 뿌린 밭에서는 푸른 싹이 돋고, 전장에서는 붉은 꽃이 피어 일대를 자줏빛으로 물들입니다. 도적이 그의 치밀한 악행 그리고 신념에 찬 방탕에 따른 대가로, 언제 어디에서 저 총탄을 맞게 될지 궁금해 하는 건 저뿐만이 아닐 것입니다. 그가 그 총탄을 맞아야 하는 건 분명합니다. 애초에 그에게는 피를 뽑는 치료가 꼭 필요하니까요. 그러면 조금이나마 안정을 찾았을 겁니다. 그렇지만 이 중대한 문제는 일단 답을 내지 않은 채로 둡시다. 유채꽃밭이 얼마나 시원하고 멋들어지게 푸른 하늘 아래 빛나고 있는지. 그리고 그 확고부동한 태도의 증거로, 언제나 녹빛이 아닌 다른 빛깔이 되기를 거부하는 숲도 얼마나 대단한지. 그런데 숲도 가끔은 기분을 바꾸어 다른 모습으로 우리 앞에 나타나도 좋을 것 같은데, 그렇게 생각하지 않나요? 당신이라면 숲의 새 외투로 어떤 독창적이고 참신한 색채를 추천하실 건가요? 당신의 의견을 꼭 듣고 싶으니, 언제든 편히 이야기해주시기 바랍니다. 그런 다음 도적은 몇 년 전, 경고하는 의미에서 반란자들이 톱으로 천천히 반으로 썰렸다는 이야기를 읽은 일을 떠올렸습니다. 이 글은 초일류 잡지 중 하나에 실린 것으로, 해당 시대의 그림들이 삽화로 들어가 있었습니다. 그곳에서 사람들은 아이스커피를 음미하면서, 마치 무언가가 문을 지나 운반되어 오는 것처럼, 이 톱질형이 아주 편안하게 감수성에 스며들도록 둘 수 있었습니다. 그는 레스토랑이 있던 거리를 아직 기억하고 있습니다. 거리 양옆으로 가로수가 펼쳐졌고 그곳에서 멀지 않은 방에, 그러니까 길가에 있던 집에는 병든 화가 한 명이 누워 있었습니다. 그는 창백한 얼굴로 침대에 누워 죽음을 기다리고 있었지만, 결국 기력을 되찾았습니다. 그리고 둥근 언덕 위 여기저기 흩어져 있는 나무들이 은빛의 실루엣을 은은하게 드러내는 어느 늦은 밤, 이 실루엣은 나무들의 겸손함과 형언할 수 없는 인내심―물론 이 인내심 같은 건 나무를 보는 우리의 편견에 지나지 않지만―에 대한 보답으로 받은 다이아몬드로 된 테두리 장식 같았는데, 산책하던 그에게 조용히 떠오른 생각은 황제가 한때 이른바 위대한 사람들에 의해 살해당했던 것, 그리고 황제의 육체와 정신을 상처입힌 사람들이 처형당했던 것, 그리고 이런 범죄자의 아내들이 처벌의 필요성을 최대한 느낄 수 있게 고통받는 모습을 지켜보도록 강요당한 것이었습니다. 그때까지 가장 가까운 보호자였던 이들이 처벌받는 모습을 그 자리에서 지켜봐야 했던 이 여자들은, 어쩌면 범죄자들보다 훨씬 비참하고, 불행하고, 마음이 찢기고, 지독히 괴롭고, 고통스러웠는지도 모르겠지만, 그 형벌을 명령한 자는 황제의 친족인 또 다른 여성이었습니다. 이 이야기는 학창 시절부터 도적의 뇌리에 깊이 새겨져 있었는데, 지금 그는 이렇게 생각했습니다. 이 위대한 인물들은 종종 자신의 위대함을 과대평가하여 자신의 중요성, 자기 자신과 주변 사람들에게 어떻게 처신해야 하는지에 대한 통찰을 잃어버린다고. 아마도 그들은 스스로를 숭배하기 시작하고, 불쾌한 기분에 사로잡히고, 보잘것없는 사람들을 지배하는 경험을 맛보고, 지체 없이 명령을 내리는 일에 익숙해지고, 그러고 나면 결국 세련된 결단이라 불릴 수도 있는 매끄러운 사고의 흐름 속에서 극악무도한 행위에 도달하고 마는 것 같습니다. 그들은 자신들의 높은 지위에 취하기 쉽지만, 아무리 높은 관직이라도 무구한 왕관, 침범할 수 없는 신성한 개념, 그리고 부자의 번영과 마찬가지로 극빈한 노동자나 농장 일꾼의 안녕까지 고민하는 황제가 차지한 숭고한 옥좌와 비교될 수 있을까요. 황제는 특정한 누군가를 우선시하지 않으며, 그런 일이 생긴다면 정말 다른 대안이 없는 불가피한 상황일 뿐으로, 그것도 황제에게는 극도로 내키지 않은 일일 것입니다. 황제는 만백성의 아버지이며 이런 만백성의 안녕의 옹호자를 저 반역자들은 가혹하게 다루었고, 이로 인해 그들 또한 가혹하게 다루어진 셈입니다. 우월한 지위에 부과되는 의무를 더 이상 달갑게 여기지 않게 된 이 위대한 인물들은, 보잘것없는 사람들을 위해 이미 가혹한 벌을 받게 되어 있었습니다. 교양이 제게 부과하는 의무를 다하는 경우에만 교양인으로 인정받을 수 있는 것과 같은 이치이지요. 이 우월한 자들은 더없이 비천한 자들보다도 더 비천해진 까닭에 처벌을 받았습니다. 그들은 기사도 정신을 완전히 버렸습니다. 그리고 범죄자가 된 기사는 흔한 악인보다 백 배는 더 나쁜 범죄자입니다. 흔한 악인이야 타락을 막는 교육을 받지 못했으니, 그들의 잘못은 오히려 이해할 만하니까요. 위대한 인간에게는 민중 앞에서 위대함과 품위뿐 아니라 사고와 행동의 유연성을 보여줄 의무가 분명히 있습니다. 그들은 이런 의무를 충분히 의식하고 있으며, 이를 저버린다면 실수로 끝나는 법이 없고 점점 더 추락하고 맙니다. 왜냐하면 그들에게는 방탕, 퇴폐 따위가 아닌 확고한 준법정신에 있어 모범을 보일 의무가 있기 때문입니다. 이와 같은 이유로 우리는 저 후작부인의 분노를 이해할 수 있습니다. 그렇게 강경한 태도를 취하는 건 그녀에게 분명 괴로운 일이었겠지요. 학교는 우리의 지적 생활에 다양한 인상을 제공하며 그것이 생생히 유지되게 합니다. 그러나 교사들이 우리 안에서 영원히 빛나도록 애쓴 이 빛도, 대부분 사람들에게서 결국 사라지고 맙니다. 학교에서 필요로 하는 것들을 전부 갖출 수 있도록, 국가나 시에서 막대한 예산을 투입했지만 학교 교육의 영향은 커졌다기보다 오히려 줄어들었습니다. 이 상황은 대략 다음과 같다고 봅니다. 사람들이 학교라 부르는 것은 삶의 정신을 위해 학문의 정신을 버렸다고. 이 학교의 정신은 이른바 본래의 정신으로 더 이상 존재할 생각이 없습니다. 교사들은 이제 진정한 교사가 되기보다 삶의 찬미자가 되기를 원합니다. 그들은 학교의 정신으로 삶에 접근하기를 꺼리지만, 삶은 이로 인해 많은 것을 얻지도 못할뿐더러 오히려 잃고 있는지도 모릅니다. 그러니까, 학교가 삶에 아첨하기 시작한 것입니다. 그런데 삶이 이런 학교의 아첨에 관심이나 있을까요? 아첨은 종종 우리에게 아주 단순히 혐오스러운 느낌을 줍니다. 삶은 친절하다느니, 달콤하다느니, 선하다느니, 매력적이라느니, 근사하다느니, 중하다느니 하는 말을 계속해서 듣기를 원하지 않습니다. 이렇게 학교는 삶에 봉사하며 거의 모든 면에서 무서울 만큼 친절하게 대하지만, 이는 삶을 그저 불쾌하고 반항적으로 만들기만 할 뿐, 오히려 이 친절에 의해 모욕당했다고 느끼고 도움 받기를 꺼릴지도 모릅니다. 삶은 이렇게 말합니다. "당신들의 떠들썩한 도움 따위 조금도 필요 없으니, 차라리 자기 자신을 도우시오." 그리고 저는 이 말이 맞다고 생각합니다. 학교는 자기 자신을 도와야 하고 모든 면에서, 그러니까 다른 무엇도 아닌 학교로서 남을 수 있도록 신경써야 합니다. 삶에는 영원히 지속되는 그 자신만의 독특한 본성, 변하지 않고 결코 쉽게 설명되지 않는 특별한 운명이 있습니다. 삶을 이해하고 교육에 포함시키는 것은 학교의 과제가 아닙니다. 삶에 관한 교육은 삶 자신이 제공하며, 충분히 이른 시기부터 그렇게 합니다. 학교가 자기 자신에게 봉사하며 학문의 정신으로 아이들을 교육하면, 삶은 그런 아이들을 훨씬 더 흥미롭게 여기고, 어쩌면 그들을 껴안고서 삶의 풍요로움을 가르쳐줄지도 모릅니다. 삶은 학교에서 보낸 학생들을 자기 정신에 따라 교육하고 싶어합니다. 그러나 학교가 삶의 정신을 따라 학생들을 가르치면, 이후 삶은 그들을 끔찍이도 지루하게 여깁니다. 삶은 하품을 하며 이렇게 말합니다. "그냥 잠이나 자야겠어. 너희들이 내 할 일을 다 해버렸으니. 아이들은 이제 뭐든 다 알아. 이 아이들을 데리고 대체 뭘 하라는 거지? 나 자신보다도 삶에 훤한걸." 그럼 모든 것은 마치 꿈속처럼, 움직이지만 멈춰 서 있게 됩니다. 삶은 삶을 믿는 이에게만 스스로를 드러냅니다. 어린 학생들에게 삶에 대한 지식을 제공하는 건 지나친 소심함에 다름 아니며, 이런 예방책으로는 아무도 멀리 나아갈 수 없습니다. 이렇게 걱정을 안고 사는 사람들은 걱정을 떨치는 방법부터 배워야 하지 않을까요? "내가 그렇게도 악의로 가득 차 보인다면," 삶은 말합니다. "어째서 내 안에 들어오려 하는 거지? 처음부터 그만두는 편이 낫지 않은가. 미숙한 풋내기를 데리고 놀 수조차 없다면, 난 관심을 끄겠어. 너희들이 고통을 느끼고 싶지 않다면, 즐거움도 느낄 수 없게 될 거야. 나에 대해 미리 대비하려 든다면, 처음부터 길을 잘못 들어선 거야. 나는 이런 올바른 인간들을 너무도 많이 보는데, 그들 모두가 나를 정복하려 하지. 하지만 만일 내 쪽에서 그들을 그냥 무시해 버린다면? 내 샘에서 아무것도 마시지 못하게 하고, 내 보물을 전부 숨겨둔다면? 내가 사람들한테서 즐거움을 느끼지 못한다면, 그들은 스스로 즐거움을 어떻게 찾겠다는 걸까? 그들 모두 삶을 다루는 기술을 손에 넣었다고 하지만 그들이 손에 넣은 건 기술일 뿐, 내가 아니야. 오직 내 안에서만 그들은 예술을 찾을 수 있지. 하지만 그들이 예술을 발견한다면, 그걸 더 이상 예술이라 부르지 않을 거야. 이제 나는 그들을 불행하게 만들지 못하지만, 그럼 그들은 어떻게 행복해질 수 있을까? 서로를 필요로 하는 빛과 그림자처럼 행복과 불행 또한 떼어놓을 수 없는데, 행복이 무엇인지 그들이 언제 어떻게 느낄 수 있을까? 그들은 이제 나쁜 것과 좋은 것이 함께 있기를 바라지 않고, 좋은 것만 바라지. 하지만 이 제멋대로인 바람은 이루어질 수 없어. 그리고 그들이 이제 나를 놀랄 만큼 잘 이해했다 해도—그걸로 뭘 얻을 수 있지? 오만함뿐이지 않은가. 물론 그들이 나를 이해하는 일은 결코 없을 거야. 그들의 이해가 충분해지는 날은 영원히 오지 않아. 게다가 나를 사랑하는 방식이란. 그 넘쳐나는 사랑. 얼마나 천박한지. 그들은 나를 마지막 한방울까지 맛보려 해. 그러면서 모두가 손해만 보고 있지. 모두가 충분한 대가를 얻는 일이 어떻게 가능할까? 나를 즐기려 하지 않는 자들, 보기만해도 근면한 자들이 나는 가장 좋다. 나를 찬미하는 자들은 얼마나 쓸모없어 보이는지. 끈질기게 요구하는 자들이 얼마나 빠르게 모든 가치를 잃는지. 이렇게 탐욕스러운 자들은 필요 없어. 즐거움을 추구하는 사람은 대부분 삶의 진정한 즐거움을 간과하지. 그들은 진지하지 않은 까닭에 지루하고, 내가 그들을 지루하게 여기는 까닭에 그들도 나를 지루해할 수밖에 없어. 그리고 그들이 진지함을 모두 잃은 까닭에 그들은 곤란한 상황에 빠지고, 나 또한 곤란한 상황에 빠진다—아니아니, 나는 그렇지 않고—아무도 나를 이해할 수 없어. 하지만 오래전부터 모두가 나를 이해해 왔지. 그러니까 그들은 계속해서 그 사실을 잊어버리고, 처음부터 새롭게 추측을 시작하고, 추측하고 나면 다시 잊어. 결국 결코 제대로 추측할 수 없는데, 왜냐하면 나를 정복하겠다고 수많은 시도를 하느라 바쁘기 때문이야. 하지만 그들은 줄곧 내 것이었지. 그들이 모르는 다른 수많은 것들처럼." 그들의 지혜란 그저 걱정만 불러일으킬 뿐입니다. 그들은 맹목적으로 인정받기 위해 애쓰지만, 그러는 사이 다음 세대의 아이들이 성장하고, 어린 시절이 지나가고, 두 사람이 함께하여 아이를 낳고, 교육의 성공, 지식, 그리고 무수히 많은 형태로 구성될, 영원히 되풀이되는 기념비를 위한 노동이 이어집니다. 그리고 삶은 알면서도 알지 못하고, 아이처럼 무기력하지만 독재적이고, 무한히 크지만 아주 작은 점에 불과합니다. 이때 시간이 되었기 때문에 도적은 간단히 끼니를 때우러 나섰습니다. 그는 지금 갑작스럽게도 전혀 다른 곳에서 살고 있습니다. 그런데 우리가 너무 앞서가고 있는 것 아닌가요? 그렇다고 한다면, 그래서 문제될 게 있나요? 그렇게 세세한 것까지 신경 쓸 필요는 없습니다.

 방금 전 구절에서 제가 상당히 과장된 태도를 취한 까닭에, 놀라서 읽을 마음이 사라진 독자도 한두 명 있을지 모르겠군요. 그래서 이제 저는 차분하고 점잖게, 골무만큼 작아질 생각입니다. 정말 강한 존재는 자신의 강함을 내보이지 않는 법입니다. 어때요, 근사한 말 아니었나요? 그리고 지금 사람들이 모이는 장소에, 한 덕망 높은 남편이 아내가 아닌 여성과 앉아, 도적이 알아봐주기를 바라고 있습니다. 도적은 그를 보았지만, 그 덕망 높은 남편은 이를 알아차리지 못했습니다. 자신을 알아봐주기를 간절히 바랐던 남자는 도적이 눈길을 주지 않았다는 생각에 분했습니다. 그만큼 그는 자신을 알아봐주기를 기대하고 있었습니다. 이 덕망 높은 남편은 이곳에서 생애 처음으로 바람을 피우고 있었습니다. 그것도 대단히 능숙하게. 그래서 그는 아는 사이인 도적이 자신의 모습을 보고 감탄해주기를 무척 기대하고 있었던 것입니다. 하지만 도적의 머릿속에는 덕망 높은 남편이 되려면 어떻게 해야 하나 하는 생각뿐이었습니다. 그는 웨이트리스에게 물었습니다. "저한테 아직 아내를 가질 자격이 있을까요?" 이 질문에 아가씨는 이렇게 답했습니다. "어머, 그럼요. 당신은 언제나 다정하잖아요." 이 고무적인 대답에 도적은 더없이 깊은 기쁨 속으로 빠져들었습니다. 그리고 덕망 높은 인간이 될 기회가 아직 남아있다는 이유로 그가 행복감에 빠져 있는 사이, 아내가 아닌 여성과 동석하고 있던 그 덕망 높은 남편은 도적의 관심에서 완전히 멀어져 있다는 사실에 의기소침해 있었습니다. 다른 누구보다도 친구인 도적의 눈앞에서 그는 다른 여성과 함께 있는 모습을 자랑하고 싶었습니다. 하지간 도적은 이렇게 생각했을 것입니다. "덕망 높은 아내는 불쌍하게 혼자 집에 두고, 저 친구는 저기 앉아 즐거운 시간을 보내고 있구나." 도적은 그 덕망 높은 남편에 대해 이렇게 생각했을 것입니다. "정말 못된 자야." 정직한 사람은 누구 할 것 없이 나쁜 사람처럼 보이고 싶어합니다. 그야 정직해지는 건 칠칠맞은 인간도 할 수 있는 일이니까요. 사실 정직한 사람으로 여겨지는 것은 굴욕에 지나지 않습니다. 그래서 지금 이 덕망 높은 남편도 멋들이지게 나쁜 사람처럼 행동하고 있었는데, 누구 하나 이를 알아보지 못한 것입니다. 도적이 자기 딴에는 덕망 높은 인간이 되고 싶어했다는 점이 불쾌했을까요? 덕망 높은 남편은 도적의 결혼에 대한 의사를 알아챘고 그 사실에 크게 분노했습니다. 카사노바를 알아보지 못하다니! 이건 건방짐인가, 아니면 멍청함인가? 그리고 도적이 카사노바를 열연 중인 덕망 높은 남편을 향해 눈을 돌렸을 때, 그는 이미 떠난 뒤였습니다. 아무래도 사람들이 자신을 알아봐주지 않는 것을 견디지 못했던 것 같습니다. 그리고 수많은 악행을 저질러온 도적은 웨이트리스의 한 손을 붙잡고 말했습니다. "아직 저한테 결혼할 능력이 있다고 생각해줘서 너무 고마워요." "당신의 그 겸손은 너무 엉뚱해요." 그녀가 대답했습니다. 덕망 높은 사람은 자신의 부단한 덕성에 진력이 납니다. 선에 대한 열망을 느끼기 위해서는 이전에 악했던 적이 있어야 합니다. 삶에 질서를 가져오고 싶다면 이전에 무질서한 삶을 살았던 적이 있어야 합니다. 그러니까 질서에서 무질서가, 미덕에서 악덕이, 침묵에서 웅변이, 거짓말에서 정직함이, 뒤의 것에서 앞의 것이 생겨납니다. 세상과 우리의 속성은 원을 그리고 있습니다. 그렇지 않나요, 선생님? 이 짧은 이야기는 여담 같은 것에 불과합니다. 물론 저 덕망 높은 남편이 스스로 다른 여성과 함께 있는 모습을 보인 건, 자기 아내가 오래전부터 도적을 높이 사고 있으며 꼭 만나고 싶어한다는 사실을 자기 친구인 도적이 알게 하고 싶어서였는지도 모릅니다. 하지만 도적은 가끔씩 따뜻한 가정을 꾸리는 행복을 상상했습니다. 도적이 결혼의 꿈에 젖어 있는 동안 멀지 않은 곳에서는 한 격분한 여자가, 자신과 아이를 버리고 다른 여자와 함께 달아났다는 이유로 남편에게 총을 쏘았습니다. 그리고 자신이 있을 장소가 없다고 느낀 어떤 남자는 한 재봉사에게 총구를 겨누었고, 정확히 조준한 탓에 재봉사의 심장을 꿰뚫었습니다. 사람들은 그의 유가족을 위해 모금을 해야 했습니다. 또 다른 한 남자는 질투심에 사로잡혀, 누구보다도 사랑했지만 점차 누구보다도 증오하게 된 여자를 죽였습니다. 아, 얼마나 기이한 이야기인지! 또 한 불만 가득한 아내는 남편의 높은 덕망을 한탄하며 그가 목매달아 죽은 이야기를 써서, 그 유쾌하지 않은 이야기를 출판했습니다. 이 이야기가 인쇄되어 나오자 그녀는 그것을 불쌍한 남편에게 읽게 했는데, 너무나 덕망 높고 선한 남편이라 아내에게 화를 낸다든가 하는 일은 일어나지 않았습니다. 오히려 그는 그녀에게 궁상맞지만 온화한, 짧은 키스를 해주었습니다. 어쩌면 이리도 끔찍하게 평화로운 사람들이 있는지. 그 아내는 의식을 잃고 쓰러졌습니다. 정말로요. 얼마나 불쌍한 여자들인가요. 화를 내지 못하는 남편이라니. 저라면, 그런 남편을 가질 바에야 무덤에 들어가는 편이 낫겠습니다. 도적은, 네, 그는 적어도 가끔은 화를 낼 줄 아는 사람이었습니다. 물론 그는 화를 낸 직후 언제나 자기 귀를 긁기 시작했는데, 그 귀는 더없이 섬세한 빛깔을 띠었습니다. 그 귀가 정말 감동적이었는데. 아, 맞아요. 오페라 이야기! 이제서야 떠올라 이 이야기를 꺼내는 걸 양해 바랍니다. 그녀는 그를 떠나고 싶었지만 그가 불쌍했습니다. 그녀가 그리도 달콤하게 노래한 것은 이 때문이었을까요? 우리는 확신을 가지고 대답할 수 없는 문제를 안고 있을 때, 어느 때보다 더 친절해지는 걸까요? 우리의 행동에 모순, 영혼의 갈등, 고귀한 불안이 나타날 때 가장 아름답고, 가장 주목할 만한 존재가 되는 걸까요? 우리는 혼란스러울 때 가장 진실하고, 불분명할 때 가장 분명하고, 불안할 때 가장 확고한 걸까요? 아, 저 아름다운 여성이 저는 얼마나 불쌍했는지. 그녀는 구원받았기 때문에 이제 어떤 구원도 기대할 수 없고, 구원을 향한 어떤 바람도 이제 그녀를 둘러싼 분위기에 영향을 주지 않으며, 어떤 구원자도 이제 나타날 수 없습니다. 그야 이미 나타나 버렸으니까요. 행복이란, 삶에서 20번은 불행해져 본 사람에게 주어지는 것입니다. 사람은 절망에 빠져 있을 때 비로소 자신의 아름다움을, 자신의 가치를 느끼지 않던가요? 그런데 이 이야기는 조금 미뤄 두어야 할 것 같습니다. 확실히 순조롭게 풀어나가고 있긴 했군요. 그래도 저는 이 중단으로 인해 이 주제를 다시 활기 있게 이어갈 수 없는 건 아니리라 확신합니다.

　이제 그는 새로운 거처를 얻었습니다. 아, 첫날 그가 얼마나 찌푸린 얼굴을 했는지. 폭풍우 치는 밤 같았던 그의 얼굴은 점차 맑아졌습니다. 그는 주위를 둘러보았습니다. 이어 발코니로 나갔고, 그의 생각은 비둘기처럼 에디트를 향해 날아갔습니다. 그 다음 날개를 퍼덕이며 또 다른 한 명, 반다에게로 향했고, 그 다음에는 이전에 살았던 방을 향했습니다. 그의 내면은 한 순간 가라앉았다가 다음 순간 어수선해졌습니다. "그래도 나한테는 소파가 있잖아." 그가 혼잣말을 했고, 그 순간 문을 노크하는 소리가 나더니 집주인 여성이 문간에 나타나 말했습니다. "저기, 아직도 그 빚은 안 갚으셨죠?"

"무슨 빚을 얘기하시는 건가요?" 그가 물었습니다. 그는 이 질문을 아주 정중하게 던졌습니다. 얼마나 훌륭한 신사가 되었는지. 집주인의 이름은 젤마였고, 목소리는 날카로웠습니다. "이제 와서 무슨 빚이냐고 물으시면." 그녀는 몸을 흔들며 웃었습니다. 그는 그녀의 유쾌함이 마음에 들었습니다. 그런데 그녀는 사실 아주 병약해 보였습니다. '언젠가 그녀를 껴안아보고 싶어.' 그는 생각했고, 그렇게 생각하자 이번에는 그가 웃지 않을 수 없었습니다. 그도 몸을 흔들며 더없이 바보처럼 웃었습니다. "능글맞으시네요."라고 그녀가 말했습니다. 그는 이 말이 정말 매력적이라고 여겼고, 동시에 그의 비둘기는 그의 따분한 에디트에게로 다시 날개를 퍼덕이며 향했습니다. 에디트에게는 어딘가 감탄스러울 만큼 따분한 구석이 있었습니다. 이제 그는 이 에디트적인 따분함에 대해 여러모로 생각해 보았습니다. '어딘가에서 그녀와 다시 마주친다면 어떻게 될까?' 하는 생각이 그의 머릿속에 떠올랐습니다. 이때 젤마가 말했습니다. "당신은 아무튼 건달일 뿐이에요. 아무 말도 말아요, 저는 다 아니까." 그녀의 무례한 말이 그를 매혹시켰는데, 이는 정말 독특한 종류의 매혹이었습니다. 그림자들이 크고, 조용하고, 의문을 가진 제비처럼 방을 빠져나갔습니다. "망치 하나 주실래요?" 그의 목구멍에서 대담한 말이 튀어나왔습니다. 목소리는 떨리고 있었습니다. 이런 도적이 젤마 같은 사람 앞에서 섬세하게 떠는 모습이라니, 감동적이지 않나요. 완전히 무례한 웃음이 또다시 그녀의 얼굴을 스쳐갔습니다. 아니, 그녀의 웃음에 무례함이란 없었습니다. 도적이라면 모를까. 아무튼 그렇습니다. "뭐가 필요하다고요? 다시 말해봐요." 그는 요청을 반복했고, 이는 다시 독특한 기쁨을 주었습니다. "망치를 하나 빌리고 싶다고요." 그는 천천히 그리고 또렷하게 말했습니다. "무슨 대단한 인물도 아니고 세입자일 뿐인 당신이, 그렇게 천천히 또렷하게 말하는 건 무례한 거예요." 그녀가 받아쳤습니다. 이 말에도 도적은 역시 우려될 정도로 큰 박수를 보냈습니다. "하지만 아직 망치를 얻지 못했어요. 그걸로 못을 박아서 벽에 그림을 걸 생각이었는데." 이제까지 입에서 나온 그 어떤 말보다 품격 있고 평온하게 그가 말했습니다. 젤마는 지금 시간이 없다고 말했습니다. "저는 당신과 결혼하고 싶어요. 당신이 불쌍하거든요."라는 말이 번개처럼 갑자기, 그의 순간적인 기지에서 나왔습니다. 당장이라도 웃음을 터뜨릴 것 같은 의식 속에서, 그는 완전히 의도적으로 이 무례한 말을 내뱉었습니다. 그의 마음은 소나무로 가득한 이탈리아의 풍경처럼 변모했습니다. 프로일라인 젤마는 평정을 되찾겠다는 듯 벨벳으로 된 안락의자 중 하나에 앉았습니다. "참 이상한 남자네." 그녀는 경멸하듯 웃더니, 입가에 비극적인 미소를 띠우며 짧게 내뱉었습니다. 그녀의 말은 불분명하게 들려 마치 혼잣말을 하는 것 같았습니다. 갑자기 도적의 머릿속에 한 가지 생각이 스쳤습니다. 성적인 즐거움을 진지하게 추구하지 않는 자는 바보가 되고 천천히 치매화가 진행된다고 말한, 저 유력 인사가 생각난 것입니다. "무슨 생각해요?" 여자가 물었습니다. "조금 이상한 생각입니다." 그는 대답했지만 그녀가 자신의 청혼에 대해 뭐라고 할지 아직 기다리고 있었고, 그녀는 그 이야기로 돌아가지 않는 편이 낫겠다고 생각했습니다. 그녀는 인생을 통틀어 조용하고 긍지 높은 사랑을 지켜나가고 있었습니다. "사실은 아주 친절한 사람이야." 도적이 이제 다시 혼잣말을 했습니다. 누군가가 도적으로서 그의 과업을 믿어준다면 그는 정말 기뻐했을지도 모릅니다. "당신 옷차림이 참 마음에 안 드네요"라는 말이, 젤마의 가늘고 섬세하고 우아한, 바이올린 활을 연상시키는 입술에서 미끄러져 나왔습니다. 실제로 그녀의 입은 바이올린으로 연주된 음처럼 정교하게 조각되어 있었습니다. "당신의 구겨진 교양에 다리미질을 할 수 있게 소설을 하나 빌려줄게요. 당신이 진정 나아지고 싶은 욕구를 느끼게, 정신 수양의 필요를 느끼게 해줄 저한테 고마워할 생각이 있다면요. 당신은 의지가 너무 약해요." 마치 토끼굴에서 튀어나온 토끼처럼 그녀의 입에서 튀어나온, 이 짧지만 잘 다듬어진 말에 대해 그는 말없이 고개를 숙였습니다. 하지만 그녀는 이 놀라운 경의에 큰 웃음을 터뜨렸습니다. "왜 제가 건달인가요?" 그가 겸손한 태도로 물었습니다. "당신은 평생 겸손한 척 연기해 왔으니까요. 당신은 전혀 악당 같지 않기 때문에 악당이고, 적어도 조금은 정말로 악당이어야 해요." 그녀가 힘을 주어 대답했습니다. 그녀는 마음속에 품고 있던 생각을 토로하는 이 순간을 즐기고 있었습니다. 바깥에서는 태양이 나른하게 빛나고 있었습니다. 또 먼 곳에는 언제나처럼 산들이 솟아 있엇습니다. "저 멋진 산의 전망 말인데요"라고 프로일라인 젤마가 말했습니다. "추가요금을 내야 해요. 매달 얼마가 드는지는 나중에 알려드릴게요. 설마 공짜라고 생각한 건 아니겠죠? 그렇게 뻔뻔하면 안 된다고요." 더없이 행복한 미소가 도적의 입가에 떠올랐습니다. 젤마가 한 말이 아주 재치 있다고 생각되었습니다. 그 훌륭한 솜씨에는 어떤 찬사도 따라갈 수 없었습니다. 그 뒤 그녀는 다시 무례함이라는 주제로 돌아가 이렇게 말했습니다. "더없이 섬세한 인간의 영혼과 감수성을 망치로 때리는 사람, 반다를 사랑하다가 바로 에디트로 넘어간 사람한테는—" "그런데 어떻게 그런 걸 다 알고 있죠?" 제가 물었습니다. 그녀는 그 질문을 마치 문 앞에 세워둔 듯 대답하지 않았습니다. 이제 저는 약속을 지킨 셈입니다. 제가 도적의 연애 이야기를 약속했었지요. 많은 사람들이 우리가 잘 잊는다고 생각하는 것 같은데, 우리는 모든 것을 염두에 두고 있습니다. 프로일라인 젤마는 작은 손가락으로 자신의 앞치마를 잡아당겼습니다. 도적은 생각했습니다. '나는 여기 서서 앞치마를 잡아당기는 걸 보고 있는데, 어딘가에서는 사람들이 생존을 위해 싸우고 있다니.' 그는 그런 생각을 한 자기 자신을 괜찮은 사람으로 여겼습니다. "당신이 나를 불쌍하게 여긴다고?" 젤마가 갑자기 소리질렀습니다. "당신은 나를 모르잖아? 양갓집 규수를 뭐라고 생각하는 거죠?" "근데 당신은 이제 그렇게 젊다고도 할 수 없잖아요." 그가 말했습니다. "그럼 망치를 가져올게요. 같이 가요. 내가 다시 들고 올 필요 없게. 생각해보니 나도 할 일이 있네요." 그녀가 말했습니다.

그녀는 이 말을 느릿느릿 꺼냈습니다. 그리고 여러분에게 약속하건대, 젤마는 이제 모두를 깜짝 놀라게 할 것입니다. 그녀에게는 이른바 괴짜 같은 면이 있습니다. 오페라 이야기도 염두에 두어야 하고, 기회가 된다면 까치발 이야기도 할 생각입니다. 조금만 참아주세요.

참 이상하지요. 어째서 지금 우리는 만족을 느끼는지. 최근 제 행동은 자기만족의 햇살을 받아 빛나고 있습니다. 정말 끔찍하지요! 하지만, 유감스럽게도 이것이 진실인 것 같습니다. 제 모든 결점에 대해 저는 무한한 관용을 베풀고 있습니다. 제 자기평가는 일종의 진풍경입니다. 자기만족과 자기평가의 이 어울림은 서로 큰 도움이 되어 온 것 같습니다. 이전에는 서로에게 손해가 되었지만 말입니다. 저는 거만한 태도로 누가 손해를 보고 누가 이득을 보았는지, 어디서, 얼마나 그랬는지를 계산하고 있습니다. 이렇게 생각을 이어나가는 일은 정말 즐겁습니다. 제 경우, 다른 사람에 대해 진지하게 신경쓰는 일이 말하자면 일종의 스포츠처럼 되어버렸습니다. 물론 다른 사람의 영역에 개입하는 듯한 행동은 하지 않습니다. 제 생각은 제 안에 남겨둡니다. 가장 눈에 띌 법한 제 원칙은 다음과 같습니다. "나에게 도움이 되지 않는 사람은 스스로 손해를 보고 있는 것이다." 기막히게 잘 생각해 내지 않았나요? 여기에 또 다른 격언도 있습니다. "나에게 친절하고 예의 바른 태도를 보이는 사람은, 이미 손해를 본 경험이 있는 것이다." 믿기 힘든 논리 아닌가요? 저는 이런 것 전부가 아주 흥미롭고, 다시 말해 주목할 만한 가치가 있다고 생각합니다. 저의 도적도 경제 등에 대해 종종 깊이 생각하는데, 확실히 그는 그런 쪽에 뛰어납니다. "지금 안하면 절대 못 해!" 그는 벌써 몇 번이나 자기 자신에게 이 말을 했습니다. 에디트가 있는 레스토랑 안을 더 잘 들여다보려고 까치발을 들었던 순간에도, 그는 자기 자신에게 이 말을 했던 것 같습니다. 그런데 사람들은 언제부터 그런 식으로 돌아다니게 된 걸까요? 언제부터 그렇게 까치발을 들어서 실제보다 커 보이게, 말쑥하게, 더 중요하고 주목할 인물인 것처럼 보이게 한 걸까요? 이런 어리숙한 친구 같으니. 우리는 그를 한 번 더 준엄하게 꾸짖을 생각입니다. 과연 그는 이 이야기에서 무사히 빠져나올 수 있을까요? 이 가능성은 만족스럽다는 듯 스스로를 말없이 바라보고 있습니다. "지금 안하면 절대 못 해!" 이 말에는 어딘가 낭만주의적인 구석이 있습니다. 아주 지혜로운 말이지만, 아주 어리석은 말일 수도 있지요. 자, 그런 다음 그는 그 장소를 떠났고, 이 지혜롭고도 어리석은 말을 잊어버린 채 광장을 활보했고, 만용을 부리며 주위를 둘러보았습니다. 그리고 그 행위로 인해 자신이 근대소설의 주인공이 된 것 같은 기분이 들어, 그 뒤로 환율이 게시된 알림판 앞에 멈추어 서거나 했습니다. 그게 어디였지요? 그가 흉내낼 수 없는 몸짓으로, 세상 물정에 밝은 사람처럼 한 배우에게 맥주 한 잔을 사준 곳이? 가장 절제된 글쓰기가 최고의 글쓰기라는 생각을 우리는 지지하고 있으며, 이 점에 대해서는 여러분의 이해를 바랍니다. 제가 돈을 빚지고 있는 사람들, 그들은 스스로 손해를 보고 있습니다. 상대와 너무 가까워진 것이지요. 또 이렇게 상거래 원칙 같은 이야기가 되었는데, 물론 진지하게 받아들일 건 아닙니다. 인간은 툭하면 숙고를 거치지 않은, 심지어 경박한 말도 내뱉지만 어때요, 그 속에 멋진 아이디어가 있는 경우도 있습니다. 농담에 대해서도 가끔은 똑같이 말할 수 있습니다. 아무튼 계속합시다! 프로일라인 젤마의 이야기로 우리는 곧, 그러니까 대략 10분 정도 지나면, 돌아갈 것입니다. 분명 이 남다른 인물은 이미 독자의 마음을 사로잡았

도적 169

을 것입니다. 그녀는 도적의 마음도 사로잡았을까요? 그녀는 그렇게 생각했을지도 모릅니다. 그리고 도적 자신도 가끔은 그렇게 생각했는지도 모르지요. 결국 인간이란 아주 쉽게 온갖 것들을 믿어버리니까요. 아무튼 그녀는 아주 적절한 수준의 지성을 갖추고 있었습니다. 우리는 그녀를 유머러스한 인물로, 그러니까 환영할 만한 캐릭터라고 말할 수 있는 그런 방식으로 그녀를 묘사할 것입니다. 그러고 보니 디킨즈의 위대한 장편소설 속에 부인들을 묘사한 두세 구절이 있지요. 그 소설 제목이 뭐였더라? 그런데 이런 정보를 알 필요가 있을까요. 세상 모두가 이 책을 알고, 분별 있는 사람이라면 찬사를 보낼 수밖에 없을 텐데요. 디킨즈가 아름다운 여성에 대해 말할 때 그는 한없이 부드러워지고, 애정을 담아 뛰어난 솜씨로 이야기를 풀어나갑니다. 여성을 찬미하는 데 있어 그처럼 뛰어난 작가는 없습니다. 아무래도 그는 이런 점을 절대적으로 중요하게 여긴 듯한데, 실제로도 그렇습니다. 우리는 칭찬하지 않으면 안 될 것 같은 사람에게 일종의 미묘한 죄책감을 가집니다. 게다가 그 사람에게는 이 칭찬을 소화해야 하는 과제가 부여되며, 이 과제는 현명함을 필요로 합니다. 그건 그렇고 어느 날 저녁, 종종 도박이 이루어지던 거울로 둘러싸인 그 방에서, 앞서 언급한 대로 반다와 에디트가 으연히 만난 사건이 일어났습니다. 두 사람이 얼마나 침착하게 이야기를 나누었고, 또 둘 다 얼마나 슬프고 아름다운 모습이었는지. 이 대화로 두 사람이 마음의 짐은 조금 내려놓았는지 모르겠지만, 흉금을 터놓고 마주 대한 것은 아니었습니다. 그리고 꼭 닫힌 커튼 뒤에서는 대화의 주제, 즉 우리 도적이 한마디도 놓치지 않고 그 이야기를 들으며 서 있었고, 여기서 이야기하고 있는 우리도 그의 바로 옆에 서서 "냉정히, 그리고 되도록이면 예술적으로" 있으라고 속삭이면서, 그에게 공명정대할 것을 촉구했습니다. 그리고 젤마가 말한 이 "이상한 남자"는, 이 별난 대화에 끼어들고 싶은 욕망에 격하게 몸을 떨면서, 커튼 뒤에서는 모습을 드러내고 싶은 충동을 느끼면서도 우리의 말에 따랐습니다. 그는 그 도박장에서 직접 돈을 걸어본 적은 없지만, 흥미롭게 게임을 지켜보고 있었습니다. 몇몇 친구들이 그를 게임에 참여시키려 했습니다. 우리가 여기서 친구라는 단어를 사용했지만, 너무 문자 그대로 받아들일 필요는 없습니다. 그에게는 그런 식으로 지인들이 있었는데, 그중에는 미국인도 있었고, 젊은 법률가도 있었습니다. 그는 상류사회와 연이 없지 않았지만, 딱히 가깝다고 할 수도 없었습니다. "당신은 대체 어떤 사람이에요?" 어느 쪽이냐 하면 가벼운 무리에 속한 젊은 여성이 계단에서 그를 향해 짧게 물었습니다. "저는 사실 당신이 두려워요. 당신은 끔찍하게 무해한 사람인데, 어떻게 그럴 수 있죠? 대체 당신은 무슨 일을 하고 있나요? 아르투르츨라타코지아 왕의 보석을 지키고 있기라도 한 건가요? 뭐라고요? 왜 말이 없어요? 우리를 둘러싼 이 어스름 속에서, 당신의 침묵은 정말 이상하게 느껴져요. 당신을 이상한 사람이라고 생각하는 게 맞을까요? 당신이 하는 행동 참 별로예요. 누군가 말하길 당신은 고통받고 있으며, 그걸 즐기고 있다고 하더군요. 그러니까, 당신은 푸대접을 마치 특별한 선물인 것처럼 즐겁게 맛볼 수 있다고요. 그렇게 제 앞에 무뚝뚝하게 서 있는 식으로 저를 모욕하고 있군요. 당신을 어떻게 생각해야 하는지 여전히 가르쳐주지 않고 있고요. 근데 전 당신한테 말한 대로, 당신을 두려워하고 있어요. 그 점이 변하지는 않아요, 알겠어요? 저는 당신을 위험한 존재로 생각하려고 최대한 애쓰고 있어요. 당신은 정말, 완전히 무해한 까닭에 위험해요. 당신은 악당이에요, 알겠어요? 왜 그런 줄 알아요? 당신을 왜 그렇게 보아야 하는지 아무도 모르기 때문이에요. 정말 심각하다고요." "제가 아주 흥미로운 사람이라는 건 틀림없지요." 도적이 대답했습니다. 그러니까 믿기 힘들 만큼 솔직하고, 또 성실하게. 그는 바로 조금 전 모자가게에서 챙 달린 모자를 샀고, 지금 정확성이라 불리는 것에 있어 가벼운, 아주 경미한 의무감 결여로 고생 중인 여성에게, 그 모자가 자신에게 어울리는지 물었습니다. "그럭저럭이네요." 그녀는 조금 시큰둥하게 대답했고, 그 모자를 쓴 그는 까치발을 들기 적합하다고 여긴 장소로 다시 향했습니다. 이 대수롭지 않은 행동이 그에게는 대수롭게 생각되었습니다. 다음날 그는 익명의 편지를 받았고, 거기에는 다음과 같은 글이 쓰여 있었습니다. "이전처럼 당신을 존중할 수 있을까요, 선생님? 오늘 대중 앞에서 당신이 벌인 짓을 생각하면 안될 것 같아요. 당신은 초등학생처럼 행동하고 있어요. 당신은 겁쟁이입니다. 순전히 과대망상으로 인해 당신은 어린 여자애를 연기하고 있어요. 유리창 너머로 훔쳐보는 것, 그 안에서 켜진 불빛을 보고 기뻐하는 것, 다른 사람이 먹는 요리에 즐거워하는 것, 그런 건 어린 여자애나 할 법한 일이니까요. 당신은 자신의 부모를 부정하고, 당신이 받은 학교 교육에 따귀를 때리고 있습니다. 이건 스캔들이에요. 이전에 당신의 교사가 쉴리, 보방, 콜베르가 이룩한 업적을 열심히 설명하지 않았나요? 로마와 그리스에 대해서 완전히 잊어버렸나요? 당신의 행동거지는 완전히 불량소년 같아요. 실크 해트를 쓴 상류 신사들의 에스코트를 받는 신사들을 봐도, 정말 더 통렬한 인상을 받지 못한다는 건가요? 그런 광경이 불안한 예감을 불러일으키지 않는 건가요? 사람들한테 몇 번이고 질책을 받은 걸 잊었나요? 이 편지가 당신한테 불쾌감을 줄지도 모르겠습니다. 당신을 돕고 싶어요. 그러니까, 올바름이 무엇인지 깨닫게 되는 그런 즐거움을 당신이 누리게 하고 싶어요. 올바름이란, 무엇보다도 다른 사람을 결함이 있다거나 아니면 완전히 구제불능이라 여기는 것입니다. 하지만 아무래도 당신은 그걸 이해하려는 마음이 전혀 없었던 것 같군요. 그래도 언젠가는 이해하지 않으면 안되겠지요. 그 모자는 당신에게 어울리지 않습니다. 당신을 천한 사람처럼 보이게 해요. 당신은 세련된 감각을 가진 사람들의 주의를 불쾌하게 끌고 있습니다. 세상의 아저씨라는 아저씨는 당신 때문에 화가 나 있습니다. 프로테스탄트인 아줌마들은 당신 때문에 성호를 긋게 될 지경이라, 의식을 치르는 데 있어 중대한 실수를 저지르고 있고요. 당신은 모욕을 받으면서도 웃고 있지 않았나요. 게다가 젤마라는 별난 여자의 집에 눌러앉게 될 판

아닌가요. 그리고 거기서 당신이 하는 짓이라고는 발코니에서 우유배달부의 말을 내려다보고, 해가 그 말의 등을 어떻게 비추는지, 발코니가 당신을 어떻게 지탱하는지, 지붕 장인이 지붕을 어떻게 고치는지, 한 부인이 고통스러워 하고 있는 다른 부인을 어떻게 지켜보는지 관찰하고, 그러고는 들어오고 나가는 사람들에 의해 열리고 닫히는 정원 출입문을 바라보고, 이제 발코니에서 당신의 방으로, 아니 오만하게도, 때로는 거만함에서 때로는 광적인 순종에서 당신이 거처방이라 이름 붙인 그 방으로 어떻게 돌아갈지 생각하는 것 말고 또 뭐가 있나요?" 그는 이 편지를 읽고 나서 혼잣말을 했습니다. "맞아, 모든 게 정확히 이런 식일 거야." 이 질책으로 인해 그는 보호받고 있다고 느꼈습니다. 아무에게나 일어나는 일은 아니었지요.

그 별난 여자, 도적은 그녀를 사랑스럽다고 여겼지만—별난 구석이 있는 사람에게는 적어도 무언가가 있다고 그는 생각했습니다—그녀의 이야기로 들어가기 전, 여러분에게 도적의 학창 시절 동급생 두명을 소개하겠습니다. 둘 다 크게 출세한 인물입니다. 한 명은 의사가, 다른 한 명은 인쇄업자가 되었습니다. 후자는 시간이 지나 기술 이사의 지위에 올랐고, 이 지위를 얻은 시기에 한 미술전에서 도적을 만나 한마디 툭 던졌습니다. "난 네가 별로 맘에 안 들어. 다음에 만날 때는 더 내 맘에 드는 인간이 되어 있기를 바라네." 이렇게 말한 남자는 아주 세련된 호텔에서 식사를 했습니다. 그곳은 도시 전체에서 가장 훌륭한, 말하자면 가장 봉건적인 호텔로 오랫동안 영국에서 살았던, 이제 아주 젊다고는 말할 수 없는 부인이 경영하고 있었습니다. 어느 아름다운 날 이 호텔의 여경영자에게, 도시 전체에서 가장 훌륭한 인쇄소의 이사가 말했습니다. "당신한테 호감이 생긴 것 같습니다. 당신의 태도에서 자립심이 보여요. 가능하다면 당신과 꼭 결혼하고 싶습니다. 이런 섬세한 바람을 입 밖에 낸 것을 용서해 주시기 바라요. 우리가 섬세한 무언가를 말하려고 하면, 섬세함이 결여된 말이 입 밖에 나와 버릴 때가 많지요. 벌써 당신이라는 사람을 향한 따뜻한 기분이 제 몸속에 흐르는 것을 느낍니다. '몸속에 흐른다'는 표현이 조금 부적절하다고 여기실지도 모르겠습니다. 저도 그렇게 생각하니까요. 그럼 이 점에서 우리는 한 마음이군요. 사랑스럽고, 한없이 존경스러운 프로일라인. '한없이 존경스러운'이라고 말해 버린 건 유감이군요. 조금 신뢰를 주지 못하는 어감이 있으니까요. 저는 시인일까요? 아닙니다. 제 나름의 명망이 있는 인물일까요? 맞습니다. 그리고 제 나름의 사회적 관록이 있는 인간으로서, 그러니까 지난 세월 동안 무언가를 이루어 낸 인간으로서, 그리고 당신에게 진정으로 매혹된 인간으로서, 저는 여기서 당신에게 운명을 함께하기를, 그리고 그 목적을 위해 부부의 연을 맺기를 제안하고 싶습니다." 이처럼 점잔 떠는 말투였지만 그는 진심이었고, 그녀는 그를 꿰뚫어 보고 있었습니다. 이 순간 마치 그는 완전히 투명한 유리로 이루어져 있어 누구든지 그 내부를, 즉 선의로 넘쳐흐르는 정직한 의도를 들여다볼 수 있을 것 같았습니다. 그래서 그녀는 이 도시에서 가장 훌륭한 인쇄소 이사의 품에 몸을 던졌고, 그렇게 그의 제안에 동의했음을, 그리고 그 제안을 받아들여 얼마나 행복한지를 보여주었습니다. 그런 와중에 세계대전이 발발했고, 그 호텔은 '평화주의자'의 기치 아래 교전국이 국민에게 부과하는 제약에서 벗어나는 것이 현명하다고 여긴 외국인들 사이에 곧장 이름이 알려지기 시작했습니다. 이제 그의 소유이기도 한 호텔은 명실상부 평화를 사랑하는 지식인들을 위한 호텔로 발전

했고, 그곳에 모인 사람들이 하나같이 유복한 사람들뿐인 데다가 그중에는 인쇄되어 나오는, 반전을 선동하는 기사를 쓰는 사람들도 있어서 장사는 점점 번창할 수밖에 없었고, 그런 일 전부가 더없이 아름다운 정당성을 부여받는 상황이었습니다. 행운을 얻은 다른 한명의 학우는, 이를테면 조용하고 조금 나른한 열정으로 정신과 의사를 목표로 공부했습니다. 정신과 신경은 밀접하게 연결되어 있으니까 그는 신경 전문의로도 통했습니다. 그리고 관찰과 배려가 필요한, 다소 섬세하고 연약한 신경을 보일 때가 있는 것이 무엇보다 여성이므로, 주로 신경을 다루는 이 정신과 의사는 부인과 전문의로도 통했습니다. 그렇게 그는 실제로 별 고생 없이 길을 밟아 명성을 손에 넣었고, 이는 거의 모든 성공적인 경력이 사실 일종의 무심함이나 방임주의에 기반을 둔다는 점과 일맥상통했습니다. 제가 들은 바로는 그가 어머니들을 이례적일 만큼 세련되고 섬세하게 다루는 데 특히 능숙했고, 그 결과로 그녀들은 자신의 딸들을 전적으로 신뢰하는 그의 손에 맡기게 되었고, 이런 아주 단순한 방법에 의지하여 그는 돈과 지위를 손에 넣었습니다. 아첨꾼으로서의 재능, 깊은 곳까지 들여다보며 상대의 불안을 없애주는 눈빛을 가진 그는 이 눈빛 덕분에 성공을 거두었고, 늙은 노총각이 되었음에도 아주 젊고 아름다운 여성과 결혼했습니다. 이 아내는 외모로도, 가져온 재산으로도 그가 이미 누리고 있던 큰 행복을 적지 않게 더해주고, 고양시켰음이 분명합니다. 저 두 학창 시절 친구가 이처럼 현저하게 시민계급의 사다리를 타고 오르는 동안, 도적이라는 사람은 프로일라인 젤마를 찾아가, 어떤 식으로든 자신의 힘이 필요하지 않은지 정중히 물었습니다. 그는 다시 웃었고, 그녀는 눈을 동그랗게 뜨며 그를 바라보았습니다. "바라는 게 뭐예요?" 그녀가 물었습니다. 그녀는 커피를 마시면서 신문을 읽고 있었습니다. 참고로 프로일라인 젤마는 거의 고기를 먹지 않고 살았습니다. 즉 적은 양의 섬세한 식단을 유지하며 식생활에 있어서 신중히 고려된 제한을 스스로에게 부과하고 있었습니다. 그건 그렇고, 그녀의 집에는 러시아인 여학생도 살고 있었습니다.

그리고 지금 전반적인 상황은 일단 이렇게 보입니다. 에디트는 "그녀의" 도적에게 서투른 태도를 취했습니다. 그녀는 무시할 수 없는 잘못들을 저질렀습니다. 저로서는 이 글들에서 이미 언급했듯 도적의 손을 잡고 그녀에게 데려가, 일종의 죄인처럼 그녀 앞에 세우고 용서를 빌게 하고 싶습니다. 그런데 그녀가 그에게 한 부적절한 행동에 대해 왜 그가 용서를 구해야 할까요? 정말 이치에 맞지 않는 일입니다. 저로서도 이 화해 건이 이제 와서 불확실한 채로 이도 저도 아니게 되어 곤혹스럽습니다. 물론 저는 불확실한 상황이라도 경우에 따라 좋게 보기도 합니다. 왜냐하면 우리가 머뭇거리며 문을 노크했다 쳐도, 에디트가 우리를 어떤 식으로 맞이할지 제가 어떻게 알까요? 그녀는 "당장 꺼져"라고 말하며 우리, 그러니까 저와 도적 코앞에서 문을 쾅 닫아버릴지도 모릅니다. 그녀는 아직 제게 화가 나 있는 게 틀림없습니다. 그에게도 화가 나 있을까요? 저로서는 판단 불가입니다. 아시다시피, 그녀는 항상 화가 나 있습니다. 한동안 그녀는 우리, 그러니까 마주치는 사람들 눈앞에 연갈색 피부를 하고 나타났습니다. 그만큼 일광욕을 했던 것입니다. 또 그녀는 1개월 정도 입원했던 적도 있습니다. 그동안 도적은 12번도 넘게 레스토랑에 들러서 그녀에 대해 물었지만, 돌아오는 말은 늘 "당분간 힘들 거예요"였습니다. 이 당시 그는 그녀의 동료에게 종이 뭉치를 던지는 짓도 했습니다. 적어도 100통 정도는 그녀

앞으로 편지를 쓰려고 했습니다. 그것도 이전 편지보다 매번 더 감동적인 어조로. 하지만 결국 그만두었습니다. 도적은 망설임에 있어 진정 거인이라 불릴 만한 사람이고, 이런 사람들은 기쁨을 스스로 포기하는 데서 기쁨을 얻는데, 편지를 쓰는 것도 역시 기쁨이니까요. 그가 편지 쓰기를 얼마나 좋아했던지. 갑자기 레스토랑에 소문이 퍼졌습니다—그녀가 온다고. 그녀는 실제로 왔고, 어린애 장난 같은 이 모든 기묘한 일들이 근사하게 펼쳐졌습니다. 그리고 어느 저녁, 그것이 몇 시였는지 저는 정확히 모르지만, 그녀가 그를 향해 세이렌 같은 미소를 지어 보였습니다. "세이렌 같은"이란 표현이 여기서 정말 적절한지 잘 모르겠군요. 제가 억지스러운 표현을 썼다면 물론 유감스러운 일입니다. 아무튼 그때 그녀는 그에게 미소를 보이고 나서 이렇게 말했습니다. "이 바보 같은 사람, 제발 좀 귀찮게 굴지 말아요." 이 말을 떠올리면, 도적이 그녀에게 무슨 해를 끼쳤는지, 또 그 잘못으로 인해 그녀의 앞에 무릎을 꿇어야 한다니, 믿기 힘듭니다. 그에게 그렇게 하기를 완강히 요구하는 사람들이 있습니다. 학자도 평범한 사람도, 높고 낮은 지성을 가진 온갖 부류의 사람들이 이 사건에 끼어들었습니다. 사회가 있는 곳에 진정한 비밀이란 존재하지 않는다는 사실을 이제 여러분도 아시게 되었을 것입니다. "기분 풀어요. 내 사랑, 내 사랑 에디트, 저를 바보라고 불러줘요." 그가 정말 그녀에게 가서 이렇게 말해야 할까요? 그러는 동안 그녀는 소파에 앉아 뜨개질을 하고 있고? 저는 이런 상상에 웃음을 참을 수 없습니다. 그럼에도 불구하고 저는 이 작전에 기꺼이 함께할 생각입니다. 저는 원칙적으로 결코 "싫다"고는 말하지 않지만, 이 일이 과연 가치가 있는지는 의심스러워 보입니다. 전반적으로 저는 지금 이런 일을 가볍게 떠맡기에는 지나치게 신중한 것 같습니다. 에디트가 저를, 말하자면 "오만하게" 내려다보는 일도 얼마든지 일어날 수 있지요. 저와 제 귀염둥이가 경멸의 시선에 시달리기를 제가 바랄 리 있을까요? 한편으로 에디트가 크게 기뻐할 가능성도 없지는 않은데, 여기에는 그다지 확신이 들지 않습니다. 그녀는 예민한, 아주 예민한 여자입니다. 저렇게 내성적인 사람은 오만함 뒤로 아주 쉽게 자신을 숨깁니다. 만약 여러분이 이런 온화한 영혼의 몽상이나 변덕을 건드리면, 그들은 무언가 오만한 말을 내뱉을 것입니다. 그렇게 해서 여러분이 얼마나 대단한 이득을 챙길 수 있을까요? 특히 도적은 제 생각에 사회적 상승을 시도하지 않으면 안 됩니다. 그러면 에디트에게서

도, 제가 보기에는, 차가운 태도만 기다리고 있지는 않을 것입니다. 하지만 그가 그녀에게 간청하는 말을 들으면 얼마나 이상한 기분이 드는지 여러분은 모를 것입니다. 그는 간청에 있어 대단한 재능을 가지고 있습니다. 제가 보증하건데, 그는 이 일을 아주 멋지게 해치울 것입니다. 그래도 그 모습을 보면 박장대소하지 않을 수 없겠지요. 저는 웃다가 발작을 일으킬지도 모릅니다. 그런 일이 생기지 않는다고 누가 보증할 수 있을까요? 일단 이것만 말해 두겠습니다. 미풍양속을 지키기 위해 부도덕한 사람을 비난하는 건 물론 이치에 맞습니다. 하지만 거기서 이득을 보는 건 비난을 받는 사람이지, 비난을 한 사람이 아닙니다. 이 점을 반드시 명심해야 합니다. 비난하는 행위는 비웃음을 살 만한 강박으로 이어질 수 있고, 비난받은 사람은 비난하는 사람보다 대개 더 나은 정신 상태에 있습니다. 사실 혼내는 사람은 걱정 중인 사람에 지나지 않은 반면, 혼나는 사람은 지나칠 정도로 건강해 보이고, 아니, 그렇게 보일 뿐만 아니라 실제로도 그렇습니다. 비판할 때 냉정을 유지하기란 어려운 일입니다. 그러니까, 비판하는 사람은 마음이 무거워지지 않도록 주의해서 말해야 한다는 뜻입니다. 비판받는 것에는 마음을 정말 들뜨게 하는 무언가가 있습니다. 비판받는 사람은 아주 쉽게 칭찬받는 기분이 될 수 있습니다. 왜냐하면 그는 그를 위해 애쓰는 사람이 있다고 생각할 수 있고, 또 결국 그것이 사실이기 때문입니다. 하지만 이를 이해하려면 더 큰 범위의 사유에 어느 정도 친숙해져야 하고, 여러 연관성들을 능숙하게 포착할 수 있어야 합니다. 누군가 진지한 이야기를 시작하면 10명 중 8명은 그가 분위기를 망치기 시작했다고 서로 확신합니다. 그들은 마치 즐거운 사람은 무조건 누구나 인간 지혜의 정점에 서 있다고 여기는 것 같습니다. 그러나 이는 완전히 옳다고 할 수 없는 이야기입니다. 물론 즐거움에는 큰 가치가 있습니다. 하지만 즐거움은 진지함과 번갈아 나타나지 않으면 안됩니다. 진지하게 시작한 것은 즐거움 속에서, 즐겁게 시작한 것은 진지함 속에서 끝나야 합니다. 다시 말해 서로가 한계를 정하는 동시에 조화를 이루는 식이어야 합니다. 이전에 기분이 상한 그가 1프랑짜리 동전을 그녀에게 집어던진 적이 있습니다. 우리가 보기에 그렇게 큰 실수는 아니며, 이런 사소한 일을 가지고 이 이야기의 주인공에게 일말의 폭력도 가할 생각이 없습니다. 한편 이전에 도적이 콩 요리를 먹었던 집, 그때 우리도 알다시피 성에 관한 주제가 논의되었는데, 그 집의 주인인 저 유력 인사의 논문이 일종의 연감에 게재되었습니다. 그 논문에서 그는 마음이라는 존재가 얼마나 중요한지 주장했습니다. 아무래도 이 성 옹호자는 그의 성 옹호론을, 말하자면 배신한 것 같았는데, 거기에서는 예를 들면 감각 기관의 활동이 지닌 가치보다도 마음의 활동이 지닌 가치가 더 높다는 반가운 통찰이 다양한 방식으로 전개되고 있었습니다. 이 문제에 대해 우리는 말하자면 가벼운 또는 중립적인 입장을 취하고 싶습니다. 하지만 이 논문은 도적의 눈에 들어왔고, 캄캄한 고독 속에서 음울한 기분에 둘러싸인 채 이 글을 읽은 그는 깊은 인상을 받았다는 사실을 부정하지 않았습니다. 내친김에 말하자면, 이와 거의 같은 시기에 그는 짧은 여행을 감행했습니다. 그런데 저 불쌍한 프로일라인 젤마가 아무래도 꽤 오랜 시간 우리를 기다린 모양입니다. 여자가 같은 여자를 남자보다 훨씬 잘 이해한다고 단정할 수는 없습니다. 남자는 여자를 로맨틱한 관점에서 바라보는 반면, 여자는 같은 여성을 훨씬 현실적으로, 다시 말해 이성적으로, 그러니까 마치 학교에서 $2 \times 2 = 4$라고 가르치듯 단순하게 이해합니다. 남자에게 있어 여자는 위 문제의 답이 5인 세계에 사는 것 같은 존재입니다. 비논리적이며 초논리적인, 그가 평소 말로 드러내지는 않지만 더 고귀한 목적을 위해 필요로 하는 존재입니다. 도적에게는 에디트가 이런 존재였습니다. 그리고 이 아가씨에 대한 도적의 잘못도 어쩌면 여기에 있는지 모릅니다. 이 지점에서, 아마도 우리는 부르주아적 의미에서의 배신에 대해 이야기할 수 있을 것 같습니다. 아시다시피 우리는 그를 아주 엄격하게 다루고 있습니다. 그리고 머리카락 한 올만큼이라도 잘못이 될 수 있는 점을 찾는다면, 우리는 그의 머리채를 잡아끌고 가서라도 그녀에게 데려갈 것입니다. 그러면 그는 도움을 요청하며 큰소리로 외치겠지요. 그렇게 외쳐봤자 별 도움이 되지는 않을 것입니다. 하지만 그런 수단까지 쓸 필요는 없습니다. 왜냐하면 제가 "같이 가자"라고 말하는 순간, 그는 따라올 테니까요. 그도 그럴 것이 그는 늘 어느 정도 호기심을 지니고 있다는 의미에서 굶주려 있습니다. 저 젤마는 에디트를 너무나, 너무나 2×2=4와 같은 식으로 보고 있었습니다. 그녀는 반다의 편을 들었지만, 아마도 도적의 배신을 비난하려고 그렇게 했을 것입니다. 그를 비난하는 일이 젤마에게는 아무래도 좋은 반다의 행복보다 중요했습니다. 언젠가 산책하던 도중 도적은 이런 상상을 했습니다. 에디트가 맡긴 일을 해내기 위해 자신이 뛰고 또 뛰다가 결국 쓰러지고, 그것을 본 그녀가 아주 살짝 걱정하는 듯 미소를 띠우는 모습을. 그 미소에 그는 매혹되었습니다. 또 다른 때에는 이런 상상도 했습니다. 자신이 조국을 떠나 낯선 땅을 헤매고, 낯선 길을 지나고, 낯선 집의 문을 열고, 낯선 사람들과 어울리고, 먼 곳에 두고 온 조국과 에디트를 생각하고, 자신이 경건한 마음으로 세운 사랑의 궁전, 순수하고 올곧은 애정과 순수한 영혼의 기쁨만으로 세워진 궁전을 떠올리는 모습을. 그리고 이제 걷고 걷다가 자신이 누구인지도 잊어버리지만, 바로 그런 상황이 자신을 기쁘게 할지도 모른다고. 하지만 그는 이에 대한 판단을 지금 당장 내리지 않기로 했습니다. 이 이야기는 다시 적절한 시점에 조심스럽게, 명확히 다루도록 하겠습니다.

그래서 이제 그는 어느 날 밤 레스토랑에서, 그리 늦지도 않은 시간에 홍콩 출신의 여성과—어떻게 보면 우연히 지나는 길에—아주 잠깐 만났다는 이유로 비난을, 그러니까 박해를 받게 되었습니다. 이게 옳은 일인가요? 유쾌하고 아름다운 예법에 걸맞는 일인가요? 이 점에 대해 가르침을 주시기 바랍니다. 중국 혹은 다른 어딘가에서 온 이 여성은 머리에

깃털 장식을 붙였고 가슴이라고 할지, 흉부가 넓어 보였습니다. 도적은 자신과 그녀를 위해 레드와인 0.5리터를 주문했습니다. 이것이 일어난 일의 전부입니다. 제가 맹세코 보증하지요. 도적의 어머니는 젊은 시절 깊은 산속 오지의 어둡고 작은 방에서 학교 숙제를 했습니다. 이 또한 사람들이 그가 누리고 있던 작은 신뢰를 다짜고짜 빼앗아간 이유인 것 같습니다. 정말 그렇게까지 할 필요가 있었을까요? 게다가 아버지의 사업 실패도 있습니다. 주로 이런 이유들로 결국 도적은 예쁜 견장을 빼앗겼고, 잔심부름이나 하는 하녀로 격하되었습니다. 이런 가차없는 처사에 그의 친구들도 모두 속수무책이었습니다. 그와 친구인 게 드러나면 누구든 사회적으로 용납되지 않았습니다. 그래서 그는 하녀로 변모했습니다. 그는 앞치마를 두르고 뛰어다닌 모양이고, 게다가 그 귀여운 옷차림이 진심으로 마음에 들었던 것 같습니다. 기묘한 사실은 그 복장이 실제로 그에게 잘 어울렸다는 것입니다. 그러니까, 그의 아버지가 마음씨 착하고 가난했기 때문에—아, 신이시여! 나머지 부분은 반복할 필요 없겠지요. 사랑하는 에디트는 그들에게 여러 번 말했습니다. "입 좀 다물어요!" 하지만 그들은 도적 군의, 이 믿기지 않을 만큼 섬세한 존재의 평온을 방해하는 짓만은 절대로 그만둘 생각이 없었습니다. "거지"가 그들이 그에게 한 말 중에 가장 다정한 것이었습니다. 그들은 왜 그런 말을 내뱉는 걸까요? 이유는 단순명쾌했는데, 아직도 이렇다 할 장편소설을 내놓지 못했기 때문이었습니다. 물론, 아주 이른 시기에는 도적 자신이 한 신사를 야단친 적도 있습니다. 말이 아니라 편지였지만, 어느 쪽이든 마찬가지지요. 나중에 이 잘못에 대해서는 값비싼 대가를 치러야 했습니다. 그건 그렇고 그의 아버지가 가난했다는 사실, 이것만은 용서받기가 힘들었습니다. 다른 모든 것은 용서받았겠지만, 가난만은 안 되었습니다. 그저 끔찍할 뿐이니까요. 세상 모두가 가난한 시대에, 가난이란 머리카락을 쭈뼛 서게 만드는 것이며 그것 이상의 범죄도 없습니다. 그리고 그 불행, 그러니까 아버지들의 죄가 자손들을 덮칩니다. 몇 대까지 이어질지 모르겠지만, 100대까지라 해둡시다. 저 선량하고 정직한 아버지가 이 사실을 알기만 했어도―아니, 이제 이 이야기는 그만둡시다. 다음 이야기로. 아, 그래요, 그 소설에 나오는 텁수룩한 늙은 개가 있지요. 그런데 다른 작가의 장편소설 따위가 우리와 무슨 관계가 있을까요. 우리의 관심사는 혹시라도 저 도적이 정말 때때로 소녀가, 조그만 하녀가 되었느냐 하는 것입니다. 저는 "때때로"라고 말했습니다. 아마도 내적으로만, 타고난 적응력으로. 이 모든 박해에 섬세하게 적응하는 일이 그에게는 시급했으니까요. 그리고 대부분의 경우 그는 해냈습니다. 그는 소녀들의 매너, 표정, 몸짓, 인상, 사고방식을 연구했고, 그것들을 모방함으로써 전례 없는 성공을 거두었습니다. 예를 들어 소녀들은 놀림을 당할 때 이 놀림을, 말하자면 즐기고 또 재미있어 했습니다. 이런 특성, 그리고 그 밖의 특성을 그는 끝까지 정확히 관찰했고, 그것을 일종의 무기처럼 허리에 둘렀습니다. 이를 그는 남몰래 "소녀화"라 명명했고, 그렇게 명랑하게 소녀화를 해오며 지금까지 정신 건강을 유지했습니다. 소녀화란 물론 쉬운 일이 아니며, 저는 다른 누구에게도 권하고 싶지 않습니다. 자기 자신에게 극도의 주의를 기울이지 않으면 안 되니까요. 어째서 그는 도적이 된 걸까요? 그의 아버지가 마음씨는 좋았지만 가난했기 때문입니다. 그래서 유감스럽게도 그는 유일한 무기인 기지로 여기저기서 박해자들을 산산조각 냈고, 이에 따르는 어떤 책임도 불평 없이 받아들였습니다. 도적은 본래 위대한 양심을 가지기에는 너무 섬세하게 태어났고, 그가 지닌 것은 아주 가볍고 작은 양심뿐으로 거의 느껴지지 않을 정도였습니다. 그 양심은 어린 가지처럼 유연했기에 그를 조금도 괴롭히지 않았고, 물론 그도 이 점에 진심으로 기뻐했습니다. 우리로서는 저 주요 인사의 가혹한 말이 없었다면, 이런 박해들에 대해 언급할 엄두도 내지 못했을 것입니다. 어느 저녁, 그 인사의 집에서 도적이 차를 마시고 있었는데 그의 입에서 다음과 같은 말이 튀어나왔습니다. "그런 거야, 이 친구야. 미움받게 되면 말이지." 이 지식인과 만나기 전 도적은 "그 모든 일들"에 대해 짐작조차 못했습니다. 이 성적인 인물인지 아니면 지적인 인물인지가 그의 눈을 뜨게 만든 것입니다. 도적은 마치 침대에 잠들어 있는 것처럼 순진무구하게 그곳에 누워 있었습니다. 저라면 그런 아이는 잠든 채로 두었을 겁니다. 앞서 언급한 것과 같은 말을 귀에 불어넣거나, 더없이 지적으로 "이 봐, 눈 떠. 때가 됐어"라며 흔들어 깨우지 않고요. 그렇게 결국 도적은 일어날 수밖에 없었고, 여기 이렇게 서 있게 된 것입니다. 그렇지 않으면 우리는 그에 관해 아무것도 듣지 못했겠지요. 아, 저런 사랑스러운 목소리가 울려 퍼지면 오페라 무대 위에서 펼쳐지는 사건을 더 가까이 지켜보고자 사람들은 눈을 크게 뜨고, 귀를 쫑긋 세우고, 몸을 난간 앞으로 내밀게 됩니다. 거기에 등장하는 진짜 천사는 한 아름답고 강한 사내에게 붙잡혀 있었습니다. 참고로 그 천사는 오리엔트의 관습대로 역시 넓게 주름 잡힌 바지를 입었고, 신발 끝이 아이용 슬리퍼처럼 위로 휘어져 있었습니다. 그리고 얼마 지나지 않아 어쩐지 저는 이 강한 사내가 불쌍해졌습니다. 우선 그는 너무나, 너무나 예의를 차렸습니다. 아마도 마음속 깊은 곳에서 온갖 힘이 얼마나 무력한지 깨닫지 않을 수 없었던 것 같습니다. 제 눈에는 그가 멜랑콜리라는 아름다운 병에 굴복한 것으로 비쳤습니다. "소중한 사람이여, 나를 사랑하지 말아 주겠소?" 그가 노래했습니다. "제가 대답할 필요가 있을까요?" 그녀가 노래했습니다. "당신은 알고 있잖아요. 무엇보다도 저를 구출할 사람이 바로 근처에 와 있다는 것을. 어떤 부와 재산도 그를 막을 수 없다는 것을. 어떤 위계나 지위도 그의 불굴의 사랑 앞에서는 산산이 흩어져 버린다는 것을. 사랑이 얼마나 고귀하고 강력한지 당신 자신도 느끼고 있잖아요." 그녀는 같은 노래를 반복해서 불렀는데 매번 어딘가 새롭게, 같은 것을 같지 않게 불렀습니다. 그리고 이제 연인이 도착했고, 절제된 승리의 격정과 격한 자기 통제로 그가 노래를 부르면서 그녀를 껴안았고, 노래 속에서 그녀의 품에 안겼습니다. 즉 그가 그녀의 품에 쓰러질 수 있기 위해서는 우선 노래를 해야 했고, 아름다움을 연마해야 했습니다. 포옹의 아리아를 성공적으로 마치기 전에는 그녀를 포옹하는 것이 곁코 허락되지 않았습니다. 그리고 그는 자기 자신의 노래 속으로 빠져들었습니다. 왜냐하면 그의 연인이 결국 그가 노래하는 대상이며 그의 감정이고, 그의 노래이고, 그의 세계이고, 그의 영혼이었으니까요. 그녀는, 네, 곧 그였고, 그는 그녀였습니다. 그리고 두 사람이 함께 불행해졌어도 둘은 하나였습니다. 저 강한 사내가 그녀를 더 행복하게 해줄 수 있었다 해도 글로 쓰인 율법이 그 자에게서 그녀를 떼어놓았을 것이며, 만약 두 사람이 불행해졌어도 그 불행은 그들에게 행복이었을 것입니다. 왜냐하면 사랑은 행복보다 훨씬, 훨씬 더 우월한 것이고, 온전히 자신의 것, 소유물이고, 달리 존재할 수 없는 것이고, 감미로운 필연이고, 위대한 동시에 사소한 것이기 대문입니다. 그러고 보니 이 오페라에 대해 꽤 자세히 이야기하게 된 것 같습니다. 앞서 언급했던 의사가 지금 제 쪽에 신호를 보내고 있네요. 약속을 남발하면 결국 이렇게 됩니다. 그것들을 따라잡기 위해 뛰어야 하지요. 내친김에 말하자면, 이곳에 머무르기 시작할 무렵 도적은 잎이 떨어진 나무들 아래, 조각으로 장식된 분수가 있는 정원에 우연히 발을 들였습니다. 때는 3월이었습니다. 그는 아직 자신을 둘러싼 환경을 이해하지 못하는 풋내기나 다름없었고, 이때 언덕 위에 올라 기념비 하나를 발견했습니다. 그것은 어떤 장군의 기념비로 도적은 그 돌에 새겨진 비문을 읽으면서, 감시인이 와서 그를 내쫓거나 하지 않는 점을 신기하게 여겼습니다. 네, 그를 내쫓는 사람은 한 명도 없었습니다. 그는 이 상황이 상당히 따뜻하다고 생각했습니다. 네, 많은 것이 상황이 어떻게 짜이느냐에 달려 있습니다. "상황에 따라서"란 정말 중요한 말이지요.

그리고 이제 그는 의사 앞에 서 있었고, 그 의사는 그에게 마음씨 좋은 사람처럼 보였습니다. 도적 역시도 말하자면 선함 그 자체였습니다. 적어도 지금 여기 이 의사의 진료실에서는 그랬습니다. 대기실에서는 그리 오래 기다리지 않아도 되었습니다. 남자 몇 명과 여자 몇 명도 기다리고 있었습니다. 소녀도 한 명 있었습니다. 갑자기 의사의 하녀가 대기실에 들어와, 당신이 그 유명한 견장을 단 도적이냐고 물었습니다. 그가 맞다고 대답하자, 하녀가 말했습니다. "그럼 선생님께서 지금 보시겠답니다." 그러자 그는 읽던 잡지를 놓고, 경쾌한 발걸음으로 천장이 높은 아치 모양의 방에 들어섰습니다. 눈앞에 앉아 있는 의사를 향해 그가 말했습니다. "솔직히 말씀드리면, 제가 소녀인 것처럼 느껴질 때가 있습니다." 이렇게 말한 다음 그는 의사의 대답을 기다렸습니다. 하지만 의사는 낮은 목소리로 "계속하세요"라고만 말했습니다. 도적이 설명했습니다. "제가 올 거라 예상하신 것 같군요. 우선 부탁드리고 싶은 건, 저를 가난한 사람으로 봐 주셨으면 합니다. 선생님의 표정을 보니, 이건 대단한 문제가 아니라고 보시는 것 같네요. 그럼 들어주세요. 존경하는 선생님, 저는 제가 다른 사람과 다르지 않은 남자라고 확신합니다. 다만 최근 들어—이전엔 없었던 일이고—여러 번 깨달은 사실인데, 공격하거나 소유하고 싶다는 욕망이 제 안에서 불타오르거나, 꿈틀거리거나, 터져나오는 걸 전혀 느끼지 못합니다. 그 밖의 점에서 저는 제 자신이 지극히 정직하고 용감한 남자, 정말 유용한 남자라고 생각합니다. 저는 열심히 일하는 사람입니다. 요즘에는 그리 많은 일을 하고 있지 않지만요. 선생님의 차분한 모습을 보니 더 솔직하게 이야기할 마음이 생기는데, 제 안에는 아이 같은 무언가, 남자아이 같은 무언가가 살고 있다는 생각이 듭니다. 저는 아마도 지나치게 명랑한 성격이고 그로부터, 네, 몇 가지 추측을 할 수 있습니다. 제 자신을 몇 번인가 소녀 같다고 느낀 건, 제가 신발 닦는 일을 좋아하고 집안일을 하면 즐거워지기 때문입니다. 찢어진 옷은 제가 직접 수선하기를 고집하던 때도 있었습니다. 겨울에는 아주 당연한 일인 양 제가 직접 난로에 불을 붙입니다. 물론 제가 진짜 소녀일 리는 없지요. 이 모든 일의 원인에 대해 곰곰이 생각할 시간을 조금만 주시겠습니까. 제 머릿속에 가장 먼저 떠오른 건, 제 자신이 혹시 소녀가 아닐까 하는 의문이 저를 불안하게 하거나, 사회인으로서의 평정심을 잃게 하거나, 불행한 기분이 들게 만든 적이 전혀, 전혀, 단 한 순간도 없었다는 사실입니다. 저는 절대로 불행한 사람으로서 선생님 앞에 서 있는 게 아닙니다. 이 점은 특히 강조해두고 싶고요. 저는 성적인 문제로 고통받거나 고민해본 적이 단 한 번도 없습니다. 그런 충동에서 해방될 수 있는 간단한 방법이 얼마든지 있으니까요. 제 자신에 관한 흥미로운, 그러니까 중요한 발견은, 누군가의 하인이 된다고 상상하면 사랑의 행복감에 도취된다는 것입니다. 물론 이런 경향은 독립적으로 형성되지 않습니다. 어떤 상황, 관계, 환경이 결정적인지 몇 번이고 자문해 보았지만, 이렇다 할 결론을 내릴 수 없었습니다. 특히 피아노의 대가들이 제 적인 것으로 드러났지만, 어째서 그렇게 되었는지 물론 짐작도 가지 않습니다. 그게 남자든 여자든 누군가에게 복종하고 싶은 욕망과 싸우게 된 건 이전부터, 그러니까, 아니, 그게 아니라 겨우 최근의 일로, 말하자면 지금에 와서야 무자각 상태에서 벗어난 형편입니다. 표면적으로 저는 완전히 건강합니다. 어릴 때 장난치다 얼굴에 상처가 생긴 일을 제외하면 의사의 도움을 받아본 적도 없습니다. 하지만 여자와 밤을 보내고 싶은 충동이 전혀 들지 않아서, 일단 한 번 의사 선생님의 의견을 들어 볼 필요가 있겠다고 제 자신에게 말했습니다. 다시 한 번 생각을 정리할 수 있게 조금만 기다려 주셨으면 합니다. 선생님께 정확하지 않은 내용을 말하고 싶지는 않으니까요. 설명 불가능한 걸 설명하는 게 얼마나 어려운 일인지 이해해 주시리라 믿습니다. 탄광의 갱도든, 산꼭대기든, 호화로운 저택이든 황폐한 오두막이든, 선생님이 원하는 곳 어디에 저를 데려다 놓아도 괜찮습니다. 저는 평정을 잃지 않습니다. 물론 무신경하다거나 주변에 관심이 없다고 오해받기도 합니다. 셀 수 없을 만큼 많은 비난이 제게 쏟아졌습니다. 이 모든 비난이 이를테면 침대가 되었고, 저는 그 위에 손발을 뻗고 드러누웠는데, 어쩌면 이게 크게 부당한 짓이었는지 모르겠군요. 그래도 저는 제 자신에게 말했습니다. '편해지지 않으면 안돼. 나중에 얼마나 많은 불편함과 마주치고 또 견뎌내야 할지 모르니까'라고. 어떻게 보면, 선생님, 저는 무엇이든 견뎌낼 수 있습니다. 어쩌면 제 병은—제 상태를 그렇게 부를 수 있다면—지나치게 사랑하는 데 있는 건지도 모르겠네요. 제 안에는 놀랄 만큼 거대한 사랑의 자원이 쌓여 있어, 거리로 나오자마자 무언가와, 아니 누군가와 사랑에 빠지고 맙니다. 이로 인해 저는 가는 곳마다 줏대 없는 인간이라 불립니다. 저를 좀 비웃으셔도 좋아요. 이런 이야기에도 진지한 얼굴을 보이시는 것에 대해 깊은 감사를 드립니다. 선생님께 맹세하건대, 저는 집에서 지성이 필요한 일에 몰두할 때는 이 모든 일들은 전부 잊어버리고, 세계애니 인간애니 하는 것도 기꺼이 멀리합니다. 그러면 제 본성이 우선 사람들에게 친절하거나 도움을 주거나 하는 식으로 대하게 만듭니다. 얼마 전에는 한 소시민계급 여성을 위해 햇감자로 가득한 쇼핑백을 놀랄 만큼 열심히 날랐습니다. 그녀는 그 일을 혼자서도 충분히 할 수 있었을 겁니다. 그러니까 이렇게 말하면 좋을 것 같네요. 제 독특한 본성이, 제가 발견한 바에 따르면, 때로는 어머니를, 여선생을, 즉 더 정확히 말하면 가까이하기 어려운 여성을, 여신 같은 존재를 찾는다고요. 그 여신을 순식간에 찾아낼 때도 있지만, 그녀를 떠올릴 수 있을 때까지, 그러니까 그 밝고 상냥한 모습을 발견하고 그 힘을 깨닫기까지 시간이 걸릴 때도 있습니다. 인간으로서의 행복을 얻기 위해 저는 항상 제 자신과 다른 사람과의 관계를 담은 이야기를 생각해내야 하고, 그 이야기에서 저는 언제나 아랫사람, 순종하는 사람, 희생하는 사람, 감시받는 사람, 보살핌을 받는 사람입니다. 물론 이게 전부는 아니지만, 그래도 몇 가지는 설명해주지 않나 생각합니다. 그래서 많은 사람들이 저를 다루는 것, 이른바 길들이는 게 아주 쉬울 거라 생각하지만 큰 오산입니다. 누군가가 저에게 위세를 부리는 태도를 보이는 순간, 제 안의 무언가가 웃고 비웃기 시작합니다. 그렇게 되면 물론 존경 따위는 사라져버리고 겉보기에 열등한 것 안에서 우월한 것이 생겨나는데, 그게 제 안에 나타나면 저는 그걸 밀어내지 않습니다. 제 안의 아이 같은 무언가는 절대로 무시당하고 싶어하지 않지만, 또 가끔은 조금 가르침을 받고 싶어합니다. 이건 제가 선생님께 모순된 이야기를 한 게 되겠네요. 그리고 제 안의 남자아이는 버릇없는 행동을 자주 하고—물론 저한테는 유쾌한 일입니다만—그런데 이렇게 제 내면이 여러 갈래로 나뉘고 있음에도 저는 한 아가씨를 사랑하고 있습니다. 마음속 깊이 순수하게, 강렬하면서도 부드럽게, 마치 선한 사람이 그러듯. 하지만 제 오감은 여기에 전혀 동요되지 않고, 그래서 저는 그녀 앞에서 완전히 무력합니다. 그래도 저는 이 무력함을 조금도 인정할 생각이 없습니다. 그야 그건 제게 아무런 의미도 없으니까요. 물론 그 나름의 역할이 있는 동시에 결정적인 것이지만, 그러면서 또 무언가를 결정하거나 하는 건 아니고, 그래도 이 상황조차 저를 불행하게 만들지는 않으니……." "그냥 그대로 두세요. 지금까지 살아왔듯이 살아가세요. 당신은 스스로를 잘 알고 있고, 자기 자신과 너무 잘 타협하고 있는 것 같습니다." 의사는 그렇게 말하고 자리에서 일어섰습니다. 이어 그는 도적과 다른 주제로 조금 더 대화를 나누었고, 그와 알게 되어 기쁘며 가끔씩 자신을 방문해 주기 바란다고 말했습니다. 그런 다음 그를 서재로 데려가 책 한 권을 골라 가져가도록 권했습니다. 도적이 의사의 노고에 대해 얼마를 지불하면 좋을지 묻자 그는 "대체 무슨 말씀이십니까"라고 대답했습니다. 그건 그렇고 저 두 아가씨는 대기실에서 무슨 이야기를 하고 있었을까요? 그들이 생각나서 참 다행입니다.

아무튼 그래서 이 도적 이야기의 주도권은 아직 제가 쥐고 있습니다. 저는 제 자신을 믿습니다. 도적은 저를 그다지 믿고 있지 않지만, 다른 사람이 저를 믿는지 아닌지는 제게 별로 중요하지 않습니다. 중요한 것은 제 자신의 믿음입니다. "당신을 믿어요." 이전에 한 여성이 제게 이렇게 말한 적이 있는데, 저는 그 말을 일종의 듣기 좋은 말, 어쩌면 진심일지도 모르는 말 정도로 받아들였습니다. 그러니까 그 여자는 저를 믿는다는 의견이었는데, 의견이란 대체 무엇일까요? 의견이란 순식간에 변할 수 있고, 믿음은 의견을 따릅니다. 그런 말을 누군가에게 하는 건 옳지 않습니다. 어떤 어려움이 우리가 믿는 사람을 기다리고 있을지 우리가 어떻게 알까요? 이제 그 사람은 우리의 믿음에 응하기 위해 그 모든 어려움을 이겨내지 않으면 안 됩니다. 우리를 실망시키지 않겠다는 단지 그 이유만으로 평온하지 않은 시간을 보내야 합니다. 우리의 믿음을 위해, 아니면 단지 우리가 믿는다고 말했기 때문에 그는 이제 온갖 상황, 심지어 가장 최악의 상황까지 견뎌내야 하고, 큰 성공을 누리거나 아니면 계속되는 큰 실패로 결국 십자가에 매달린 사람이나 다름없는 지경에 이릅니다. 저는 그 여자에게, 정말 고마운 말이지만 저에 대한 믿음은 삼가는 편이 낫겠다고 말했습니다. 이 다른 사람에 대한 믿음이라는 녀석은 지나치게 게으르지 않나요? 사람은 더없이 게으른 방식으로도 믿음을 가질 수 있습니다. 더없이 무가치한 사람도 쉽고 경건하게 용감한 사람, 고결한 사람을 믿을 수 있습니다. 초콜릿을 먹으면서도, 먹을 것이 없을지도 모르는 상대에 대한 믿음을 거리낌 없이 유지할 수 있습니다. 믿음에는 아시다시피 돈 한 푼 들지 않습니다. 믿음, 그리고 믿는다는 말은 지금까지 도움이 된 만큼 해악도 끼쳐 왔습니다. "저는 당신을 믿어요."—이 말이 얼마나 가치 있게 들리는지. 마치 이 사람의 믿음에 모든 것이 달려 있는 것처럼, 마치 그 믿음이 본질적인 것, 눈부시게 빛나는 것, 심지어 신 그 자체인 것처럼. 만약 제 다리가 부러진다면, 누가 저를 믿는다고 한 말이 도움이 될까요? 말도 안 되지요. 그 사람은 제게 일어난 일을 알지 못하고, 제 상태에 대해서도 아무것도 알지 못할 것입니다. 여기서 신에 대한 믿음을 이야기하려는 건 아닙니다. 저한테는 신학적인 문제를 논할 권리가 없습니다. 어쩌면 권리야 있을지 모르겠으나, 그렇게 할 이유가 없습니다. 종교는 제 관심사가 아닙니다. 저는 단지 어딘가 살롱 냄새를 풍기는 표현 방식에 대해 이야기하고 있을 뿐입니다. "저는 당신을 믿어요."―분명 사람은 다른 사람을 자기 마음대로 믿을 수 있습니다. 하지만 이는 별 도움이 되지 않고, 그다지 현명한 생각도 아닙니다. 한 주부가 술꾼을, 아니 그보다 더한 남자를 남편으로 두고 있으면서도 그에게 "저는 당신을 믿어요"라고 말하고, 실제로도 그런다고 가정해 봅시다. 분명 저는 이 여자를 비웃겠지만, 동시에 그녀에게서 무언가 아름다운 것, 마음을 움직이는 것을 발견하겠지요. 만약 믿음으로 인해 참고 견뎌내야 할 것이 아무것도 없다면, 그 믿음은 스스로 칭하는 것과 다릅니다. 그 믿음은 자신을 낮추는 제스처에 불과하며, 진정한 의미에서의 믿음이 아닙니다. 진심으로 믿는 사람, 천 번 만 번 고민한 끝에 믿는 사람은 그것에 관해 말하거나 하지 않습니다. 한 마디도 하지 않은 채 그저 믿습니다. 믿고 견뎌 냅니다. 하지만 이는 분명 상당히 드문 일이며, 고귀한 본성이 없다면 완전히 불가능한 이야기로, 주인을 향한 개의 충성심 같은 것과는 아무런 관계가 없습니다. 그런 충성심은 자연 현상일 뿐이며 사고 과정을 반영하지 않습니다. 믿는 사람은 말이 없을 수밖에 없고, 믿음을 말하는 건 믿음을 죽이는 일입니다. 하지만 그런 경우에도 역시 믿음이란 극도로 단순하며 값싼 영혼의 상태로, 말 그대로 길바닥에서도 쉽게 주울 수 있는 종류의 것입니다. 왜냐하면 믿음만 가지고는 사람은 무엇 하나, 조금도, 아무것도 해낼 수 없기 때문입니다. 그저 말없이 믿고 있을 뿐인 것이지요. 기계적으로 양말을 뜨고 있는 사람과 같습니다. 꿈꾸는 기분으로, 흘러가는 대로 놔두는 것입니다. 사람은 그저 믿을 따름이며 작은 확신 속에 정착해 버립니다. 마치 작은 새가 둥지 속에 앉는 것처럼, 또는 해먹에 누운 사람이 향기처럼 기분 좋은 생각에 둘러싸여 흔들리는 것처럼. 이보다는 용기 있게 누군가에게 먼저 다가가 그 사람을 흔들고, 붙잡고서 "자, 이 길을 가세요. 이 여정을 걸어가세요. 제가, 이 제가 그렇게 요구합니다"라고 말하는 편이 더 큰 가치가 있습니다. 그 다음에야 무엇인가 일어날 수 있습니다. 그저 믿는 것만으로는 아무것도 얻을 수 없습니다. 왜냐하면 제가 그저 믿는 사람을 도울 수 있는 건 오직 그 자신뿐으로, 저는 그에게 공기 같은 것에 불과한 존재, 그게 아니더라도 큰 의미는 없는 존재이기 때문입니다. 저로서는 사람들이 저를 믿지 않고 또 사랑하지 않는 쪽이 천 배는 더 감사한 일입니다. 그런 건 짐이 될 뿐이니까요. 무언가를 질질 끌면서 걷는 기분을 느끼게 할 뿐입니다. 이미 너무 많은 사람이 다른 사람의 사랑을 짊어져야 했습니다. 사람들은 그들을 믿고 존경하고, 이후 그들이 비난받는 순간 편하고 깔끔하게 그들을 버리고, 세상에 헤아릴 수 없을 단큼의 가치를 빚지고 있는 그들의 부족함이 드러났음을 하늘에 호소합니다. 그녀는 저를 믿는다고 말하면서 동시에, 아니 그보다 조금 전에, 화를 내며 이렇게 말했습니다. "네, 당신이 바로 제대로 된 사람이군요. 자기가 되고 싶은 사람이 되면, 당신은 분명 행복하겠지요." 당신이 그들을 신경쓰지 않으면 그들은 당신을 믿습니다. 그러니까 그들이 당신을 믿기 바란다면—물론 그 자체로는 나쁘지 않은 일일 테니—그들을 잊으시길. 그러면 그들 쪽에서 당신을 떠올릴 것입니다. 당신이 그들의 믿음을 필요로 할 때 그들은 당신한테 믿음을 주지 않습니다. 왜냐하면 그렇게 되는 순간 믿음은 더 이상 그것이 되고자 했던 편안한 것이 되지 않고 또 그 본성상 늘 그래왔던 것, 즉 즐거움이 되지 않기 때문입니다. 권력을 가진 사람들 사이에서는, 그러니까 살롱에서는 믿음이란 고상한 취미에 불과합니다. 하층 계급에게 믿음이란 종종 여러 가지 제약, 궁핍으로 이어집니다. 하지만 여기서도 역시 가치가 낮은 것, 생산적이지 못한 것으로 남습니다. 도적은 에디트를 손톱만큼도 믿지 않았지만 그녀를 사랑했습니다. 사랑은 자신만의 제국을 이루고 있으며, 믿음이나 희망과는 국경을 맞대고 있을 뿐입니다. 만약 같은 말이었다면 그것들에 관한 단어가 하나뿐이었겠지요. 사랑은 완전히 독립적입니다. 믿음은 궁핍합니다. 희망은 구걸합니다. 도적은 희망도 믿음도 필요로 하지 않았습니다. 그가 필요로 한 것은 자기만의 것이었고, 그는 그걸 가졌습니다.

 자기 자신의 불행을 지켜보는 건 재미 없고 지루할 뿐이지만, 다른 사람의 불행은 꽤나 짜릿한 법입니다. 예를 들자면 레스토랑 단골인 저 두 여자가 그렇습니다. 그녀들의 모습이 도적에게는 얼마나 불쌍해 보였는지. 그녀들은 실낱같은 행복을 끊임없이 좇고 있었습니다. 네, 그들은 정말 그렇게 보였습니다. "삶을 갈망하는 것처럼, 애타게 원하는 것처럼, 아무튼 뭔가를 바라는 것처럼 보여선 안 돼." 그는 생각했습니다. "그건 좋은 인상을 주지 않고, 우리는 가능한 한 사람들이 존경할 만한, 호감을 가질 만한 인상을 늘 줘야 해. 사랑에 굶주린 것처럼 보이는 사람은 호의도 사랑도 얻지 못하고 비웃음만 살 뿐이야. 평온하고 조화로운 내면을 가진 사람들, 그들 자신과 그들의 존재와 화해한 사람들, 균형 잡힌 인상을 주는 사람들이야말로 사랑받을 자격이 있어. 반면 무언가 부족해 보이는 사람들에게는 돕고자 하는 마음이 생기기보다 자기도 모르게 더 빼앗아 버리게 되지. 세상은 그렇게 돌아가고, 앞으로도 바뀔 일은 없을 거야. 지금의 자신과 자기가 가진 것에 만족하는 것처럼 보이는 사람은, 더 많은 것을 손에 넣을 가능성이 있어. 그런 사람한테는 세상 사람들도 기꺼이 도움을 주는데, 그가 가질 줄 아는 사람처럼 보이기 때문이지. 이건 반드시 알아야 하는 부분이야." 아, 그는 이 두 숙녀, 사실 전혀 숙녀라고 볼 수 없는 두 여자를 불쌍하게 여겼습니다. 왜냐하면 숙녀가 되기 위해서는 거의 아무것도 필요하지 않은 동시에 아주 많은 것이 필요하기 때문입니다. 숙녀가 되고 싶은 여자는 무엇보다도 자신을 드문 존재로 만들어야 합니다. 너무 자주 모습을 드러내면 안 됩니다. 그렇게만 하면 사람들은 사랑스러운 감정이나 믿음을 가지게 됩니다. 저 사람은 바쁜가보다. 어딘가에서 분명 즐겁고 유익한 일에 몰두하고 있겠지. 여기저기서 즐겁게 보내고 있을 거야. 명랑하고 재기 넘치는 사교계에 속해 있겠지. 어쩌면 여행 중일지도, 태양 아래에서 테니스를 치고 있을지도 모르고, 안락의자에 누워 사랑스러운 발을 발판에 올려놓고 있을지도 몰라. 이런 것들을 사람들은 아무런 어려움 없이 머릿속에 떠올리겠지요. 또 바느질을 하면서도, 학술적인 또는 비학술적인 잡지를 읽으면서도 사람들은 진짜 숙녀를 상상합니다. 요컨대 평범한 사람이 조금은 꿈꿀 수 있는 존재가 되어야 합니다. 그런 평범한 사람 또는 사내가 방금 이야기한 여자를 반복해서 보게 되면 그는 더 이상 그녀를 생각하지 않게 되고, 생각한다고 해도 평범하게 생각하는 것에 불과하고, 그러면서 무의식적으로 그녀를 비평하고, 뜯어보고, 분해하게 되고, 이렇게 비평, 음미, 분석에 의해 그녀는 폄하되고, 결국 경멸받아 마땅한 대상이 됩니다. 이 모든 것이 오직 그녀가 그의 시선에 너무 자주 노출되었기 때문에 일어나는 일입니다. 분명 신사 쪽에서 여성을 관찰하거나 바라보거나 하는 데에는 어딘가 저열하고 추한 구석이 있습니다. 그들의 시선은 배려심 없고 무례하게 여성의 실루엣을 따라가는데, 이는 현명하지도 바람직하지도 않을 뿐 아니라 애정을 결여하고 있기에 파괴적이라고 볼 수 있습니다. 많은 사람들이 길거리나 식당에서 이런 시선을 보내고 있기 때문에, 품격과 사랑스러움을 유지하고 싶은 여성이라면 이 사실을 알아 두어야 하고, 이 사실을 아는 여성은 불특정 다수가 출입하는 장소에는 되도록 발을 들이지 않을 것입니다. 그런 곳에는 그리스, 로마 시대부터 무관심과 무책임이 활개를 치고 있으니까요. 품행이란 예나 지금이나 지극히 중요하며, 이처럼 무모하게 돌아다니는 짓은 섬세한 정신에 걸맞는 품행이라고 말할 수 없습니다. 무분별하고 배려심 없는 행동은 천박함, 그리고 단조로움, 타성, 둔감함으로 이어지고, 제 말을 믿어주시길, 조만간 여자의 얼굴, 몸짓, 말투, 요컨대 외모 전반에 흔적을 남깁니다. 반면 진정으로 숙녀가 되길 원하는 여성은 새로움, 순수함, 섬세한 배려, 폭넓은 사고의―학문적인 의미에서가 아니라 완전히 자연스러운, 사회적인 의미에서―말하자면 향기가 나는, 아니, 더 정확히 말하자면 그런 숨결을 내뿜는, 훨씬 더 적절하게 말하자면 그렇게 보이고 그렇게 울리는 무언가를 갖추고 있어야 합니다. 그녀는 아름답게 그려진 소묘를 닮아야 하며, 그 높은 가치에도 불구하고 아직 아무도 모르는, 누구도 읽은 적 없는 시처럼, 잠언처럼 걸어야 합니다. 숙녀에게는 손닿은 적이 없는 것 같은 깨끗한 분위기가 있고, 그렇다고 흠이 없을 필요는 없지만, 다른 여성들과 구별되는 고귀한 아우라가 있어야 합니다. 그리고 고귀함이란 어디에서든 어떤 식으로든 도움이 되거나 즐기는 것, 조용히 하루하루를 보내고, 나뭇잎 그늘 속에서 익어가는 과일처럼 천천히 성숙해 가는 것입니다. 그리고 그런 여성의 모습을 본 사람들 역시 자기도 모르게 더 고결해지고, 그녀의 모습에서 자기도 모르게 무언가를 배우고, 그 즉시 몸짓으로, 눈길로 존중을 표현할 수 있게 됩니다. 왜냐하면 존중이란 아시다시피 기반이고, 기둥이고, 말하자면 그 위에 사회가 세워진 토대이니까요. 너무 쓸데없는 소리들을 했군요. 아마도 제 말이 조금 지나치게 영리하고 정확했을 것입니다. 정말 죄송할 따름입니다. 아무튼 이제 저는 젤마에게로 가야 합니다. 그녀는 자신이 숙녀인 양 꾸미는 태도를 지녔지요. 아, 도적에게 다음과 같은 말을 할 때 그녀가 어떻게 숙녀를 연기했는지. "그런 짓은 두 번 다시 하지 마세요." 시선만으로도 그를 완벽히 때려눕힐 만큼 그녀는 뛰어난 능력을 보여주었습니다. 황홀한 광경이었지요. 그녀는 막 그의 책상에 쌓인 먼지를 털고 있었습니다. 그는 그녀의 바로 뒤에 앉아 있었고, 다른 적절한 행동이 떠오르지 않아 자신의 팔을 그녀의 허리에 둘렀습니다. 그녀는 흠칫하며 그를 돌아보았고 무려 2분 동안 아무 말도 하지 않았습니다. 이 끔찍한, 길고 또 아주 짧기도 한 2분에는 무엇이 담겨 있었을까요. 심사숙고의 세계. 마침내 그녀는 이해했습니다. 평정을 되찾으려면 어떻게 해야 할지. 그리고 그녀는 앞서 언급된 말을 하고, 도적을 작은, 너무나 작은 존재로 만들었습니다. "당신 같은 사람은," 그녀가 덧붙였습니다. "세상 남자처럼 행동할 권리가 없어요." 그는 그녀가 그 말을 두 번 하게 만들지는 않았습니다. 한 번 들어야 했던 것으로 충분했으니까요. 그리고 크게 당황하여, 하지만 확고한 결의로 다음과 같이 말했습니다. "당신, 날씬한 허리를 가졌군." 그녀가 소리질렀습니다. "제가 뭘 가졌다고요?" 그리고 다시 그녀는 훌륭한 혈통에서 유래한, 마법 같은 푸른 두 눈으로 2분 동안 줄곧 그를 훑어보았는데, 그는 자신을 훑는 시선을 묵묵히 받아들이면서 다정하게 그녀를 바라보았습니다. 이윽고 그녀의 입에서 다음과 같은 말이 튀어나왔습니다. "그래도 당신은 좋은 사람이에요. 그렇게 말할 수밖에 없군요. 그러니까 적절한 상황이라면, 오늘 벌인 무모한 행동을 다시 해도 괜찮아요." "이제 그런 짓은 하지 않을 겁니다. 당신이 그걸 허락했으니까요." 그녀는 이 말에 다시 요란하게 웃었고, 이와 동시에 그는 복도를 걷는 저 여학생의 가벼운 발걸음 소리를 들었습니다. 정말 기묘한 점은 그가 이 여학생의 발소리만 들었을 뿐 그녀를 보지는 않았기 때문에, 그에게는 한 명의 숙녀로 변했다는 것입니다. 3개월 동안 그가 그녀를 본 건 4번 정도였습니다. "저 아가씨한테는 질서라는 개념이 없어요. 자기 침대나 제대로 정리할 수 있을 거 같아요?" 그녀가 도적에게 말했습니다. 프로일라인 젤마는 그가 이 여학생을 숭배하고 있는 것을 알아차렸고, 그 사실이 마음에 들지 않았습니다. "왜 숙녀가 방을 꼭 깔끔하게 정리해야 되나요?" 그가 되물었습니다. "숙녀라고요? 지금 한 말, 저는 심한 경멸감이 드네요. 당신을 쫓아낼 수밖에 없겠어요. 어떻게 제 앞에서 그런 말을! 제 소유인 이 집에서, 숙녀라는 호칭을 내걸고 다닐 자격이 있는 여자는 단 한 명, 바로 저뿐이에요. 아시겠어요? 그리고 당신은 제 집에서 사는 게 좋잖아요. 안 그래요?" 이 말과 함께, 상류 계급 출신인 그녀의 얼굴이 형언할 수 없는 자기만족으로 빛났습니다. 그리고 이제 힘을 되찾은 기분이 된 그녀가 공격 태세로 바꾸며 이렇게 말했습니다. "당신이 담배 피우다 소파 커버에 낸 구멍, 저것도 계산에 넣을 거예요. 아시겠지요. 자, 그럼 마음에 위로라도 될 수 있게 소설을 한 권 가져올게요. 거기에 빠져 있는 것도 괜찮을 거예요." 그녀는 방을 나갔고, 책 한 권을 손에 들고 왔습니다. 그날 바로 도적은 순순히 책을 읽기 시작했는데, 그 책의 내용이 그를 지치게 만들었습니다. 왜 그랬는지 바로 이어서 설명하겠습니다. 그 책에서는, 악보를 보며 소나타 같은 곡을 간신히 연주할 수 있고 거기에 장을 보러 시장에 가거나 하는, 그저 평범한 생활을 할 수밖에 없어 보이는 여자들이 위대한 숙녀나 다름없는 존재로 떠받들렸습니다. 이는 불협화음처럼 느껴졌습니다. "이 책은 부르주아 계급에 대한 이야기면서 야단법석을 떠는군. 뻔뻔하기 짝이 없어." 이렇게 말하고 도적은 건방지게도 하품을 했습니다. 이 책 속에서는 충분히 정당화되지 않은 무언가가 높이 부풀어 올랐습니다. 아이고, 이 보잘것없는 인물들이 작가에게 고무되어, 자신들을 진지하게 여기는 꼴이란! 그가 속으로 중얼거린 말을 프로일라인 젤마가 들었다면 한 번 더 그의 앞을 가로막아 서지 않고 못 배겼겠지만, 그는 이 인상을 자기 안에 간직해 두었습니다. 이어 그는 이렇게 말했습니다. "이건 삶에 대해 아무것도 모르는 사람들을 위해 쓰인 바로 그런 책이야. 보잘것없는 사람들에게 고만의 씨앗을 심는, 안타깝게도 수없이 많은 책들 중 하나라고."

대중이 먹고 마시는 곳에서 기사도에 어긋나고, 오만불손하고, 품위를 떨어뜨리는 행동을 취한 장교들은 그 자리에서 직위를 박탈해야 마땅합니다. 이는 과격한 말이지만, 1차 대전 후의 시대는 완고함 때문에 잃은 것을 무례함으로 되찾겠다는 천박한 정신으로 빛났습니다. 예의 있는 행동이란 무엇인지 알 필요 없다고 생각하는 장교들은 돼지우리로 보내야 합니다, 이상. 제가 하는 말들이 대단히 용기 있지 않나요? 종이는 이것들을 감당할 수 있습니다. 그런데 독자가, 하물며 평균적인 독자가 어떻게 받아들일지는 또 다른 문제이지요. 프로일라인 젤마는 이런 장교의 이야기를 도적에게 끊임없이 해댔습니다. 그러니까, 그녀는 한 장교를 가망 없이 사랑하고 있었던 것입니다. "서로 잘 맞고 이미 오래전부터 함께 외출하는 관계라면, 도대체 왜 당신과 결혼하지 않는 건가요?" 아, 이 얼마나 순진한 질문인지. 프로일라인 젤마는 놀란 나머지 양갓집 출신인 두 손을 마주쳐서 소리를 냈습니다. "저랑 결혼할 리 없지요. 그 사람은 장교라서 저보다 훨씬 높은 세계에 사니까요. 대체 무슨 생각을 하는 거예요." "장교들보다 자기가 그렇게 떨어진다고 느끼시나요?" "장교들과 저에 관해서라면," 젤마가 대답했습니다. "그건 이래요. 장교가 입는 제복을 정말 조금만 떠올려도, 저는 말 그대로 몸이 떨리기 시작해요. 미래에 큰 기대를 걸어볼 수 있는 건 장교들뿐이고, 예외가 있더라도 기껏해야 장교들을 위해 기꺼이 불구덩이 속으로 돌진하는 병사들이죠. 제 머리가 어떻게 된 것 아니냐고 생각하시죠. 그럴지도요. 그런데 당신한테 제 머릿속을 들여다볼 권리가 있나요? 아뇨, 당신한테는 그런 권리가 전혀 없어요. 명료한 사고를 가진 사람, 그리고 무엇보다 깊은 감수성을 가진 사람한테는, 문명의 재건이 전적으로 장교 계급을 신성시하는 데에 달려 있다고요. 전쟁 중에 장교들이 어떤 불가능한 일들을 해냈는지 기억나지 않나요? 인간으로서 불가능한 일을 해내기 위해, 그들은 자신들이 할 수 있는 모든 짓을 다 했어요. 그들은 부하들의 빵을 빼앗아 먹은 게 아니라, 병사들한테 주도록 되어 있는 빵을 암거래상에게 팔아 그 돈으로 샴페인을 샀지요. 그걸 마시는 쪽이 조국을 지키기 위해 필요하다고 생각한 거예요. 그건 그렇고 제가 난데없이 무슨 얘기를 하고 있는 거죠? 방금 한 말은 잊어버려요. 당신은 순수한 영혼을 가졌잖아요. 그렇죠? 그럼 순수한 영혼을 가진, 적어도 그렇게 보이는 당신은 장교들에 대한 경외심에 온몸을 던지지 않으면 안 돼요. 오늘날처럼 그게 홀륭한 사람의 의무인 적도 없거든요. 어떤 시대든 그 시대만의 광증, 열망을 가지는데 우리 시대의 광증은 장교에 대한 열망이에요. 물론, 당신도 경건한 인간으로 남기를 바란다면 용기 있게 여기에 동참해야 해요. 설사 그로 인해 미쳐버릴지라도. 우리 노처녀들은 세상을 뒤집어엎고, 어리석음을 퍼뜨리고, 건전한 이성을 억압하는 데나 일조하는 거지요. 이건 잘 아실 거예요." "경애하는 프로일라인 젤마, 당신의 정신이 펼치는 논리가 정말 눈부시군요. 앞으로 불쌍한 죄인인 제 쪽으로 장교가 다가올 때마다 거리에서 무릎을 꿇어야겠어요." "그건 아주 현명한 생각이에요. 요즘은 어딜 둘러봐도 일종의 카톨릭주의가 유행인 것 같아요. 십자가가 내걸리고 있어요. 또 모두가 기쁜 마음으로 그걸 짊어지고요." "대단히 깊이 있는 말씀입니다." 도적이 솔직하게 인정했습니다. 그는 이미 프로일라인 젤마의 연설에 빠져들었습니다. 참고로, 잠깐 동안 그는 모습을 감춘 저 배제당한 여자를 떠올렸습니다. 그런데 프로일라인 젤마와 도적이 이 우스꽝스러운 대화를 주고받는 동안, 가련하고 조그만 반다는 더없이 외딴 곳에서 고립된 삶을 살고 있었습니다. 그녀는 거리에서 떠도는 소문의 중심이 되었고, 이제 사람들 앞에 모습을 드러낼 수 없다고 믿었습니다. 부모가 그녀를 엄중한 감시하에 두었습니다. 그들은 보수적인 생각을 가졌고, 어린 딸이 거리 한복판에서 도적의 이야기에 귀를 기울이고 있었다는 사실을 심각한 오점으로 여겼습니다. 아, 이 무슨 신경과민인지. 그리고 저 무례한 남자는 더 이상 그녀의 집 앞에서 노래를 부르거나 하지 않았습니다. 예전에 그녀가 발코니에서 이렇게 외친 적이 있기 때문이지요. "아니, 대체 여기서 뭘 하시는 거예요?" 그리고 이제 그녀는 일주일에 한 번씩 회초리를 맞게 되었습니다. 그러니까, 세계대전으로 많은 사람이 겪게 된 그 무시무시한 도덕적 대참사 이후 많은 가정에서 회초리가 다시금 훈육 수단으로 도입되고 있었던 것입니다. 족히 백 년은 망각 속에서 잠들어 있었던 물건이지요. 반다는 마을 사람들의 눈총을 괄았고, 도적이 더 이상 그녀의 아름다움을 찬양하는 시를 쓰고자 하지 않았기 때문에 벌을 받았습니다. 그들은 그녀에게 여러 번 얼음처럼 차가운 물로 샤워를 시켰고, 그것이 효과가 없자 쨍쨍 내리쬐는 햇볕에 그을리도록 지붕 위 유리상자에 그녀를 넣었습니다. 이 모든 게 오로지 저 재수 없는 바람둥이, 도적 때문이었고 그는 지금 젤마의 집에서 태연하게 별난 사람을 연기하고 있는데, 그 역할이 마음에 든 것 같습니다. 그녀는 그에게 장장 몇 마일에 걸쳐 연설을 했는데, 이미 내려앉기 시작한 정신이 그녀를 떠나버렸을 때는 한 번씩 머뭇거렸습니다. 연설하면서 그녀는 계속해서 망토에 달린 단추를 만지작거렸습니다. 한 번은 이런 말도 했습니다. "우리 마리와의 결혼이라면 허락할 수도 있지만, 저와의 결혼은 물론 말도 안 되는 얘기예요. 아시다시피 제 머릿속은 장교에 대한 생각으로 가득 차 있고, 능력이 입증된 이 명예로운 지위에 당신이 도달하는 건 역시 불가능할 테니까요. 혹시 당신이 제 아름다움을—나이가 들면서 조금 퇴색한 건 인정해요. 혹시나 당신이 그런 말을 해선 안 되고요. 제가 화내는 모습을 보고 싶지 않다면—무조건적으로 믿고 있는 우리 마리와 결혼한다 해도, 마리는 결코 당신의 것이 될 수 없어요. 그녀는 여전히 저만의 것이며, 저는 그녀가 반박의 여지 없이, 오롯이 제 것이라는 생각을 거두지 않을 겁니다. 절대로 그녀를 건드리거나 가까이 다가가선 안 돼요. 이건 미리 분명히 해둘게요."

"저는 지금 위신이라고 할 만한 것이 아무것도 없으니, 단추란 단추는 모두 채운 것 같은 이 조건에도 기꺼이 동의하겠습니다. 마리는 대단히 젊은 아가씨도, 아름다운 아가씨도 아닙니다. 그녀를 건드릴 필요가 없는 것, 그뿐 아니라 옷깃을 스치거나 제가 내쉰 숨이 닿는 것조차 허락되지 않는다는 말씀에 저는 그저 안심이 됩니다. 그녀는 뼈마디가 단단하고 거친 데다, 뭔가를 움켜쥐는 모양이 막일꾼 못지않습니다. 결혼해서 그녀가 저를 움켜잡지 못하게 해주신다면, 당신 앞에 간절하게 서 있는 저만큼 환영할 만한 사람이 또 있을까요?" "애무도 키스도 절대 금지예요." "그것도 전혀 필요 없습니다. 그녀는 뺨이 왠지 각져 있어요. 그리고 제가 다정하게 그녀의 머리를 감싼다든가 하면 머리털이 몽땅 빠져버릴 겁니다. 왜냐하면 그녀는 민머리라서 그런대로 괜찮은 가발을 쓰고 있으니까요." "마리에 관해 무례하게 말하는 걸 들으니 기쁘군요. 혹시 당신이 그녀를 좋아하는 건 아닐까 걱정했거든요." "아, 저는 그녀를 어떤 면에서는 상당히 높이 평가하고 있습니다. 방금 한 말은 배려심이 부족했지만요." 젤마의 눈이 갑자기 반짝였고, 벌을 내리는 것처럼 언성을 높였습니다. "그런 경우라면 당신은 절대로 그녀를 가질 수 없습니다. 그녀를 당신한테, 당신을 그녀한테 내주는 건 두 사람이 서로를 참지 못할 때뿐이에요. 그걸로 저는 당신들한테 동병상련이라는 걸 가르치고 싶은 거고요." 프로일라인 젤마는 행복한 결혼을 상상하면 곧바로 기분이 상했던 반면 누더기가 된, 폐허 같은, 불화의 바람에 고꾸라진 결혼은 수없이 떠올리며 적잖은 기쁨을 느꼈습니다. 그녀는 "행복 같은 건 없어. 그냥 의무를 다할 뿐인 거지"라고 말하면서 마음속으로 이렇게 생각했습니다. '내가 행복을 찾지 못했으니, 다른 사람도 못 찾아야 해.' 젤마가 도적에게 마법을 걸었다고 말할 수도 있을 것 같습니다. 그녀가 지금 대체 무슨 수를 쓴 걸까요? 아, 이 글을 쓰고 있는 우리도 이상하게 나른해집니다. 젤마가 우리에게도 마법을 건 모양입니다. 그래도 우리는 힘을 내서 다시 집중합시다. 마치 에디트의 상냥함이 도적에게 옮아간 듯, 그는 그녀가 그랬고 또 자신이 본 그녀가 그랬던 것처럼 예의 바르고 상냥하게 말했습니다. 그녀처럼 행동하는 것이 그에게 더 없이 큰 기쁨을 주었습니다. 이를 간파한 젤마가 대담하게 다음과 같이 말했습니다. "앞으로 저는 먼저 노크하고 양해를 구하는 일 없이, 당신 방에 제 방처럼 들어갈 거예요. 이 결정에 당신도 동의할 거라 생각하고요." 그리고 어느 날 전대미문의 사건이 일어났습니다. 그의 별난 세계에 아주 따뜻하고 기분 좋게 햇살이 비치던 그날, 도적은 옷을 벗고 소파에 드러누워 있었습니다. 그리고 젤마가 방으로 들어서며 옷솔을 방에 두고 와서 가지러 왔다고 말하려는 찰나, 그녀는 생명이 위태로워질 정도의 광경을 보게 되었습니다. 그녀는 메두사처럼, 눈앞에 거대한 심연이 열린 것처럼 돌이 되어버렸습니다. 그녀의 입에서는 아무 소리도 나오지 않았습니다. 품위 있는 장교식 태도에만 익숙했던 그녀는 이제 숲속에서 길을 잃은 불쌍한 아이 같았습니다. 이어 그녀는 믿을 수 없다는 듯 그저 고개를 흔들며 "어떻게 당신이"라는 짧은 말과 함께 조용히 자리를 떴습니다. 그날 이후 그녀는 방에 들어가기 전 매번 조심스럽게 노크를 했습니다. 어딘가 머뭇거리는 태도가 그녀에게 스며 있었는데, 이는 시간이 자나면서 사라졌습니다. 당시의 행동에 대해 도적에게 해명을 요구하는 것도 얼마나 우스운 일인가요. 솔직히 말해 시간낭비에 불과합니다. 그 무렵 한 장교가 그를 방해하고 그의 평온한 기분에 찬물을 끼얹으려고 바로 등 뒤에서 소란을 일으킨 일이 있었습니다. 도적은 어린아이처럼 얌전하고 예의 바르게 자리에 앉아 있었습니다. 에디트가 그에게 와인을 따라주었습니다. 뇌샤텔산 와인이었습니다. 병 속에는 코르크 조각이 떨어져 있었습니다. 그녀는 코르크 조각을 꺼내기 위해, 아니, 그렇다기보다 다른 병을 가져오기 위해 병을 들고 떠났습니다. 신사 여러 명이 그의 뒤에서 보란 듯이 소란을 일으켰고, 그중에는 장교도 한 명 있었습니다. 장소에 맞지 않는 태도를 보이는 사람들 한가운데서 결국 도적은 멍청한 남자아이처럼 예의 바르게 행동할 마음이 사라졌고, 분노한 나머지 에디트를 향해 팁을 냅다 던졌습니다. 이번에는 그녀가 그 자리에 돌이 된 듯이 멈춰 섰습니다. 하지만 그의 행동은 아주 자연스러웠습니다. 그의 분노는 정당했습니다. 왜냐하면 그들이 고의로 유발한 것이었으니까요. 도적은 어떤 장교라도, 심지어 세상에서 가장 높은 장교라도 용서를 구할 필요가 없습니다. 오히려 혼쭐을 내 줘야지요. 그리고 만약 그가 그렇게 한다면, 저도 경우에 따라 웃으면서 도울 생각입니다. 여러분도 아시겠지요. 저 장교는 부대의 명예를 그저 더럽혔을 따름입니다. 그런데 도적이 저번에 그녀에게 보내는 짧은 인사를 그저 연필로 급히 적은 것, 그것 역시 무례했다고 할 만합니다. 그래도 그게 중요한가요? 그가 다소 격하긴 했지만, 그러면 안 될 이유라도 있나요? 우리 이야기는 군대와 아무런 관계도 없으며, 전부 문명화된 사회의 테두리 안에서 펼쳐집니다. 반다의 회초리 이야기는 사실 농담입니다. 물론 지금 우리 시대의 몇몇 아가씨들에게는 회초리가 문제가 되지 않을지도 모르겠습니다. 하지만 회초리를 들고 싶냐고 제게 묻는다면 저는 사양하겠습니다. 어느 날 도적은 아주 탐스럽고 즙이 많은 배를 샀습니다. 그 배를 들고, 이 먹음직스러운 것을 그녀에게 과시라도 하듯 그는 반다에게 다가갔습니다. 그러자 그녀는 검지로 그를 위협했습니다. 이 검지는 조금 전 이야기의 회초리처럼 농담으로 꺼낸 것이 분명합니다. "왜 그이를 저한테서 뺏어 간 건가요?" 그녀는 거울로 둘러싸인 방에서 에디트에게 물었습니다. 우리는 늘 다른 사람이 우리한테서 무엇인가를 빼앗아간다고 생각하는 경향이 있습니다. 얼마나 시시한 영혼들인지!

평범함이란 결국 이탈리아적인 것인지 모릅니다. 이 이야기는 곧 다시 다루겠습니다. 저 말이 이상하다고 생각하는 분도 있겠지요. 아무튼 잠깐 동안 생각해 보시기 바랍니다. 지난 밤 제 행동은 흠잡을 데가 없었습니다. 저는 오랫동안 잠들지 못하고 있었습니다. 그러니까 눈은 감고 있지만 잠들지는 못하는 상황이었습니다. 영화에 나오는 왕자같이, 주변에 경호원들이 서 있기라도 한 듯 저는 줄곧 조용히 누워 있었습니다. 그 경호원들은 물론 예의를 잃지 않는 것을 가장 중요시했습니다. 제대로 잠들기 위해 저는 두 눈을 계속 크게 뜨려고 애썼습니다. 그러자 어느 순간 저는 잠이 들었습니다. 그러니까 잠들기 위해서는 깨어 있으려고 애써야 합니다. 잠들려고 애쓰면 안 됩니다. 사랑에 빠지려면, 사랑에 빠지지 않기 위해 노력해야 합니다. 그렇게 하면 어느 순간 사랑에 빠집니다. 존중을 받으려면 한동안 무례하게 행동해야 합니다. 그러면 존중할 마음이 저절로 생겨날 것입니다. 여러분에게는 이 훌륭한 조언을 무료로 제공하겠습니다. 이 조언을 따라 보세요. 그저 순응하는 것 말고, 당신 자신의 즐거움과 이익을 위해. 왜냐하면 조언이란 인정받기 위한 게 아니라 행복을 주기 위한 것이니까요. 그래도 그 조언을 인정하면 사람은 행동하게 됩니다. 또 행동하게 되면 건강해지기도 하지요. 여기서 진정한 사유의 바다가 제 주위로 흔들리고 또 반짝였습니다. 저는 밤 사이에 생각한 것을 아침이 되면 대개 하나도 기억하지 못합니다. 아침에는 새로운 것을 생각합니다. 아, 이제 분명해졌는데 이 이야기 전부에 책임이 있는 건 다름 아닌 바타비아 삼촌의 평범함입니다. 어떻게 그렇게 상식적이고 합리적인 방법으로 이 세상에 작별을 고할 수 있었을까요? 그의 죽음은 분명 유사 이래 가장 빼어나게 평범한 것 중

하나였습니다. 그는 너무 빠르지도, 너무 늦지도 않게, 무서우리만치 적절한 시기에 죽었습니다. 삼촌은 한결같이 착실한 사람이었습니다. 그러니 그가 도적에게 남긴 돈도 어떤 면에서는 틀림없이 평범한 금액 아니었을까요? 도적에게는 정말 시기적절하게 넘어온 돈이었습니다. 이 조그만 자산은 도적의 손에 들어와 이를테면 과녁에 명중한 셈입니다. 그건 그렇고, 우리의 주인공은 이번 가을 10일에서 15일 정도 파리로 여행을 갈 생각을 하고 있었습니다. 그는 자신을 늘 신경 써주던 친척 여성을 기사처럼 에스코트하여, 이 서민 출신인 여자를 기쁘게 해주려고 생각하고 있었습니다. 그녀는 파리를 사랑했고, 물론 도적도 그랬습니다. 그 또한 현명하고 계몽된 사람들 모두와 마찬가지로, 수많은 중요한 사건들이 일어난 이 대도시와 사랑에 빠졌습니다. 누가 알까요. 도적의 입장에서는 이 착실하지만 불행한 바타비아 삼촌이 친절하게도 당분간 살아 있는 편이 나았을지 모릅니다. 하지만 현실은 그가 이 세상을 떠났고, 앞서 언급한 돈은 도적의 손에 쏟아졌고, 그는 이 돈으로 기사 행세를 할 수 있게 되었습니다. 사회생활과 맞지 않고 훨씬, 훨씬 더 의미가 있는 동시에 훨씬, 훨씬 더 조그만 존재인 저 남자가 말이지요. 아무튼 일은 벌어졌고, 여기서 이탈리아적인 것에 대해 다시 말하자면 거기에는 오직 제스처만 있을 뿐이며, 우리는 이 말에 아무것도 덧붙이지 않는 편이 현명하다고 생각합니다. 최근, 해질 무렵 집으로 돌아오는 길에 저는 한 여자가 이웃 여자들과 벤치에 앉아 이런 말을 하는 걸 들었습니다. "난 우유는 정말 어쩌지를 못하겠어. 우유에는 조금도 관심이 가지 않아. 누가 우유 얘기를 하면 짜증만 나. 제발 우유를 나랑 엮지 말아줬으면 좋겠어. 우유에 대해선 조금도 이해를 못하겠거든. 커피를 마시게 해주면 이야기가 다르지. 커피는 언제라도 대환영이야. 커피를 사랑한다고 자신 있게 말할 수 있어. 난 누가 내 뒤를 따라오는 걸 좋아하지 않아. 그런데 나한테 커피를 주려는 품위 있고 친근한 의도라면, 일년 내내 날 지켜보고 있어도 괜찮아. 누가 내 앞에서 커피 대신 우유를 찬양한다면 마음이 안 맞아서 화를 낼지도 몰라. 나한테 커피란 없어선 안 되는 것, 우유는 없어도 그만인 것이지. 우유는 치워버려! 맛없을 뿐이니까. 대신 커피를 줘. 난 그게 입맛에 맞으니까." 이 우유 혐오와 커피 찬가가 밤공기에 얼마나 울려퍼졌을까요. 일년 내내 도시에 들어앉아 있는 사람들은 시골의 공기를 찬양하며, 그렇게 찬양하는 데서 기쁨을 느낍니다. 저의 앞길을 막아선 사람은 자기 자신의 앞길도 막고 있는 셈입니다. 쉽게 이해할 수 있는 이야기이지만 많은 사람이 생각조차 해보지 않습니다. 수학의 세계에서 단순한 문제는 실제로도 단순하지만, 사회생활에서는 그렇지 않습니다. 사람들은 삶에서 가장 단순한 것들을 간과합니다. 여기에는 어딘가 우스꽝스러운 구석이 있습니다. 인간의 맹목성은 변호사들에게 이익이 됩니다. 그들 또한 살아가야 합니다. 지혜란 일종의 평범함입니다. 그리고 우리 모두에게는 평범함이 너무 부족합니다. 많은 사람들, 특히 여자들은 평범함을 견디지 못하는데 이는 그저 평범함이 옳기 때문이거나, 이 옳음에 질투를 느끼기 때문입니다. 여자들은 남자들보다 평범하고, 그러니까 훨씬 사리에 밝고, 그녀들은 모두 예외적인 인물, 그러니까 현명하지는 않지만 그녀를 즐겁게 하고 미소 짓게 만드는 인물과 만나고 싶어 합니다. 그런 미소는 자신을 행복하게 해주니까요. 그런 평범하지 않은 사람을 질투할 필요는 없습니다. 그런 자는 대단한 일을 해낼 수 있는 사람이 아니며, 이는 그를 바라보기만 해도 알 수 있습니다. 따라서 그를 바라보기만 해도 즐거워지는 것입니다. 물론 평범하지 않은 사람은 자신이 그러한지 몰라야 하는데 때로는 그도 알게 되고, 그러면 그는 평범한 사람, 다시 말해 동등한 사람이 됩니다. 왜냐하면 평범하지 않다는 건 올바르게 보지 못하는 데 있으니까요. 올바르게 보는 사람들은 모두 그렇게 보지 못하는 사람과 기분전환 삼아 만나고 싶어 합니다. 왜냐하면 사람과 사물을 언제나 있는 그대로 정확하게 보는 일은 고통스러울 수 있고, 마찬가지로 사람은 사소한 부분까지 있는 그대로 자기 자신이 드러나기를 바라지 않기 때문입니다. 그래서 세상을 보는 자신만의 시선을 가진 사람, 그러니까 아직도 어린아이인 양 조금 비뚤어진 시선을 가진 사람을 좋아하고 또 찾게 됩니다. 그리고 여자들은 올바른 판단을 내리는 데 뛰어나기 때문에 올바른 판단을 내리는 남자에게 질투심을 가지게 되고, 자연스럽게 건전한 판단을 내리지 못하는 사람, 그러니까 자신과는 조금 다른 사람에게 끌립니다. 왜냐하면 그녀들은 모두 자신들의 능력에 질려 있고, 서로 인정할 수밖에 없으며, 서로 웃거나 놀리기까지 할 기회를 좀처럼 찾기 힘들기 때문입니다. 그녀들은 서로 너무나 적은 즐거움만 줄 뿐인데, 이는 지혜에 있어 놀랄 만큼 서로 비슷해서 놀리거나 속이는 일이 불가능하기 때문입니다. 누군들 그렇게 하고 싶지 않을까요. 사람에게 자신의 우월함을 내보이는 것만큼 즐거운 일도 없으니까요. 이런 이유에서 사람은 원숭이를 보면서 즐거워하고 개나 고양이한테도 그렇지만, 평범한 사람에게 가장 즐거운 대상은 사람의 모습을 한 바보, 아이같이 쉽게 믿는 사람입니다. 하지만 이 쉽게 믿는 사람, 순진한 사람이 이 사실을 깨닫게 되면 일종의 의의를 자기 자신에게 부여하고, 그 의의에 따른 행동이 때때로 그를 즐겁게 합니다. 뿐만 아니라 자신의 처지에 대한 통찰에 아픔을 느낄 수도 있습니다. 하지만 그가 이 아픔에서 아름다움을 발견하면 어떻게 될까요? 만약 그가 이런 종류의 아름다움에 웃음 짓고, 이 웃음 속에서 아름다움만을 발견한다면? 이런 평범함—제가 말하고 싶은 것은 그 훌륭함인데—이 널리 퍼져 있어 보여도, 이 평범한 사람들은 모두 진짜 평범한 사람이 아니고, 그저 그렇게 믿고 있을 뿐일지도 모릅니다. 그리고 거울로 둘러싸인 방에서, 왜 도적을 자기한테서 뺏어 갔냐는 반다의 비난에 에디트는 다음과 같이 다 답했습니다. "저는 그냥 보통 여자라서, 그 사람에 대해선 잘 이해할 수 없어요. 제가 그 사람을 필요로 한다고요? 절대로 아니에요. 어느 날 그 사람이 저를 발견했고, 모두가 말하기를, 어쩔 줄 몰라했다고 하더군요. 그 사람은 자기가 기댈 수 있는 존재를 찾고 있어요. 당신이 어지럽힌 자기 생각들을, 뛰어다니다 지친 아이처럼 재우려고요. 당신은 그 사람을 너무 억압했어요. 하찮게 들리겠지만 이게 정확한 말 같아요. 당신이 늘 그 사람한테서 도망치고 있었기 때문에, 그 사람도 가만히 곁에 있어 줄 여자를 찾은 거예요. 반복되는 당신의 도망질에 완전히 지쳐버린 거죠. 당신은 분명 알 거예요. 당신 앞에 서 있는 건 스스로를 착하다고 여기는 여자예요. 이 점에 대해선 어떤 방식으로든 이야기할 수 있답니다. 당신은 도적한테 재치 있는 장난질만 요구했죠. 그런데 그 사람이 당신한테 뭐랄까, 그런 재능을 보여주면, 당신은 도와달라고 비명을 질렀지요. 그러고 나서는 누구도 그 사람과 진정으로 가까워지려고 하지 않았고요. 그 사람이 저한테 다가온 건, 저와는 그렇게 가까워질 거란 기대에서였어요. 하지만 전 그를 멀리했고, 저 자신도 왜 그랬는지 정말 모르겠어요. 그 사람의 조용함이 좀 부담스러웠던 건 사실이에요. 전 그 사람의 마음을 빼앗았죠. 처음엔 그게 기분 좋았지만, 곧 저한테 빠진 그 사람의 모습에 싫증이 났어요. 하지만 그 사람을 놓아주고 싶지 않았고, 그래서 그렇게 내버려 뒀죠. 그 사람은 저를 짜증 나게도 하고, 감동을 주기도 했어요. 한심한 동시에 존경할 만한 사람이었죠. 평범하지 않은 사람이라 생각했지만, 더 관심을 기울였다면 꽤 평범한 구석을 발견했을지도 몰라요. 저는 그 사람 앞에서 수줍은 태도를 보였어요. 그렇게 하는 게 가장 편할 거 같았고, 실제 그랬으니까요. 우리는 모두 가장 편한 길을 택하죠. 당신도요, 반다. 당신도 아주 편한 대로 했잖아요. 그럼 그 사람이 최근 편한 대로 행동했다고 해서, 우리가 불평할 자격이 있나요? 저는 그럴 자격이 없다고 생각해요. 당신한테서 그 사람을 빼앗았다고 저를 비난하는 건 너무 편리한 생각이에요. 그 사람을 대하는 우리 두 사람의 태도는 정말 비슷했어요. 저도 그 사람한테서 도망쳤죠. 그리고 그 사람이 저를 찾아냈을 때, 저는 불쾌한 표정을 지었어요. 자연히 그 사람은 이 표정에서 근사함을, 특별한 아름다움을 발견했죠. 물론 저는 냉랭한 태도를 취해야 했고, 실제로도 그렇게 했지요. 그 사람한테 '적당히 좀 해요'라고 말하기도 했어요. 당신과 똑같죠. 한편으론 당신이 저랑 이야기를 나누려 한 것, 저한테서 뭔가 알아내려 한 것, 이건 정말 훌륭하다고 생각해요. 하지만 소용없어요. 어째서 일이 이렇게 되었는지, 저는 당신한테 진실을 말해줄 수 없어요. 저 자신도 진실이 무엇인지 모르고, 앞으로도 모를 테니까요. 사실을 말하자면 저는 제 자신을 모르고 그 사람도, 당신도 몰라요. 저는 진실을 말하는 게 불가능한 사람이에요. 왜냐하면 진실은 백만 봉우리의 산들 너머 계곡에 숨겨져 있기 때문이고, 그 사람은 최근 거기서 많은 시간을 보내는 모양인데, 이제 그 사람을 보기가 너무 힘들거든요. 누군가의 말에 따르면 그 사람은 작은 숲속에 호화로운 침대를 만들어 두고, 거기서 누구한테도 방해받는 일 없이 몇 시간이고 우리와의 경험에 대해 생각하고 있다고 해요. 그리고 당신보다 저를 더 생각한다고요. 제 쪽이 더 가까운 거죠. 왜냐하면 제가 그 사람한테도, 저 자신한테도 더 설명하기 어려운 존재니까, 그래서 제 쪽이 더 아름다운 존재니까요. 물론 당신 쪽이 더 미인이지만 그 사람은 그런 건 잊어버렸어요. 단 한 가지 아쉬웠고 인정하기 힘들었던 건, 그 사람이 행복하다는 거예요. 그래도 이걸로 잘 되었다고, 억지로라도 받아들이지 않으면 안 되겠죠." 이렇게 말했을 때 그녀는 얼마나 아름다웠는지. 진실을 말하자면 도적은 반다를 대할 때는 아버지처럼, 에디트를 대할 때는 아이처럼 느꼈습니다. 하지만 두 아가씨는 이를 전혀 눈치채지 못했습니다. 에디트가 반다에게 손을 내밀었습니다. "아니, 됐어요"라고 반다가 말했습니다. 거센 말투가 전혀 아니었고, 장난기 섞인 토라진 말투였습니다. '두 사람이 서로 미워하는 건 아니야.' 듣고 있던 사람이 생각했습니다. 커튼 뒤에 숨어 있는 사람이 누구인지 여러분은 아시겠지요. 제 기억이 맞다면 앞에서 이야기한 것 같습니다.

매일같이 에디트를 찾아가던 무렵, 그는 주변 사람들이 걱정스러운 얼굴로 다음과 같이 단언하는 것을 들었습니다. "저 남자가 그녀를 불행하게 만들고 있어." 이 속삭임은 아마 그녀의 귀에도 들어갔을 것입니다. 그녀는 깊고 깊은 생각에 잠겼습니다. 한 번은 눈처럼 새하얗게 질린 얼굴을 하고 가만히 서 있기도 했습니다. 이제 죽는 수밖에 없다고 생각한 건지도 모르겠습니다. 그런데 최근에는 행복에 찬 장밋빛 얼굴을 하고, 그녀의 평범한 남자와 팔짱을 낀 채 돌아다니는 모양입니다. 오늘은 도적이 시 쓰기에 지나치게 몰두한 나머지 유령처럼 창백한 얼굴을 하고 있습니다. 이 책을 쓰면서 그가 얼마나 맹렬하게 저를 도왔을지 여러분도 상상하실 수 있겠지요. 에디트의 보호자, 그러니까 저 평범한 남자에게—참고로 그는 더없이 듬직한 사람 같았습니다—어느 날 도적이 말을 걸었고, 다음과 같은 사실을 소상히 밝혔습니다. 자신이

한 작가가 소설을 쓰는 일을 돕고 있으며, 그 소설로 말하자면 짧기는 하지만 문화와 의미가 차고 넘친다는 것, 또 그 소설은 주로 에디트에 관한 것으로, 그녀는 이 작지만 의미가 가득한 소설에 주인공으로 등장한다는 것을. 이 말을 하며 도적은 미소를 지었습니다. 에디트의 연인은 억눌린 분노로 말 그대로 몸을 떨기 시작했고, 간신히 입을 열었습니다. "이 개자식." "엄밀히 말하면"이라고 도적이 대답했습니다. "장편소설, 단편소설을 쓰는 우리 모두는 다 개자식이죠. 배려가 넘치는 몰염치, 섬세한 대담함, 두려움 없는 두려움, 고뇌로 가득한 유쾌함, 유쾌한 고뇌를 가지고 방아쇠를 당기니까요. 그러니까 존경해 마지않는 모델을 겨냥해서요. 문학이라는 게 그런 겁니다. 존경하는 신사 양반, 당신은 아무래도 시 문학의 친구는 아닌 것 같군요. 그게 아니라면 방금처럼 당치도 않은 말을 입에 올리기 전에 한 번 더 생각했을 테니까요. 하지만 전 맹세코 그 말을 불쾌하게 받아들일 생각이 없습니다. 그런데 이 '맹세코'라는 조금 과한 표현이 아쉽군요. 이 자리에 맞지 않아 보일 거 같아요. 당신한테도 그렇고, 저한테도. 이런, 제가 보기에 당신은 파이프 담배를 피우는군요." "그럼 안 될 이유라도 있나?" "그 파이프 피우는 모습도 여지없이 소설에 등장할 겁니다." "네 넘치는 비인간성을 표현할 단어만 있다면 좋겠는데." 여기서 두 사람은 헤어졌고, 각자 자신의 길을 가기로 했습니다. 물론 남자는 에디트에게 이야기했겠지요. 저 도적이 한 작가가 이야기 쓰는 것을 돕고 있다고. 그리고 에디트는 태연한 척하는 표정의 커튼 뒤로 놀라움을 숨기려 했을 것입니다. 하지만 그녀의 남자는 이를 간파했습니다. 그의 평범함 덕분에 그는 그녀를 위로하기에 적절한 말조차 찾아낼 수 없었습니다. 그녀는 심하게 동요했고, 조용히 혼잣말을 했습니다. "일이 이렇게 될 줄 누가 상상이나 했을까." 그리고 그녀의 눈가에 감미롭고 뜨거운, 분노의 눈물이 반짝였습니다. 그녀는 생각했습니다. "내가 그 사람을 쫓아냈어. 이제 그 사람은 저명한 작가를 찾아가 모든 걸 이야기했고, 지금 두 사람이 합심해서 나에 대한 작품을 쓰고 있어. 그리고 나는 방어할 힘이 없고, 나한테 힘이 되어줄 사람도 없어. 지갑에서 100프랑조차 툭 꺼내지 못하는 이 거렁뱅이가 휘갈겨 쓰는 걸 받아들여야 한다니. 그리고 이 모든 이야기에서 가장 끔찍한 건, 그 사람이 나를 사랑하고, 나에 대한 순수한 애정과 경외심에서 이렇게 나를 훔치고 있다는 거야. 세상 사람 모두가 나에 대해 다 알게 되겠지. 이런 일이 벌어질 수 있다니. 하늘에 계신 하나님, 제발 제가 복수할 수 있도록 힘을 빌려주세요." 그녀는 양손을 모았고, 그 동안 이 아름다운 도시의 빼곡히 들어선 집들은 구름으로 어두워졌다가 다시 햇살이 밝게 비추었고, 마차는 말들에 의해 끌려갔고, 트램은 목을 가다듬었고, 그러니까 지나가며 덜컹덜컹, 치익치익 소리를 냈고, 자동차들은 달렸고, 남자아이들은 놀기 시작했고, 어머니들은 어린 아들이나 아기들의 손을 잡아끌었고, 신사들은 카드놀이를 하러 나섰고, 여자 친구들은 흥미진진한 새로운 가십으로 서로 이야기꽃을 피웠고, 모든 것이 움직이며 생기가 넘쳐흘렀습니다. 사람들이 떠났고, 다른 사람들은 걸어서, 또는 기차를 타고 왔고, 어떤 사람은 조심스럽게 포장된 그림 한 장을 운반하고, 또 다른 사람은 사다리 하나를, 또 다른 사람은 무려, 여러분이 그 위에 누워 편하게 실려갈 수도 있는 소파를 운반하고 있었습니다. 도시 바깥에서는 사람들이 녹음 아래를 산책했고, 도시 내에서는 늘어선 집들 위로 교회가 높이 서 있어서 화합과 사랑을 권하는 파수꾼 같기도 했고, 가정의 진실된 가치에 갑작스레 눈을 뜬 키 큰 젊은 여성 같기도 했습니다. 왜냐하면 삶이 진지하게 느껴지는 순간들, 삶이 싹트고, 미소 짓고, 피 흘리는 것을 느끼는 순간들은 영원히 젊기 때문입니다. 그리고 믿음은 최초의 것이며, 아마도 별로 믿지 않거나 전혀 믿지 않는 시대가 오래 지속된 후에는, 최후의 것이 되기도 한다는 것. 이는 발아와 유사하다는 것. 그리고 최초와 최후, 시작과 끝은 분리될 수 없다는 것. 이 고고한 첨탑이 휘어 있지 않음에도 휜 것처럼 보이듯이 구부러지지 않는 것은 종종 그 내면에서, 눈에 보이지 않는 곳에서 구부러지며, 움직이지 않는 것은 움직임을 불러일으키고 싶다는 갈망이 있는 법입니다. 그것은 주위를 돌면서 그를 보러 오고, 결국 그를 보지 못하지만 그래도 노력한 것만은 분명합니다. 걸어가는 사람들은 걸어가지 못하는 사람들을 위해 무언가를 떠맡고, 돌처럼 단단한 것을 사람들은 부드럽게 만들려 하고, 부드러운 것은 결국 돌처럼 단단해집니다. 왜 사람들은 믿음을 위해 조용한 건물을 짓고, 빛을 우러러보며 노래하고, 위안과 힘을 얻고, 환희에 가득 차서 회당을 떠나는 것일까요? 언젠가 도적에게 이런 말을 한 사람이 있습니다. "자네, 제정신이 아니군." 그가 일에 대한 헌신을 이야기했기 때문이지요. 우리는 방금 스스로에게 했던 말을 다른 사람한테 들었을 때 종종 거친 말을 내뱉는데, 이는 그 말을 한 사람이 옳다는 것을 인정하지 않을 수 없기 대문입니다. 그리고 에디트의 남자는 그녀에게 말했습니다. "그 남자 두 번 다시 생각하지 마, 알겠어?" 하지만 도적은 눈부신 확신을 품고 거리를 거닐었습니다. 그녀가 한 번씩 자신을 떠올리는 것이 틀림없다고. 그렇게 어느 날 오후, 그가 설교단에 오르면서 앞서 언급한 설교가 시작되었습니다.

교회는 정시가 되자 아가씨들로 거의 가득했고, 그중에는 물론 몇몇 눈에 띄는 여성, 명사라고 불릴 만한 여성들도 자리에 앉아 있었는데, 예를 들면 유명한 자선가이자 그 지성과 다정한 마음씨로 훌륭한 평판을 얻은 폰 호흐베르크 부인도 있었습니다. 사람들은 그녀가 젊은이들에게 둘러싸여 있는 것, 그러니까 활기 넘치는 사람들과 어울리는 것을 좋아한다고 했습니다. 재계, 학계도 각각 대표자를 보내왔습니다. 분위기는 더없이 뜨거웠습니다. 그곳에 있는 모두가—적게나마 신사들을 대표하는 몇몇도 물론 포함하여—도적의 등장을 긴장 속에 기다리고 있다는 사실을 이해하지 못할 사람은 없었습니다. 시계 바늘은 세 시 반을 가리키고 있었습니다. 물론 시간은 시시각각 앞으로 가고 있었습니다. 시간이 단 한 번이라도 멈출 생각을 하지 않는다는 점이 많은 지식인에게 호기심을 불러일으킵니다. 만약 모든 것이 이를테면 조그만 침대에 가만히 누워 평온히 잠들고, 깊고 깊은 잠에 빠진다면 얼마나 재밌고 신선할까요. 하지만 아마도 그런 일은 결코 일어나지 않겠지요. 위엄 있는 신사인 신부가 이제 군중 앞에 모습을 드러냈고, 그들에게 자신의 "친애하는 친구이자 동료 일꾼인" — 이 말에 약간의 농담기가 없는 것은 아니었지만 — 도적을 소개했습니다. 그리고 소개받은 사람은 대단히 자연스러운, 그러니까 아주 가벼운, 유쾌하다고 해도 좋을 발걸음으로, 아니, 이제는 발걸음이 아닌 종종걸음으로 설교단에 올랐습니다. 모두 조금은 불안해하며 숨을 삼켰습니다. 이처럼 위엄 있는 장소에서 이 남자는 대체 어떻게 행동할까? 무의식 중에 이 물음이 모두를 어쩔 수 없이 불안하게 만들었습니다. 그는 한 번 내지 두 번 조심스럽게 헛기침을 했고 — 이런 엄숙한 장소에는 조금 숫기 없는 태도가 어울린다는 자각에서 나온 행동이었지만 — 다음과 같이 말을 시작했습니다. "존경하는 여러분, 제 손을 잡고 이 예배와 영적 고양의 장소로 친절하게 이끌어 주신 목사님의 허락을 받아, 저는 여러분에게 사랑에 관해 말씀드리려 합니다. 그리고 제가 사랑하는 그 사람 역시 제 생각을 제가 어떻게 말하고 무슨 말을 하게 될지 듣기 위해 분명 이곳에 와 있을 것입니다. 아, 저한테는 이 얼마나 아름다운 순간인지." 물론 도적은 장소에 어울리는, 조금 값싸 보이지만 엄숙한 복장을 하고 있었습니다. 사실을 밝히자면 그의 슈트는 60프랑짜리로 기성복 매장에서 막 사온 것이었는데, 그곳에서 그는 전문가의 조언을 받아가며 1시간 이상 고른 끝에 딱 맞는 물건을 찾아냈습니다. 보시다시피 그는 공인이 아닌 사인으로 이 자리에 서야 했습니다. 커프스 단추를 착용하지 않았으나, 이 실수를 눈치챈 사람은 없었습니다. 그의 얼굴은 희미하게 야위어 있었고, 이는 내면의 평화를 갈망하지만 그것을 얻지 못하여 밤낮으로 남몰래 애쓰는 사람의 얼굴 같았습니다. 그의 표정은 정확한 것으로 여겨졌습니다. 연설을 하면서 그는 땅바닥을 향하지 않고 절정을 향해 노래하는 가수처럼 고개를 꼿꼿이 들었습니다. 반다는 13번째 줄에 앉아 있었습니다. 이는 꽤 정확하게 확인된 사실로, 양옆에는 노인과 남자아이가 앉아 있었습니다. 실로, 큰 존재를 섬기는 일은 작은 존재의 의무입니다. 이런 이야기를 하필 지금 하는 것도 이상하기는 합니다. 하지만 우리는 이 말에 대해 너무 깊이 고민하기를 원치 않으며,

대신 반다에 대해, 그녀가 너무나 사랑스러운 모습이었다는 점을 전하고자 합니다. 그녀는 벚꽃처럼 가련해 보였고, 검은 베일을 두르고 있었지만 그것이 꼭 상을 의미하는 것은 아니었습니다. 아니면, 혹시 약혼자가 죽기라도 한 걸까요? 우리는 이에 대해 알지 못하고, 알 필요도 없고, 알고 싶지도 않습니다. 그녀의 두 눈에는 독재자 같은 기운이 서려 있었습니다. 마치 다른 사람에게 미소 지을 기회를 주기 위한 것처럼, 작은 존재가 독재자처럼 행동하는 모습을 우리는 종종 보게 됩니다. 대단히 심각한 그녀의 이 태도에는 어딘가 우스꽝스러운 구석이 있었습니다. 그녀가 얼마나 훌륭하게 꼼짝도 않고 자신의 자세에 만족해 하고 있었는지. 그녀는 라벤나에 있는 한 폭의 그림, 자신들의 영혼에 스며든 새롭고 경건한 기분에 놀란 신자들이, 그처럼 이국적이고 아름다운 큰 눈을 크게 뜨고 있는 저 초기 교회 시대의 그림과 닮지 않았나요? 그리고, 에디트도 역시 그곳에 있었을까요? 물론 있었습니다. 그녀는 맨 앞 줄에 앉아 눈처럼 새하얀 옷을 입고 있었고 그녀의 뺨, 그 뺨에는 붉은 빛이 뛰어들고 있었습니다. 국토를 마법에서 해방시키기 위해 스스로를 희생하여 암벽을 넘고 심연에 몸을 던진, 죽음도 두려워하지 않는 기사처럼. 아, 뺨을 붉게 물들인 그녀의 모습은 너무나 아름다웠습니다. 예쁜 신발을 신은 두 발은 톡톡 맞부딪히고 있었습니다. 마치 모든 흥분이 발치에 모인 것처럼. 두 발은 대화하고, 싸우고, 서로 화를 내는 두 마리의 작은 새 같았습니다. 에디트는 순수 그 자체였습니다. 마치 그녀는 참석하고 싶은 마음이 조금도 없었지만 은빛 실에 이끌려 온 것 같았습니다. 그녀의 보호자는 옆에 앉아 있었습니다. 그가 입회자로서 이곳에 앉아 있었는지의 여부는 여기서 따지지 않겠습니다. 자, 도적이 이야기를 계속했고, 이런 말이 그의 입에서 흘러나왔습니다. "청중으로 가득 찬 고귀한 집……." 이 말이 그의 입에서 튀어나오자 아주 희미하게 속삭이는 소리, 킥킥대는 소리, 헛기침 소리가 장의자 줄과 줄 사이를 지나 들려왔고 곧 빠르게 사라졌는데, 다시 집중할 수 있는 방도를 재빨리 찾아낸 것 같았습니다. 그 자리에 모인 사람들 모두가 일순간 자신들이 어디에 있는지 잊어버린 것 같았고, 이제 그것을 다시 의식하게 된 듯했습니다. "그 사람은 대가를 치러야 해"라는 말이 문득 에디트의 머리를 스쳐 갔습니다. 마치 에디트라는 사람이 유리로 이루어져 있고, 그 결심으로 인한 떨림이 유리 재질을 거쳐 울려퍼지고 있는 것 같았습니다. 다시 말해 그녀는 아무런 결심도 하지 않았습니다. 햇빛이 투명한 물체를 통과하듯 결심이 그녀를 통과하여 빛나고 있었던 것입니다. "제가 막······.' 도적이 마음의 정화를 이어 갔습니다. "새 슈트를 입고 거리를 걷고 있는데, 뒤에서 이런 소리가 들렸습니다. '저 사람 옷이 잘 어울리네.' 이 조그만 의견에 저는 마음이 들떴습니다. 살면서 보잘것없는 일로 환희에 넘칠 때가 많았는데, 그럴 때면 저는 미끄러지고 떠다니는 무언가가 되어버린 것 같았습니다. 이 죄, 분명 대단한 것은 아니지만 어쩌면 지나치게 큰 것인지도 모르는 죄에 대해, 저는 친애하는 동포 여러분께 용서를 빕니다." '여기서조차 저 남자는 신을 생각하지 않는구나'라는 올바른 생각이 에디트의 머리를, 아니 영혼을 스쳐갔습니다. 마치 스스로에게 이렇게 말하고 싶은 것 같았습니다. "그 사람이 자백했어." "여기서 제 잘못을 내보이고 싶지는 않습니다. 죄를 고백하는 것이 어깨의 짐을 내려놓는 간단한 방법이라도. 저는 끊임없이 이런 온갖 사소한 일들—예를 들어 언젠가 연인 앞에서 허리굽혀 인사를 했는데 그녀가 저를 거의 쳐다보지도 않은 일, 어느 화창한 아침, 시내 한복판에 있는 서점 앞에서 한 아가씨가 마치 보이지 않는 힘에게 의식을 빼앗긴 것처럼 실신했던 일—에 관해 생각합니다. 그녀에게 제비꽃 한 다발을 선물하자고 여러 번 생각했지만, 실행에 옮긴 적은 없습니다. 그런 작은 꽃다발은 50상팀이면 손에 넣을 수 있지요. 하지만 장담하건대, 이 별것 아닌 호의를 베풀지 않은 건 제가 구두쇠라서가 아닙니다. 저는 어느 쪽이냐 하면 구두쇠보다는 낭비자에 가까운 성향입니다. 그리고 그녀가 지금 저 아래에 앉아 제 이야기에 귀를 기울이고 있는 것, 제게 벌을 주고 또 입맞추기 위해 여기에 온 것이 저한테 색다른 만족감을 줍니다. 그리고 저는 더없이 정당한 이유로 마음 속에서 그녀를 비웃습니다. 이게 전혀 멋지지 않다는 사실은 제 허영심을 배가시키고 기쁨을 더할 따름입니다. 제 존재 전체를 구성하는 기쁨, 제 모든 특성이 하나로 흘러드는 것처럼, 날갯짓처럼 느껴지는 기쁨을. '다른 사람을 조건 없이 사랑해야 한다. 그들을 섬겨야 한다'라고 여러분께선 말씀하시겠지요. 맞는 말씀입니다. 하지만 이제는 지나간 저 모든 시간 동안 그 아가씨를 사랑했고, 그랬던 제가 그녀를 비웃는 건 그녀를 사랑하기 때문입니다. 한 아가씨를 사랑하는 것, 연인을 갖는 것에는 희망을 주고 끝없는 만족감을 주는 무언가가 있으니까요. 우리는 행복에 겨운 고마움 말고는 거의 아무것도 느낄 수 없게 됩니다. 그러면 불행한 사랑이란 게 존재하지 않고, 모든 사랑이 행복한 사랑이라면? 그저 우리의 가슴이 뛰기 시작했다는 이유로 우리는 더 풍요로워지고, 온 세상이 사랑에 넘치는 얼굴로 우리를 바라보겠지요. 그렇게 제 아래에 앉아 있는 그녀는 아마도 그녀의 의도와 다르게 저를 돌봐주고 섬겼습니다. 마치 제가 주인이고, 불쌍한 그녀는—아마도 그녀 자신은 결코 되고 싶지 않았던—하녀인 것처럼. 그래서 제가, 아주 정당하게, 그녀를 불쌍한 여자라고 부르는 겁니다. 신사 숙녀 여러분, 보이지 않습니까? 마치 그녀가 더 이상 존재하지 않는 것처럼, 제가 그녀의 머리 너머로 시선을 던지고 있는 것이. 그럼에도 차분하고 호의적인 태도로, 이른바 모든 면에서 그녀를 착취해 왔던 것이? 저는 작고 쓸쓸한 방에 그녀가 약탈당한 사람, 버림받은 사람처럼 앉아 있는 모습을 봅니다. 설령 그녀가 천 가지 기쁨을 누리고 있다 해도 제 눈에는 그저 도둑맞은 사람처럼 보일 것입니다. 저는 그녀를 정복했다는 느낌을 도저히 지울 수가 없고, 과일을 너무 많이 실은 짐수레처럼 바로 쓰러질 것만 같습니다. 그리고 그 과일은 원래 그녀의 것이며 전부 그녀한테서 훔쳐 온 것입니다. 제 영혼은 그 행복도, 울려퍼지는 종소리도 그녀의 것입니다. 저는 그녀를 사랑하게 된 이래, 제 안에 매달려 있는 수많은 작은 종들이 고혹적인 소리를 연주하는, 아득한 동시에 황홀한 감각을 느껴 왔습니다. 그것들은 이 말이 가진 최고의 의미에서 오직 저를 "즐겁게 해주기" 위해 소리를 내는 것 같았습니다. 그리고 이렇게 울려퍼지는 환희는 모두 지금 제 말을 듣고 있는 저 사람에게서 비롯된 것으로, 그 기쁨을 조금이라도 알게 된다면 그녀는 저를 부러워할 것이 틀림없습니다. 하지만 늘 저는 그녀가 그렇게까지 지적이지는 않을 거라 여겨 왔지요. 전반적으로, 그녀는 저를 위한 나무라도 된 것처럼 행동했고, 그 나무 그늘에서 저는 편히 쉴 수 있었습니다. 그녀는 제게 넉넉한 그늘을 제공했습니다. 그녀를 알고 아끼게 되기 전 저는 이른바 조금 의기소침한 상태로 방황했지만, 지금은 이 공주님의 옷자락에 누워, 이끼로 된 침대에 누운 것처럼 느긋하게 쉴 수 있고, 실제로 저는 이 기분 좋은 기회를 충분히 활용했습니다. 이 넉넉함을 무시한다는 건 아니지만, 특별히 경의를 표할 만큼도 아니라는 것을 이 자리에 계신 분들은 이해해 주시리라 생각합니다. 저는 그녀를 이용하고, 또 비웃을 수 있습니다. 저는 그녀의 것이지만, 그녀는 제게서 아무것도 얻지 못합니다. 저는 제 뜻대로 그녀를 사랑합니다. 저는 이 사랑을 위해 아무것도 지불할 필요가 없습니다. 저 평범한 남자가 그녀를 신경써 주고 있으니까요. 이걸로 저는 저 남자를 높이 평가하며, 지금처럼 계속해 달라고 부탁하고 싶습니다. 그 또한 이 자리에 있는 것 같습니다. 제 민감한 신경이 이 사실을 꽤 명료하게 알리고 있습니다. 저 남자는 제게서 박수를 받아 마땅합니다. 저는 늘 그녀의 손에 키스를 해 왔습니다. 제가 애무라는 화려한 스카프로 저 손을 감싸는 일을 그녀가 과연 금지할 수 있었을까요? 제가 그녀와 함께 있고 싶어서 그녀에게 "나타나라"고 말하면, 그녀는 즉시 그렇게 했습니다. 그녀는 언제나 제 바람대로 순응하는 존재였습니다. 그녀는 제 전부가 되기를 주저한 적이 단 한 번도 없습니다. 그리고 당연하게도 저는 그녀보다 훨씬, 훨씬 더 풍요로운데, 이건 제가 그녀를 사랑하기 때문입니다. 사랑하는 사람한테는 늘 행복에 필요한 모든 것이, 아니 그 이상의 것까지 주어져 있어서, 너무 많이 받아들이지 않도록 조심해야 합니다. 그리고 이 아가씨의 얼굴이 저를 두렵게 합니다. 어째서인지는 여러분도 이제 아실 거라 생각합니다. 네, 도둑맞은 사람의 얼굴이기 때문입니다. 저는 그녀를 보고 도망쳤는데, 물론 이는 제가 겁쟁이라서가 아닙니다. 그녀와 이야기하는 건 쉬운 일이지요. 저는 그걸 바라면서도 동시에 전혀 바라지 않았습니다. 제가 그녀와의 대화를 두려워하는 건 그녀가 충분히 똑똑하지 않다고 생각해서, 함께 있으면 지루해질 것 같기 때문입니다. 저 같은 사람한테 지루해하는 일이 허락될까요? 아니, 그런 일은 허락되지 않고, 허락되어서도 안 됩니다. 그런 게 왜 필요할까요? 그리고 지금 그녀는 이 말을 전부 듣고 있고, 제가 한 말은 모두 그녀를 상처 입히는 것, 충분히 상처 입히는 것이 목적입니다. 그렇게 해서 제가 그녀보다 얼마나 우월한지, 제 입이 말하는 정신, 아버지의 정신, 어머니의 정신, 교육의 정신, 인간성과 도덕의 정신, 조국의 정신이 그녀보다 얼마나 우월한지 느끼게 하고 싶습니다. 그녀는 8월 1일[*], 그러니까 우리의 자유와 독립에 필요한 기반을 확립한 기념일에만 자신이 원래 어느 나라에 속해 있는지 조금은 생각해보는, 그런 사람들 중 하나입니다. 그 밖의 날에는 그녀도 다른 많은 사람들과 마찬가지로 그저 즐길 생각뿐입니다. 이게 바로 저런 평범한 사람들 모두가 하고 있는 짓으로, 이 사람들은 현존하는 정신을 갖고 있지 않거나 거의 갖고 있지 않은데, 왜냐하면 그들에게는 과거와의 연결 고리가 완전히 또는 대부분 빠져 있기 때문입니

---

[*] 스위스 연방의 건국기념일.

다. 그녀는 지금까지 교회에 와본 적이 없습니다. 오늘은 순수하게 호기심에서 온 것입니다. 여담이지만 그녀는 잠깐이라도 저와 대화를 나누고 싶어 하는데, 저는 그런 일이 일어나지 않도록 행동할 생각입니다. 한 번은 그녀가 저한테 맹인들을 위해 무언가 해주지 않겠냐고, 봉사를 하지 않겠냐고 부탁해왔지만 저는 거절했습니다. 단지 거절당한 그녀가 어떤 얼굴을 하는지가 보고 싶었을 뿐이었습니다. 그녀는 아주 실망한 얼굴이었고, 저는 이 불쌍한 사람들을 대하는 그녀의 동정심 때문에 한층 더 그녀를 사랑하게 되었습니다. 이 불쌍한 사람들은 복음과 같은 장미꽃도 보지 못하고, 푸르스름하게 안개 낀 산들도, 녹빛으로 미소 짓는 들판도, 숲도 보지 못하고, 심지어 사랑하는 사람도 보지 못합니다. 하지만 아무것도 보이지 않아 내면의 눈으로 볼 수밖에 없는 것, 보고 싶은 것을 우선 생각하지 않으면 안 되는 것, 그래서 생각한 것을 늘 충분히 명료하게 볼 수 있고, 심지어 눈이 보이는 사람보다 훨씬 더 명료하게 볼 수 있는 것, 이는 부러워할 만한 점인지도 모릅니다. 아시다시피 사랑은 맹목적인 것이고, 어쩌면 저는 맹목적인 채로 남고 싶었기 때문에 에디트에게서 도망친 건지도 모릅니다. 그녀를 볼 때마다 주변을 어둡게 만드는 무언가가 제게 몰려들었습니다. 그녀를 보는 건 제게 있어 그녀를 잃는 것, 아니면 그녀가 제 눈앞에 너무 크게 나타나 그 모습이 모든 것을, 저도 그녀 자신도 뒤덮어버리는 것을 의미했습니다. 그녀처럼 의심 없고 무신경한 사람은 이를 짐작조차 못합니다. 그녀는 지금 이 순간조차 아무것도 느끼지 못하고 있습니다. 그녀는 느낌이 자신에게 지나치게 저속한 것이며 해가 되는 것이라고 여깁니다. 그녀한테는 진지함이라는 게 없습니다. 그리고 그녀의 보호자는 흠잡을 데 없이 평범한 남자입니다. 평범함이 말 그대로 흘러넘쳤지만, 그 사실이 제가 카펫이 깔린 계단에서—더 자세히 묘사할 필요는 없어 보입니다—그녀에게 키스하는 것을 막지는 못했습니다. 여러분, 이제 유쾌하다고는 할 수 없는 사건에 대해 들을 준비를 하시기 바랍니다. 아무튼 아직 몇 분 남았군요. 그녀가 아직 복수할 용기를 내지 못한 것 같습니다. 자기가 얼마나 겁쟁이인지 잘 알고 있는 것이지요. 저는 그녀를 화나게 하려고 늘 황당한 옷차림으로 나타났습니다. 그리고 지금 제 주머니에는 사례금이 들어있는데 이건 그녀에 대한 이야기를 지어내서 손에 넣은 것으로, 그 글을 쓸 때 저는 웃다가 의자에서 굴러떨어지기도 했습니다. 지금 이 순간 제가 쓰러지는 일이 일어난

다면 얼마나 근사할까요. 들어올려지고, 초록 잎사귀들 위에 눕혀지고, 천막 안으로 옮겨진다면 그게 지금 제 정신 상태에 들어맞는 일일 겁니다." 이렇게 말한 순간 그는 쓰러졌습니다. 희미한 외침이 신도석 위의 높은 공간을 가로질렀습니다. 에디트는 꼿꼿이 서 있었습니다. 그녀의 손에서 권총이 떨어졌습니다. 설교단 계단에서 고귀한 도적의 피가 똑똑 떨어졌습니다. 이렇게나 지적인 피가 흐른 일은 이제까지 없었습니다. "아, 당신은 정말 지적이고 어리석은 남자야." 반다가 속삭였습니다. 몇 사람의 신사가 복수에 성공한, 말 없는 여성을 정중한 태도로 에워쌌습니다. 그녀의 평범한 남자는 지금 이 순간에도 예의 있는, 그러니까 평범한 태도를 보였습니다. 호흐베르크 부인은 도적의 가슴과 이마에 손을 대었습니다. 어린 여자아이가 말했습니다. "심장이 뛰고 있어요. 뛰는 게 들려요." 그가 들어올려졌습니다. 누군가가 전화로 구급차를 불렀고, 곧 도착했습니다. "그래도 저 남자 조금 말이 지나쳤던 거 같네요." 암슈투츠 교수 부인이 말했습니다. 총성 자체는 거의 들리지 않았습니다. 발사음이 전혀 없었던 점이 기이하게 느껴졌습니다. "인과응보야"라고 에디트를 둘러싼 신사들 중 한 명이 말했습니다. 그녀는 어떻게 해야 할지 골랐습니다. 벌을 내리는 사람은 곤란에 빠지기 쉽습니다. 거기에 따르는 고됨은 말할 필요도 없습니다. 재판관이 된다는 건 쉬운 일이 아닙니다. 관례에 따라 그녀는 일시적으로 체포되었고, 이는 더없이 관대한 절차로 이루어졌습니다. 그녀의 작은 입이 떨렸습니다. 그녀는 열에 들떠 행동한 것이 분명했습니다. 게다가 그녀는 도적을 대단히 신경쓰는 것처럼 보였습니다. 누구든 이를 알아차릴 수 있었습니다. 여론은 이미 그녀를 무죄로 판단했습니다. "왜 그런 일을 저지른 거예요?" 호흐베르크 부인이 그 아름다운 아가씨에게 다가가 물었습니다. "발터 라테나우가 죽었을 때 그가 박수를 쳤다고 들어서요." 이 말은 운 좋게 그것을 들을 수 있었던 사람들 사이에 은근한 감탄을 자아냈습니다. 에디트는 어딘가의 조직으로부터 의뢰를 받은 사람 같은 인상을 주었습니다. "그게 사실인가요?" 호흐베르크 부인이 파고들었습니다. "아니요, 그냥 한번 해 본 말이에요." 교회는 이제 텅 비었습니다. 에디트는 잠시 머리를 식힐 수 있도록, 안내를 받아 어느 별채에 가 달라는 요청을 받았습니다. 아마도 그녀는 자기 자신에 대한 생각에 잠길 것이고, 그 모습은 정말 예쁘겠지요. 그 별채는 총재정부 시대에 세워진 건물이라는 장점이 있습니다. 국립공

원 같은 장소 안에 있는 건물인데, 이건 명시된 사실은 아닙니다. 그냥 우리가 그렇게 떠올린 것뿐이지요. 공원 안에는 마치 그림같이 금이 간 기둥이 세워져 있었고, 사람들이 올 때까지 에디트에게는 그 기둥에 기대앉아 있어야 할 의무가, 아니, 조금 더 온화하게 말해서 과제가 주어졌습니다.

이 글에 집중하는 사이 물론 연주회는 끝나 버렸습니다. 저는 또다시 유명 인사를 볼 기회를 놓쳤습니다. 이걸로 벌써 몇 번째인 걸까요? 저는 이 나라에서 가장 품위 있는 여성 중 한 사람과 알게 될, 충분히 근거 있는 전망을 가지고 있습니다. 그녀는 대단한 호의를 가지고 저처럼 보잘것없는 사람의 안부를 물었습니다. 자, 그럼 이야기는 이제 어떻게 되었을까요? "우리는 인간에 대한 이해에 있어 아직 초보자에 지나지 않고, 우리 자신을 알고자 하는 의지에 있어서도 아주 겁이 많다고, 또는 이렇게 말할 수도 있는데, 아주 게으릅니다. 그러니까 사랑하는 에디트, 병원에 누워 있는 도적한테 가는 길을 제가 안내하게 허락해 주시겠어요. 제 마음대로 당신한테 이렇게 친근하게 말한다고 기분 나빠하지 않았으면 좋겠어요. 그래도 당신은 정말 아름답고 선한 분이니까요." 호흐베르크 부인은 별채에 있는 그녀에게 이렇게 말하며 그녀에 대한 존경을 고백하고 자신을 따라와 달라고 부탁했습니다. "오, 부인, 그런 말씀 마세요." 에디트가 평소의 차분한 태도로 이 존경의 표시를 조심스럽게 물리쳤습니다. "그래서 그 사람 상태는 어떤가요?" 그녀가 이른바 불안한 기대 속에서 질문하는 투로 덧붙였습니다. "직접 확인해 보세요." 이렇게 호흐베르크 부인은 백조같이 아름다운 아가씨의 질문을 피했고, 가는 길에 두 사람은 아무 말도 하지 않았습니다. 여담이지만 두 사람은 주로 학술 관련 서적을 취급하는 출판사 한 곳을 지나쳤습니다. 순문학 작가들은 이곳저곳에서 산악 안내인으로 일하거나 미용사 조수로서 머리를 말거나 하며, 수입원을 확장할 필요성에 되도록 웃는 얼굴로 대처하고 있었습니다. 도적은 막 식사를 마치고 잠들어 있었습니다. 치료에 드는 비용은 복지 기금으로 시에서 부담했는데, 공적 활동을 수행하던 중에 현재의 쇠약한 상태에 처했으므로 그렇게 할 의무가 있다고 여겨졌기 때문입니다. 의사와 간호사들은 이 독특한 환자에게 일종의 호감을 가지게 되었습니다. 그는 진료나 도움을 받을 때마다 정말 천사 같은 태도로 감사

인사를 잊지 않았습니다. 그는 그저 제법 세련된 취향을 가진 인물로 보였습니다. 독서는 아직 삼가야 했습니다. 뇌가 휴식을 필요로 했으니까요. 물론 신문들은 교회에서 일어난 이 로맨틱한 사건에 대해 더없이 상세한 보도들을 아주 신중하게 내놓았습니다. 이 훌륭한 환자의 용태를 묻는 수많은 엽서가 침대 위까지는 아니더라도, 작은 바퀴가 달려서 아주 쉽게 끌어당기거나 밀어낼 수 있는 작은 탁자 위에 놓였습니다. 보고에 따르면, 그는 일요일마다 육즙이 풍부한 맛있는 닭고기를 먹었습니다. 하지만 우리는 이런 세부사항에 너무 깊이 파고들 생각이 없습니다. 그렇지 않으면 거기에서 빠져나오지 못할 테니까요. 도적은 늘 다른 곳이 아닌 그녀의 곁에 있었고 따라서 이 분리불가능성은 그에게 당연한 것이었으며, 분리란 이해할 수 없는 것이었습니다. 그녀가 그를 자신의 주머니에 집어넣을 수도 있었을 만큼, 에디트에게 종속된 나머지 그는 작아지고 또 작아졌습니다. 우리는 스스로를 작게 느낄수록 더 행복해집니다. 그중에서도 특히 그는 저 유력 인사, 성에 관한 권위자에게서 편지를 받았는데, 참고로 그의 내면은 체험에 대한 쿵쾅거리고, 꿈틀거리고, 욱신거리는 욕구로, 그러니까 성을 지적으로 체험하고 싶은, 더 정확히 말하면 에로틱한 영혼과 교류하고 싶은 욕구로 가득 차 있었습니다. 두 여성이 27호 병실에 도착하자—그곳이 도적의 병실이었기에—남작 부인이 입을 열었습니다. "안에 들어가기 전에 몇 가지 확인해 둘 게 있어요. 제가 무슨 말을 하려고 했던 걸까요? 우리가 하려고 했던 말은, 무언가 다른 게 머리에 떠오르면 순식간에 날아가버려요. 그래도 우리는 모호함을 버리고, 명료함과 진실에 대한 사랑을 위해 끊임없이 기억해내려 애써야 하지요. 저는 당신과 말싸움을 하기에는 너무 큰 호감을 갖고 있어요. 사랑하는 사람에 대한 예의에서라도 이미 오래전에 당신의 손에 넘겼어야 하는, 저 유명한 100프랑에 관해 말하자면, 저는 그가 그 대가를 다 치렀다고 생각해요. 그가 이 의무를 다하지 않는 것에 대해 이제 당신이 벌을 주었으니까요. 그래도 이 문제에 대해서는 언제라도 다시 얘기해 볼 수 있겠죠. 당신은 그러니까 이 돈을 잃은 게 아니며, 혹시 당신이 꼭 바란다면 앞으로도 그 돈에 대한 권리를 주장해도 좋아요. 그는 당신을 심하게 모욕했습니다. 그리고 당신도 심한 복수를 했고요. 지나친 복수였을지도 모르죠. 하지만 그는 고통을 달콤하게 느낄 만큼 강한 사람입니다. 또 그가 당신한테 최면을 걸었다는 것, 당신의 복수를 유도했다는 것, 자기 바람을 당신한테 강요했고 당신은 그 기술의 피해자라는 것, 이 사실이 온 마을에 널리 알려졌고 그래서 당신이 무죄 판결을 받은 거예요. 최근 조사에 따르면 그는 칼라브리아 출신인 것 같더군요. 하지만 그가 음절 하나하나, 몸짓 하나하나 스위스 사람 같지 않다 해도, 저는 여전히 그가 다른 사람들과 마찬가지로 바르고 성실한 스위스 시민이라 생각해요. 그는 당신을 어마어마하게, 멍청하게, 더없이 열정적이고 뻔뻔하게 사랑하고 있어요. 물론 그를 어떻게 판단해야 할지 충고 따위 할 생각은 없어요. 그래도 당신이 스스로 생각해봐야 할 건, 이처럼 섬세한 일을 저지를 수 있는 감성을 가진 사람, 아무런 기대도 없이 자기가 가진 것, 자기 전부를 바치는 사람을 만나는 일은 좀처럼 없다는 거예요. 당신은 그에게 이렇게 말하기만 하면 되는 거였죠. '그거 나한테 줘.' 오직 그것만을 그는 손꼽아 기다렸으니까요. 그런데 기묘하게도, 세상에서 가장 겁이 많은 이 남자야말로 모든 아가씨들을 겁먹게 하고, 당신을 존경하는 이 남자야말로 당신한테 존경심을 불러일으키죠. 물론 그는 이른바 삶이라는 걸 아주 잘 알고 있어요. 하지만 그가 삶을 사랑하고자 하며 또 실제로 사랑하기 때문에, 삶을 오해하기도 하고 그래서 세상 물정을 모르는 사람처럼 보이기도 하죠. 이건 그냥 지나가는 말이었어요. 그래도 중요한 건 그의 안에 있는, 결코 약해지지 않는 헌신의 마음입니다. 당신은 그를 일하게 만들 수 있어요. 그가 받은 급여는 당신이 갖고, 그 대가로 일 년에 한 번 당신을 볼 수 있게 해주는 조건으로요. 이런 도적 같은 사람은 일단 과제가 주어져야 합니다. 그가 도움이 되기를 갈망하고 있으니까요. 하지만 당신이 물론 그의 이런 부분을 알아줘야 할 이유도 없었고, 지금 같은 상황이 된 것도 분명 아주 좋은 일입니다. 그리고 지금 당신이 그에게 키스해 준다면 근사할 것 같네요. 그는 잠들어 있으니 당신의 호의를 비웃을 거란 걱정은 안 해도 돼요. 그는 온갖 선하고 아름다운 것, 신성하고 의미 있는 것을 그저 비웃을 수밖에 없는 사람이에요. 바로 이것 때문에 사람들한테 미움을 받지만 그래 봤자 자기들이 얼마나 감상적인지 보여줄 따름이죠. 네, 맞아요. 오늘날 우리 대부분이 감상적이죠." 이 말과 함께 두 사람은 병실로 들어갔습니다. "보세요, 얼마나 아이 같은 얼굴을 하고 있는지. 물론 그럼에도 꽤 번듯한 남자이기도 할 거고요"라고 호흐베르크 부인이 말했습니다. "에디트, 저를 용서한 건가요?"라는 말이 잠든 남자의 입에서 흘러나왔습니다. 조금 우스꽝스러운 억양이었습니다. 꿈속에서 한 말이었습니다. 그러니까, 이 남자는 꿈속에서도 그녀를 쫓아다닐 만큼 염치가 없었던 것입니다. 그녀가 그의 위로 몸을 숙이고, 그가 그렇게나 늘 바라보던 그 손으로, 열로 뜨거워진 그의 머리를 들었습니다. 그리고 그가 무엇보다 사랑하는, 그에게는 이미 그 자체로 신성한 것이 된 자신의 입을 그의 입에 대었습니다. "나한테 모피조차 사준 적 없지. 세상에서 제일 나쁜 남자야." 하지만 그의 꿈속에서, 방금 그를 그런 식으로 말한 그녀는 그가 가장 사랑하는 여자였습니다. 그곳에서 그녀는 고귀한 존재였고, 그에 대한 그녀의 생각이 가혹해질수록, 그의 눈에 그녀는 더욱 고귀하고 더욱 아름다워졌습니다. "서로를 이해하는 게 우리의 소명일까, 아니면 오히려 우리는 서로 오해하도록 정해져 있어, 행복이 넘쳐나지 않게 또 변함없이 소중히 여겨지게 하고, 이런 만남이 소설로 발전하는 것 아닐까? 우리가 서로를 이해했다면 소설은 존재할 수 없었을 테니까." 호흐베르크 부인은 이렇게 스스로에게 묻고, 성숙한 여성으로서 이 질문을 세상 앞에 내놓았습니다. 그리고 에디트를 귀엽고 온순한 우리 딸이라 부르며 일단 그녀를 밖으로 데리고 나갔습니다. "그는 자기 방에서 수시로 바닥에 무릎을 꿇고, 두 손을 모으고, 당신을 행복하게 해달라고 하느님한테 빌었답니다. 그걸 명심하세요. 자, 괜찮다면 이제 사람들이 있는 곳으로 가요."

그럼 이제 이 책을 마무리하기에 앞서 한 번 정리해 보겠습니다. 이 모든 이야기가 저한테는 말하자면 우습고 불가해한, 하나의 길고 긴 주석 같습니다. 소년이라 불릴 나이에서 이제 막 벗어난, 젊은 화가가 그린 한 폭의 수채화가 이 문화적인 글을 쓰는 계기가 되었습니다. 이 예술의 승리를 기뻐합시다. 신사숙녀 여러분, 오늘 저는 제 자신이 존경스러울 정도입니다. 저는 제 자신에게 매혹되었습니다. 이제부터 여러분도 더 빨리, 더 강하게 다시 저를 신뢰하시겠지요. 이 말을 의심하신다면 유머 감각이 부족한 것입니다. 저는 이제, 이 상업적이고 문학적인 시도의 첫머리에서도 말했듯, 이렇게 주장합니다. 돈이 없는 녀석은 악한이라고. 도적이여, 무릎 꿇으시오! 자, 웨이트리스 아가씨의 발밑에 엎드리시오! 이제 복종해야 할 때입니다. 저 말썽꾸러기가 큰 나무줄기 뒤에서 엿보고 있군요. 그러니까 그는 세상의 모든 병원에서 유유히 걸어나온 것입니다. 그는 어느 때보다도 건강합니다. 에디트는 숭배의 절정에 올라서 있었습니다. 그녀가 기리는 이 승리에 우리도 동의하는 바입니다. 대체 그녀가 어느 정도까지 이 도적과—독자 여러분은 놀라시겠지만, 아직 우리가 어떤 이름도 붙이지 않은—그저 장난만 치고 있었는지, 그리고 그도 역시 그녀와, 그녀의 황금 같은 사랑스러움 전부와 그저 장난만 치고 있었는지는, 가장 명료한 모호함의 열리지 않는 무덤 속으로 굴러떨어지게 두는 편이 나을 것 같습니다. 무엇이든 드러나고 빛을 받아야 하는 건 아닙니다. 그랬다가는 깊이 생각하는 즐거움을 더 이상 누리지 못할 테니까요. 깊이 생각하는 사람들, 이성적인 사람들, 감성적인 사람들이 우리 곁에 남도록 배려해야 합니다. 아, 숲의 가장자리는 얼마나 아름다운지. 귀여운 아이야, 부디 이걸 이해해주기를. 이제 그는 온갖 그림 도구로 그려지고 니스가 칠해져 반짝이는, 저 배제당한 여자 같은 흥미롭고 가치 있는 존재와 서로 알게 될 일이 아마도 없겠지요. 특히 기쁜 사실은 우리가 도적을 에디트가 있는 곳까지 끌고갈 필요가 없었다는 것입니다. 그녀가 권총을 사용한 건 신중하지 못한 행동이었습니다. 무모한 사람들은 더없이 사랑스럽습니다. 그래서 그가 그녀를 찾아갈 필요 없이 그녀가 그를 찾아왔고, 이로써 그는 큰 영광을 안은 셈입니다. 호흐베르크 부인은 지극히 세련된 취향을 가졌다고 알려져 있습니다. 저로서는 에디트가 저 겁 많은 부인용 속옷 숭배자, 레이스 장식 신봉자가 우러러보는 높은 존재로 계속 남는다 해도 아무런 상관이 없습니다. 도적과 저는 어쨌든 별개의 인간이니까요. 우리는 그를 멍청이라고 생각하는데, 이는 삶에 있어 마법의 지팡이나 다름없는 돈이 그에게 없기 때문입니다. 이 지팡이만 있다면 기쁨도, 흘러넘칠 만큼의 사랑도 그것을 찾아내지 못한 곳, 경험하지 못한 것에서 불러낼 수 있으니까요. 고통받는 그의 두 눈 주변에는 눈 그늘이 가득했습니다. 이 악당은 순진함의 바다에 내던져 둡시다. 자신이 가진 감정의 물 덩어리를 수용할 절벽을 스스로 찾아다니게 둡시다. 자신이야말로 세상에서 가장 아름다운 개성의 폭포라고 스스로에게 말할 수 있도록. 그의 두 손은 높이 받들리고 나락에 떨어진 왕들 같습니다. 이 아름다운 문장이 여러분에게 감명을 주었나요? 성에 얽힌 완두콩은 저 높은 계급과 지위를 가진 사람의 집에서 깨끗이 먹어치웠고, 발터 라테나우는 충분한 보복을 받았습니다. 우리는 얼마 전 네덜란드에서 온 엽서 한 장을 받았는데, 누군가가 우리의 창작 활동이 현재 어떤 상태인지 묻고 있었습니다. 우리에게 관리직을 제안하려는 이야기가 아닐까 생각합니다. 저는 실제로 제 자신이 명령을 내리는 사람의 기질을 타고났다고 느낍니다. 혹시 여러분은 제 글쓰기에서 이를 눈치채지 못하셨나요? 뒤늦게 찾아오는 통찰도 제법 근사한 것입니다. 에디트의 입은 저 막돼먹은 도적에게 여전히 풀기 힘든 수수께끼로 남아 있습니다. 저는 그를 감독하에 둘 것을 추천합니다. 수백 벌의 페티코트가 그에게 동정심을 품고 있습니다. 병원에서 퇴원한 그는 먼저 30분 정도 거리에 가만히 서 있었고, 그런 다음 종종걸음을 치고, 다시 멈추어 서서 이렇게 외쳤습니다. "모든 곳에 그녀뿐이야. 그녀는 우주다." 물론 우리는 이런 과장된 행동에 책임을 느끼지 않습니다. 이런 이야기를 한 건, 그의 이성이 얼마나 심각한 상태인지 단순히 전달하기 위해서입니다. 다행히도 우리는 분별력을 지녔다고 여기지고 있습니다. 좋은 평판은 이미 그 자체로 분별력을 지녔다는 증거입니다. 운명을 함께하는 동료들, 그러니까 여자들은 남자들의 우울함에 맞서는 우아한 비밀 결사를 만들고 있습니다. 결성하세요, 제가 여러분의 지도자가 되겠습니다. 저 네덜란드에서 온 엽서는 라테나우의 친구가 쓴 것이었습니다. 저 같은 시골뜨기도 이렇게 널리 퍼지는 무해하고 풍요로운 명성을 누릴 수 있다는 걸 아셨나요? 여러분한테는 이상해 보일지도 모르겠군요. 최근 에디트는 오토바이를 타고 마을을 요란하게 빠져 나갔습니다. 저는 저고, 도적은 도적입니다. 저는 돈이 있고, 그는 없습니다. 여기에 큰 차이가 있는 거지요. 우리는 공동 작업을 통해 반다를 하찮게 여길 수 있게 되었습니다. 저 같은 신분의 사람이 한 번이라도 스푼을 핥은 적이 있을까요? 있을 수 없는 일입니다. 저 같은 인사들은 일요일 오전에 품위 있는 젊은이들과 괴테에 관한 이야기를 나눕니다. 주요 정기간행물들의 기고자로서 그의 재능, 특히 이 원고에 있어 조수로서 그의 작업은 제대로 평가받기 시작하고 있습니다. 대학 교수들도 그에게 정중히 인사합니다. 이 바보는 자기 자신을 알지 못합니다. 그는 일종의 귀여운 호인, 더없는 호구입니다. 그가 바보짓에 있어 대부호 같은 존재가 아니었다면, 지금 그의 반만큼도 되지 못했을 것입니다. 우리는 그를 무심함의 화신이자 전 인류의 양심이라고 생각합니다. 대체 우리가 얼마나 거창한 이야기를 하고 있는지. 진지함이 우리를 바라보고, 저도 고개를 듭니다. 비논리적으로 들릴지 모르겠지만 저는 믿음을 가지고 다음과 같이 선언합니다. 도적을 호감 가는 사람으로 여기는 것, 그리고 이제부터 그를 알아보고 인사하는 것이 예의에 맞다고 생각하는 모든 사람들과 저 또한 의견을 같이한다고.

옮긴이의 말

훔치는 직업

*

"제 안에는 놀랄 만큼 거대한 사랑의 자원이 쌓여 있어, 거리로 나오자마자 무언가와, 아니 누군가와 사랑에 빠지고 맙니다. 이로 인해 저는 가는 곳마다 줏대 없는 인간이라 불립니다."

로베르트 발저는 주인공 도적에게 이름조차도 붙이지 않았다고 한다. 이 유별난 주인공은 이름은 고사하고 모두가 주체적인 삶을 추구하는 시대에 복종하고 종속되기를 열망하는 사람이다. 발저는 이전 작품들에서 반복해서 시도한 아이러니들을 『도적』에서 극한까지 밀고 가보려 했던 것 같다. 그중 가장 통렬한 아이러니는, 훔치는 직업을 가진 사람이야말로 그 누구보다 소유욕이 없는 사람이라는 점이다.

도적이라고 하지만 사실 정확한 그의 직업은 작가다. 소설의 세계에서 그는 무엇이든 될 수 있고 무엇이든 훔칠 수 있다. 어린아이와 같은 자의식으로. 그렇게 그는 엉뚱한 말과 행동으로 부르주아적 자의식이라는—현대에는 자존감이라 불리는—이 실체가 없는 개념이 소시민들에게 어떤 망상을 품게 하는지 폭로한다. 사람들은 그의 위에 서려고 하지만, 실은 그가 그들 위에 서 있는 꼴이다.

  소시민이 추구하는 모든 가치들을 비웃고 뒤엎는 발저도 사랑의 중요성만은 인정한다. 도적은 어린아이처럼 그 어떤 것에도 구애받지 않는 사랑을 한다. 온갖 조롱을 웃어넘기는 그가 결국 글을 쓰게 만드는 것도 사랑이다. 동시에 사랑은 도적에게 있어 마지막 남은 피난처와도 같다. 그 피난처를 지키기 위해 그는 사랑하는 여성의 실제 모습을 마주하기 전에 늘 도망친다. 에디트를 향한 도적의 사랑은 결국 그녀의 캐릭터를 훔치는 것으로 완성된다.

작가가 공공연히 드러내지 않은 한 가지 사실은, 작품 전체에 걸쳐 도적이 불가사의하게도 수많은 여성들의 마음을 훔치고 있다는 것이다. 예술작품이 여성의 마음을 훔치는 과정은 늘 마법과도 같다. 작가의 바람대로 된다면 도적은 그렇게 독자의 마음도 훔칠 것이다. 역자인 나도 그렇게 되기를 바란다.

이준혁